神州內外東走西瞧

倪立秋 著

推薦序一

努力變成自己希望成為的樣子

白舒榮

結識立秋是在印尼峇厘島。

二〇一〇年九月，亞洲華文作家協會在印尼著名的旅遊風景區峇厘島舉辦「亞洲華文作家第十二屆會員代表大會」，首次見面的立秋送我一本她的《新移民小說研究》。知道新加坡有不少中國大陸新移民，但立秋的出現，尤其她還是位寫作人，讓我十分驚喜和意外。

再見立秋也是在會議中，她已定居澳大利亞墨爾本。

如今遷移不算稀罕，但立秋的新身分，還是讓我感到世事多變的突然。

雖然見面多次，但讀了她的《神州內外東走西瞧》這本散文隨筆新著，我才算真的認識了立秋。

《神州內外東走西瞧》生動展現了立秋在中國、新加坡和澳大利亞的生命軌跡。對大學為之奠立《敘事學》理論基礎的胡亞敏、教會她如何解讀作品的碩導王文平，及引導她建立自己理論的博導陳思和等三位教授的深情追憶；對父母親人的感恩抒懷；對她教過的學生的殷殷冀望，讀來都十分感人。

一些遊記類散文為我所喜。我從未敢有雄心壯志登臨幾近垂直的華山，卻有幸跟著手腳並用攀爬上華山頂的立秋看日出，只見「就在大家的屏息中，一個完整的、金紅色的球體完全浮出了厚厚的雲層，整個世界似乎頃刻之間變得鮮亮起來。圓圓的、充滿質感的球體在無邊的雲海上冉冉上移。天邊那剛剛走出黑暗的雲海，看上去非常厚實，宛如綿延無盡的雪白的棉堆，在山風的吹動之下，那些『棉堆』不停地波動起伏，湧動不止。一時間，雲借風勢，風助雲移，竟成風起雲湧之勢。」（《登華山記》）

也是立秋讓我認識了陌生的邯鄲，對這座在心目中沒有多少地位的中等城市，刮目相看，肅然起敬：

「從西元前四三〇年至西元一一三一年，歷史上在邯鄲境內建立的政權有魏國（魏文侯）、趙國（趙敬侯）、曹魏（曹操）、北齊（高洋）、夏（竇建德）等；僅在戰國時期，邯鄲作為趙國都城就達一百五十八年之久，是古中國北方的政治、經濟、文化中心。」「如今的邯鄲擁有十多條文化脈系，包括趙文化，毛遂、女媧、鄴城、石窟、大名府、磁州窯、廣府、運河等文化，內涵博大精深，風格豐富多彩。」

立秋對她在新加坡過中元節的描述，令人大跌眼鏡，大開眼界。想不到以英語立國、面向西方的新加坡，對中華傳統的這個鬼節，不但比我們重視，而且過得豐富多彩有聲有色花樣翻新：

「每逢農曆七月，新加坡的華人必定會隆重舉行『慶讚中元』活動，全國各地，無論是商業區還是組屋區，都可以看到慶讚中元的紅色招紙，張燈結綵、設壇、酬神。在小販中心、高樓的電梯口甚至寫字樓的門口，常常貼著對開大小的用紅紙黑字寫著的『慶讚中元』的繁體條幅，寺廟也分別建醮，街頭巷尾上演地方戲曲助興，呈現一派熱鬧非凡的景象，而最讓人感到這種慶讚氣氛的是每年遍佈整個島國的成百上千的七月歌台。」（《七月歌台》）

新加坡人把民間祭祖敬神、普渡陰曹地府餓鬼的中元節，加入了經濟因素，甚至將一場帶著宗教色彩的紀念活動演化為現代商業競技場。可謂傳統而現代，為古老節日注入新血液，賦予其新的生命力。

立秋遊記的內容遍及大中華地區、東南亞多國，及她定居的澳大利亞。它們不是她遊蹤的簡單記述，寫景狀物也非旅遊手冊的變相仿製。帶著做學問做研究的虔誠嚴謹縝密和深思熟慮，她把每一次行蹤敘述得紮紮實實，行文綿密，理性而文采斐然。

遊記與小說和散文同樣，都是一種敘事藝術。立秋大學時代鑽研過「敘事學」。二十世紀誕生於法國的「敘事學」，簡單來說就是關於敘述本文的理論，它著重對敘事文本作技術分析。研究如何分析文本的創作藝術，當有益於文學創作者本人在創作實踐中，對自我技藝的提升。

《神州內外東走西瞧》內容豐富，涉獵廣泛，其中最吸引我、留給我印象最深，最令我感佩的，當是立秋的不斷進取精神。

立秋出生在湖北東部鄂州。鄂州在帝堯時為「樊國」，夏時為「鄂都」，殷商時為「鄂國」，三國時孫權在此稱帝。春秋戰國時期的楚王熊渠，分封其子熊紅到鄂州為鄂王，修築鄂王城，或說這便是湖北簡稱「鄂」的由來。看來鄂州亦屬人傑地靈之地。

兒時的立秋家住鄂州偏遠農村，小學一年級課堂設在她家簡陋的堂屋，家裡現成的長板凳充當課桌，小矮凳是學生們的座椅，不夠的話就搬幾塊磚疊。村裡木匠做的人字形黑板，在老師的用筆時搖搖晃晃，發出沉悶單調的吱歪聲。她在這間堂屋讀完一年級，又在村裡養白木耳的倉庫讀完二年級。三年級時不得不轉到鎮小學，每天往返十二里。

借住，租房，住校，不斷轉學，靠著鍥而不捨的刻苦勤奮，好學上進，一九八五年她順利考入武漢華中師大中文系。

畢業後任教、戀愛、結婚、生子，似乎一切也就安定下來，從此過著三口之家的幸福小日子。卻因為住房變動，丈夫到了上海工作，她每天上班需要抱著一歲小兒披星戴月，往返四個多小時。遂萌發了調動到離家較近的單位任職的願望。

沒有顯赫背景，沒有得力援手，調動工作無望。無奈之下，她做出了另一個選擇：考研，去攻讀碩士學位。她想通過考上研究生，憑真本事自己幫自己，不但可以解決調動問題，還能得到專業提升，將來會有更多的選擇餘地和生存空間。「這世界真的沒有什麼救世主，一切全得靠自己。」她感覺「《國際歌》好像就是唱給自己這種人聽的。」

這時的立秋已經工作七年，卻要與那些即將畢業或畢業不久的小年輕競爭，顯然不占上風。更加剛買了房，需要配合裝修。她每天隨身帶著書到新房給裝修工人開門，同他們商量裝修方案，時不時親自去買裝修所需的各種配件和材料。忙罷繁瑣事務，剩下才是她看書複習時間。沒有更好的地方可去，又不能影響工人作業，她常常就在新房裡選擇工人暫時不到的角落坐下看書，等到工人要用這個角落，再換到另一處，坐在裝修材料上埋頭苦讀。每天工人完工，她鎖上門，回到臨時租住的棲身之所，「晚餐時胡亂吃點什麼，然後又開始題海大戰的夜生活」直到深更半夜，累得筋疲力盡，才上床倒頭睡去。

小兒由奶奶帶到鄂州鄉下，丈夫去了上海，她每天忙碌之餘，心中既擔心幼兒，又牽掛遠在外地的丈夫，更要塌下心讀書，一顆心兵分三路。

一九九六年四月，她終於如願考上母校研究生，重返華師校園，再次成為莘莘學子中的一員。碩士畢業後在上海工作未久，她隨丈夫再度遷移。這次出了國門，落足東南亞新加坡。

肩負著在異國立足謀生的重擔，為了能得到比較理想的工作，她再次決定深造。終於在職攻讀完復旦大學陳思和教授的博士學位。其中付出的努力和艱辛可想而知。

立秋在新加坡十年。二〇一一年，也是因丈夫工作變化，全家移民澳大利亞墨爾本。又是新的環境，又面臨新的謀生壓力，她再接再厲，擁有了蒙納什大學、皇家墨爾本理工大學和斯威本理工大學學歷。如今在墨爾本從事教學和管理工作，並致力於散文創作、文學批評、中英翻譯，擁有澳洲專業筆譯和口譯資格以及口譯、採訪、編輯與報導經驗。

美國暢銷書著名作家西德尼．謝爾敦在他的小說《午夜情》中有這樣一段話：「在一定程度上來講是這樣。我們被賦予自己的軀體，自己的誕生地和生活中的位置，但這並不意味著我們不能改變現狀。我們有可能變成我們想要自己成為的任何樣子。」

立秋跋涉過自己的誕生地和生活中的位置，通過堅韌不拔的頑強拼搏，終於將自己改變成自己希望成為的樣子。

*白舒榮：中國作家協會會員。編審。畢業於北京大學中文系。香港《文綜》文學季刊副總編輯、世界華文文學聯盟副秘書長、中國世界華文文學學會副監事長、世界華文旅遊文學聯會副理事長。曾任中國文聯世界華文文學雜誌社社長兼執行主編，中國作家協會台港澳暨海外華文文學聯絡委員會委員等。出版《白薇評傳》、《自我完成　自我挑戰——施叔青評傳》等著作多部。

推薦序二——睜眼看世界

朱文斌

與倪立秋老師相識，記得還是二〇一〇年在武漢召開的第十六屆世界華文文學國際學術研討會上。樸實、開朗、熱情的她立馬送了一本她新出的專著《新移民小說研究》（上海交通出版社出版）給我，我才知道她是陳思和老師的得意門生，復旦大學博士畢業，當時在新加坡工作。後來我們經常通過電郵和微信聯繫，也在後面的幾次學術會議上屢屢相遇，逐漸加深了彼此的瞭解。去年十一月份我校舉辦了「二〇一七年浙江省比較文學與外國文學學會年會——『外國文學經典生成與傳播暨海外華人文學研究』國際學術研討會」，她作為特邀嘉賓萬里迢迢從澳大利亞趕過來參加會議，結合自己的親身經歷作了題為《移民回顧：歷史與文學》的主題發言，給在座的學者們留下深刻印象。

今年春節剛過，倪立秋給我發來微信和電郵，告知我她即將出版散文集《神州內外東走西瞧》，囑我寫篇序言。我表示受寵若驚，同時告訴她新學期剛開學，我行政工作較忙，如果要寫也請她寬限時日，她大方地給了我一個多月的時間。我抽空仔細拜讀了這本

《神州內外東走西瞧》，發現這是一本帶有濃郁自傳色彩的散文集，是作者睜眼看世界的產物，她以細膩詳實的筆觸記錄了自己在國內外求學、工作和生活的軌跡，娓娓敘說著自己的生活見聞、社會觀感和生命體悟。這本散文集文風樸實，情感真摯，筆觸涉及範圍頗廣，總體說來，我認為作者的筆力主要集中在如下三處：

一**是親身經歷看社會，注重挖掘人性美和人情美**。倪立秋善於對人的美好品質進行發掘和讚美，在對不同人群，主要包括父母、老師、學生、醫生、朋友、房東、國家領導人等的回憶與刻畫中，流露出作者對人性美和人情美的珍視。如《獅城祭父親》、《母親的晚年》和《追夢人——溫世仁先生周年祭》等三篇散文，實際上可視為三篇祭文，是作者運用文學形式抒發對已逝之人的緬懷和追憶之情。作者在情到深處時，總會情自不禁地採取一種跳出現實的方式，企圖打破生死界限，進入一個與逝者對話的語境中，去對話去追問。這表現在散文中即為大段疑問句的排比和連用，在一句句的追問中，生者對逝者的不捨與依戀之情愈演愈烈，感人至深。

《我的三位大學老師》、《因為有你，所以牢記》以及《學生讓我感動》等散文則是對美好師生情的讚美。在這三篇散文中，每篇的主人公都不是唯一的，而是有並列的好幾位，因而作者採取一種橫截面的速寫法，在具有代表性的事件中集中展示主人公的美好品質。《我的三位大學老師》主要講述了倪立秋在求學治學路途中，對其影響最大的三位老師進行描寫，三位老師分別代表了倪立秋讀大學、讀研、讀博的三個學習不同階段，每位老師各有特點但卻都被視為作者求學生涯中的良師益友，筆觸中流露出作者對老師們的尊敬和愛戴。在《因為有你，所以牢記》一篇中，所描寫的學生竟多達十位，試想在三千余字的篇幅中要容納如此多的描寫對象，在濃縮提煉中力圖凸顯出每一位學生的特別之處，可謂一項艱巨的任務，但倪立秋竟然做到了，一段一人，無一字一句贅餘，但卻精準地抓住了每位學生的獨特氣質和閃光點。

散文集中還有一些散文是對高層領導人，具體到文中主要是對新加坡國家領導人身上所表現出的親民品質的讚揚。《在新加坡總統府過生日》和《又見納丹總統》兩篇文章，均記述了作者在生日之際參觀新加坡總統府並幸運面見納丹總統及其夫人的故事，文中對這位「年過古稀、滿頭花髮、滿臉慈祥的印度族老者」臉上所帶有的標誌性的慈善和祥的笑容進行了多次描寫，面對「我」的合影請求，總統竟「臉帶微笑，在微微頷首」表示允諾，這一慈善親切之舉不僅給了「我」一份最珍貴的生日禮物，而且讓我親身體驗到了來自國家高層領導的人情美。

倪立秋的散文還有一些是關於作者生命中既是有緣人、也是匆匆過客一類人的記述。諸如《鼻子的故事》中的梁醫生、《獅城學開車》中兩位年輕的教練以及計程車司機、《西洋鄰居二三事》中助人為樂的洋人鄰居們、《那些年，那些房東們》中善良熱心的房東們等等，這些充滿人情味和人性美的過客頻頻出現，無疑為作者一路遷徙的追求之路增添了不少溫馨色彩。當然，生活中不和諧的人和事也時有存在，比如作者筆下的《獅城學開車》中的中年駕駛教練和《那些年，那些房東們》中在國外做著坑騙同胞之舉的葉姓女房東等，在刻畫和描寫這類或苛刻或淺薄之人時，倪立秋多採取一種善意的批評，甚至在深入思考這種不和諧現象背後所存在的現實原因時，轉而到對這些不幸人兒們抱有一種理解和同情，併發出「畢竟這個世界善良體貼的人還是占大多數」的感歎。

二是娓娓道來講故事，以典型情節展現生活感悟。倪立秋的散文在講述故事時偏好採用一種娓語筆調，循序漸進地進入正題，並且以一種近乎與好友閒談的語氣來道出自己的所感所悟。在敘述中以典型情節來突顯故事的趣味性和情感體驗。比如遊記體散文《登華山記》、《在台南吃「天下第一板」》、《峇厘印象》、《嘟嘟車》、《曼谷的貧民窟》等，前兩篇著重寫途中之樂，無論是問鼎華山的過程，還是找尋台南美食的輾轉，其樂趣並不在最終目的的實現和獲得，而在於途中的經歷與體驗，隨著典型細節的敘述，帶領讀者進入現場，彷彿跟隨著作者一起滿懷期待心情去尋找旅行的快樂。後三篇則分別選取一個獨具代表性和象徵意味的片段或對象，如在峇厘遭遇兩個不同的地陪、曼谷的嘟嘟車及貧民窟等，從一個側面來展示作者對於東南亞不同國家和地區的直觀印象及旅居曲折體驗，行文頗有幽默趣味。

再如講述學習經歷的散文，倪立秋往往通過典型情節來展現自己的學習體驗。在《「六〇後」的求學故事》中，作者企圖用個人的求學故事來反映一代人的某些共同經歷。從「堂屋學校」、「倉庫學校」、「鎮小學」，到「鎮中學」、「鎮高中」、「澤林高中」，再到「華中師範大學」、「復旦大學」等，每一次學習地點的轉移都意味著新環境的挑戰與磨合。區別於單純地流水記事，倪立秋巧妙地在整個求學過程中穿插一些頗有意思的事件，比如「違反校規」、「勞動課時間挑土平操場」、「尿床」事件、關於「茉莉」的記憶、「理科轉文科」、關於「土豆」的記憶等，一系列趣意盎然的童年故事使得整篇散文顯得鮮活生動。《地鐵閱讀》和《最愛獅城圖書館》等篇章則記錄了作者旅居新加坡後繼續自學的點滴回憶，在生活絮語中展現一個個場景，表達了作者對於閱讀的熱愛和知識的追求。

倪立秋還寫了不少關於探討「語言」問題的散文。如《對新加坡華語的一些印象》、《早起的鳥兒有蟲吃——兼談新加坡華文處境》、《方言的方便與不便》等。由於學習、工作等原因，倪立秋一家先後旅居過多地，就算是在國內也經歷過不同城市的輾轉生活。遷徙在不同的區域及國家，要順利地開啟新生活，首先要解決的就是語言問題。倪立秋在面對這一問題時表現出驚人的學習能力，為了更好與婆家人相處她學會了丈夫的家鄉話，為了在上海立足工作她又學會了上海話，為了適應新加坡的生活她又鑽研起「福建話，廣東話，客家話，本地馬來話和英語等地方語言都已雜糅其中」的新加坡特色的華語。這些篇章也都是以細節取勝，能引起讀者強烈共鳴。

三是不同視角看世界，多維度表達離愁和別緒。對於旅居異國他鄉的作家而言，鄉愁書寫是他們繞不開的主題。倪立秋足跡遍及大陸、香港和台灣等大中華地區，後又走過新加坡、馬來西亞、印尼、泰國等東南亞國家，目前定居在澳大利亞墨爾本，所以思念祖國、回憶家鄉親人的鄉愁書寫不可避免地出現在她的筆下。令人可喜的是，在鄉愁主題的表達上，倪立秋總能別出心裁，嘗試從不同視角看世界，從而多維度多面向地展示其內心的離愁別緒。如《關於胡服騎射的千年回想》、《探訪古跡，仰視古色邯鄲》、《獅子與中國文化》等散文中，作者採用文史結合的手法，用一種學者的睿智和從容向我們細細講述了「胡服騎射」、「邯鄲」古城、中國文化的「獅子」等文化現象，字裡行間處處流露出身為一名旅居海外的華人對於中華民族浩瀚燦爛的傳統文化的自信與驕傲。

倪立秋還有一些散文涉及到海外華人社會或華人社區對於中國傳統節日的傳承、發揚的描寫。如《七月歌台》重點描寫新加坡華人慶賀中元節，將華人穿著傳統的服裝，「吃飯、看戲曲、看歌台」，「喊標、分福物」等活動場景呈現出來，使得這個華人傳統的節日被賦予了一層特殊的社會意義，起到凝聚人心的作用。《異國的月光》則記錄了作者一家在異域度過的一次中秋節，在賞月中遙寄對母國親人的思念，間接地透露有「月是故鄉明」的感慨。

除此之外，倪立秋還立足於社會現實與國際語境，不斷回望故國和心繫母國命運，並以一位人文知識份子的社會責任感去積極思索中國文化或中國文學走向世界的方法和途徑。在散文《「守」與「逃」的悖論》中，作者認為真正的愛國者不在於是否留在母國，而在於無論身在何方都心念祖國，關心祖國的發展變化。散文《致敬和祈禱——致一位北大學生的公開信》中，面對國內非典肆虐的情景，作者雖身處國外卻時刻關注著國內消息，為戰鬥在一線的醫護人員默默祈禱和致敬，值得注意的是，散文結尾處，作者以「一名旅居新加坡的中國人」為落款，表達了一種與國共患難的深情。《讓華人翻譯家為中國文學國際化進程加速》一文則對中國文學如何走向國際以及如何培養華人翻譯家提出了積極的建議。

散文集《神州內外東走西瞧》分為上、中、下三篇，分別對應為「神州回眸」、「東南亞屐痕」、「澳洲瞭望」，共收錄有四、五十篇散文，以上三個方面的論述僅是我讀後的一點觀感，其中舉例也是掛一漏萬，竊以為也還存在著多種誤讀的可能性，希望不要貽笑大方，期待方家批評指正。

是為序。

＊朱文斌：南京大學文學博士，浙江大學博士後，現任浙江越秀外國語學院教授、稽山傑出學者。

目次

上篇 神州回眸

中篇　東南亞屐痕

下篇 澳洲瞭望

上篇

神州回眸

我的三位大學老師

上大學後，對我影響很深的老師主要有三位，一位是我本科時的班主任胡亞敏，一位是我的碩士導師王又平，另一位是我讀博士時的導師陳思和，這三位老師在我的專業發展方面給我的影響深遠，讓我受益無窮。

班主任胡亞敏：用《敘事學》為我打下敘事理論基礎

胡老師是在我讀大三時開始當我班主任的，一直當到我大學畢業。那時的胡老師相當年輕，孩子還小，丈夫在東北工作，她一個人在華中師範大學又工作又帶孩子，還要兼職讀博士，可以想像她當時應該相當忙碌。

記得我當時是班上的團支書，因為工作需要，我去過胡老師的家，那時她住在華師東區的教工宿舍裡（那些教工宿舍就是後來俗稱的「筒子樓」）。一天，我跟著剛打好開水、手中提著開水瓶的胡老師來到她的家，只見眼前一間十四平米見方的房間裡塞滿了東西，離房門口不遠處擺著當時常見的煤炭爐子，那是胡老師燒火做飯的地方。房間裡除了一張醒目的大床外，還有胡老師看書寫字的書桌，此外餘下的活動空間就很有限了。這在當時的中國大學校園裡應該是很常見的青年教師居住環境，就是在這樣的環境下，胡老師在武漢一肩挑起撫養孩子、教書、讀書、研究和翻譯的多重重擔。

大一大二時我並沒有上過胡老師的課，到了大三時，大學必修的基礎課程已經上得差不多了，系裡公佈的課表中列出了胡老師開設的一門選修課《敘事學》。那時我其實對敘事學知之甚少，不知道這門課對我來說意味著什麼，但我想，既然這門課是胡老師開設的，而且我還沒聽過她講課呢，那就聽聽我的這位班主任老師開的選修課吧。就這樣，我報讀了胡老師的《敘事學》。沒想到，就是這門選修的《敘事學》課程，為我打下了敘事理論的基礎，開啟了我認知敘事技巧的大門。

敘事學是研究敘事文的科學，它對主要以神話、民間故事、小說為主的書面敘事材料進行研究，並以此為參照研究其他敘事領域，它研究的是敘事文的共時狀態，而不是敘事文的演變和創作過程。胡老師開設的《敘事學》課程帶著我瞭解什麼是視角、敘述者、敘述接受者；敘事的時序、時限和敘述頻率；以及敘事語法、文本類型、理想讀者、敘述閱讀、符號閱讀和結構閱讀等等，這些概念有些我原本知道一些，有些則是在上了這門課以後才瞭解，胡老師在課堂上都一一講解、舉例，她的講解深入淺出，詳細有針對性，化抽象為具體，讓我對這些概念的認知由最初的懵懵懂懂到後來漸漸變得清楚明白。

胡老師對工作極為嚴肅認真，無論是教書還是當班主任，她都能做到一絲不苟。為了幫助同學們完成她這門課的小論文，她指導班上每個同學查資料，寫提綱，以幫助學生順利通過學期考評。正是因為選修了她主講的這門《敘事學》課程，我的敘事理論才有了一些根基，這讓我在後來的學習、研究和教學過程中對文本的分析和把握有了基本的理論自覺和自信。

後來，胡老師把《敘事學》的課程講義連同她的碩士論文一起出了一本書，書名和我選修的這門課程相同，也叫《敘事學》（華中師範大學出版社，一版一九九六，二版二〇〇四），我買了一本來讀，重溫胡老師的課堂講授內容，再度受益不淺。

身為班主任，胡老師對我們這些本科生非常關心，定期到我們班男女生宿舍探訪我們，及時為班上同學解決思想、生活和學習問題。我想，正是因為她盡職盡責的工作態度，助她在教學、研究、翻譯、管理方面都能取得出色的成就，擔任近十年的華師文學院院長，並最終為她贏得二〇〇七年度中國教育部授予的「第三屆高等學校教學名師」稱號。

碩導王又平：教會我如何解讀作品

大學畢業七年後，我重返華師校園，加入王又平老師麾下，成了其門下的一名碩士生。王老師當時正擔任華師文學院副院長。

王老師是我讀本科時最喜歡的幾個老師之一。他講課充滿激情，資訊量大，內容新穎，思路清晰，眼光敏銳，幽默風趣，而且敢為人先，敢言人所不言，常常一語中的，言辭犀利，痛快淋漓，曾被稱為我們中文系八五級的「精神領袖」，深受我們年級同學喜愛和歡迎。他的課，很少學生會缺席，甚至還吸引了大量其他年級和其他系的學生前來旁聽蹭課。當時學校最大的六一〇一號階梯教室可容納三百多人上課，而王老師的課常常爆滿，連臺階上、窗臺上都坐滿了學生，有時甚至窗外都站滿了旁聽的人，這種大學上課盛況，我在多年的求學和教學生涯中也只是在王老師的課堂上見到過。因此，在報讀研究生課程時，我決定選王老師作為導師，進一步接受其訓練指導，在專業研究和探索上得其精髓，提升自己。

雖是主講中國現當代文學課程，王老師對中西方文論也很熟悉。他曾和同系的王先霈老師一起主編《文學批評術語詞典》（上海文藝出版社，一九九九），上課時給學生介紹大量的中西方文學批評概念，我的中西方文論基礎因此得以進一步鞏固和加強，視野也隨之逐步擴大起來。不僅如此，王老師在課堂上分析作家作品時，也會運用這些批評概念對作品進行條分縷析。從他的示範講解中，我漸漸學會了如何解讀一部作品，如何運用批評理論來解析一篇文本，如何寫作文學評論文章。

碩士學習第三年，我進入學位論文寫作階段，論文選題與「現實主義衝擊波」有關。「現實主義衝擊波」是二十世紀九〇年代中後期興起的一股寫實創作潮流，主要作品是反映當時社會現實的小說，有關作家作品及其評論數量不少，因此我寫作論文所涉及到的閱讀量也很大，挑戰性也不小。王老師知道我的論文寫作難度，不僅給我提供了大量資料，而且仔細批改我的論文草稿，跟我討論時更進一步教我如何解讀論文所涉及到的小說作品，如何解析這些文本，其細緻和耐心讓我吃驚和感動。我的這篇論文經過王老師多次反覆修改，幾易其稿，最後終於定稿，順利通過答辯。

在王老師門下三年，我不僅學到了大量的文學批評理論，而且學會了如何解讀作品，解析文本，為今後自己獨立從事文學研究與批評打下了堅實的基礎。當年經過王老師的手批改過的論文草稿，我至今仍然保留著，上面王老師用紅筆寫下的批語依然清晰可辨。那些紅筆字就像一道道明燦的紅色燈光，照亮我在文學研究批評領域前行的路。

王老師講課之生動精彩不僅吸引了我和同年級的同學，而且也吸引了許多外系的學生來旁聽，他的講課名聲越來越大，後來他不光成為華師桂子山上的「桂苑名師」，也獲得「湖北名師」稱號，更成為包括我在內的許多學生的講臺偶像。我長期在學校工作，無論是在國內還是在國外的講臺上，我都一直希望自己也能擁有像王老師那樣的講臺風采和魅力，但終因功力不夠、世易時移而從未超越，因此我在感到內心慚愧的同時，也對王老師的講課功力更加敬佩不已。

博導陳思和：引導我建立自己的理論

碩士畢業五年後，我再度重返課堂，進入復旦讀博士，導師是陳思和教授。陳老師當時是復旦文學院副院長兼中文系主任。

早在讀本科階段，我就從不同老師的口中聽到了陳老師的名字，零散地讀過他寫的幾篇論文。在老師們的口中，陳老師極有才華，在學術圈中享有很高聲譽。碩士畢業後，我被分配到上海工作，便萌生了去復旦讀博士、做陳老師學生的念頭。在我讀到一本陳老師主編的《中國當代文學史教程》（復旦大學出版社，一九九九）後，我讀博的念頭越發堅定。這本教程的角度、體例和編排都很新穎，完全不似我以前讀過的其他文學史書。其開篇不久就提出並界定了「多層面」、「潛在寫作」、「民間文化形態」、「民間隱形結構」、「民間理想主義」、「共名與無名」等幾個當代文學研究關鍵字，讓我感到書中濃厚的學術氣息撲面而來。長久以來，這本教程持續顯現出獨特的氣質和魅力。

成功加入陳老師師門，我的理想變成現實，在興奮激動的同時，我內心其實也很有壓力——深恐自己資質粗鈍，不夠勤奮，表現欠佳，而會最終有辱師門。所以，儘管工作忙碌繁重，我仍然拚命看書，收集資料，寫作論文，積極尋找機會發表文章。

學位論文開題前，我原本打算做高行健研究，但由於高行健當時在中國被禁，陳老師擔心我的論文選題無法通過，建議我重新考慮。我覺得陳老師的建議挺實在，可又捨不得完全放棄高行健這個研究對象，因為我在學位論文開題前已閱讀了高行健大部分的作品和評論文字，如果完全放棄另起爐灶太可惜，而且會給自己在時間和精力上造成壓力，因為我還有全職工作，屬於在職讀博，不可能全心全意去寫博士論文。考慮再三，我決定做新移民小說研究，把高行健當作其中一章，跟陳老師商量後，他擔心這個選題太大，難以駕馭。我說我先把論文提綱拉出來，給他看看行不行，如果行就繼續，不行就再調整。陳老師聽後同意我的想法，於是我就儘快把提綱列出來發給陳老師。看了我的論文提綱，陳老師二話沒說就同意了。我心裡壓著的那塊大石頭輕輕落地。

開題後，我邊收集閱讀相關資料，邊著手寫作學位論文。在寫作過程中我老是擔心論文的理論高度不夠，就對陳老師說出了自己的顧慮。沒想到陳老師這樣對我說：其實理論也是人建立的，你把作品讀夠了，讀好了，把自己對這些作品的看法進行歸納總結，梳理清楚，條分縷析，並把它們一條條好好寫出來，那就是理論。你完全可以建立起自己的理論。他的原話可能跟這個不完全一樣，但大意如此。經陳老師這樣一點撥，我頓時感到豁然開朗，內心的顧慮很快就一掃而空。

由於是在職讀博，我不能像全職學生那樣天天去復旦上課，所以只要是回到復旦校園，我就非常珍惜在校學習時間，珍惜和陳老師的師生緣，天天跟著陳老師，無論他是去給本科生上課，還是給碩士或博士生上課，我都會進到他授課的教室聽他講課。記得有一天晚上我聽了一堂陳老師給本科生上的課，這堂課的主題是討論張愛玲的作品。課堂上，同學們發言非常踴躍，教室氣氛熱烈而有序，陳老師以學生為中心，讓學生成為課堂的主角，自己只是在其中起著穿針引線的作用。這堂課給我留下極為深刻的印象，原因除了陳老師授課的大家風範之外，復旦中文系本科生思路開闊，思維敏銳，見解深刻，視角獨特，善於表達，年輕學子們的風采讓我深感他們其實遠超過當年讀本科的自己。

陳老師是「大學教授要多給本科生上課」這一大學教育理念的積極宣導者，身為文學院副院長和中文系主任，他不光推行本科生教學改革，鼓勵學院的教授們多給本科生上課，自己也在工作中主動身體力行，親身實踐，以身作則，深受學生歡迎，後來終成中國教育部高等學校教學名師獎獲得者，實至名歸。

在多年的求學生涯中，教過我的老師有很多，但對我影響最大的要數上面寫到的三位大學老師，這三位老師無論是在工作態度和治學精神上，還是在研究深度和學術成果方面，都永遠是我的學習楷模，是我的學業引路人。無論我身在國內，還是移居海外，他們都激勵著我奮發前行。身為諸多名師的弟子，我既感到責任與壓力，又深覺幸運和自豪。

登華山記

一九九三年七月，我們一行人結伴到陝西旅遊。西安碑林、大小雁塔、半坡遺址、陝西博物館、秦陵兵馬俑、臨潼華清池、唐高宗乾陵、扶風法門寺等等，等等，陝西有名的古跡勝景，我們均一一造訪。每到一處，我們都不禁驚歎於華夏文明的古老，心中免不了生出種種自豪和敬意。在臨離開陝西之前，我們決定到華山一遊，去盡情飽覽華山聞名於世的險峻與雄奇景色。

七月流火。在一個炎熱的黃昏，我們登上了由西安開往華陰的火車，車廂內熱浪滾滾，加上想乘車去爬華山的人特多，裡面的乘客擠成一團。我們沒有座位，由於人多，我只能一隻腳著地，另一隻腳得懸著。除了有座位的乘客外，其餘站著的乘客，幾乎都和我一樣做金雞獨立狀。好在車內人多，大家前胸貼後背，顯得異常「親熱」，互相「依靠」，互相「扶持」，最後居然也都安然無恙，一路順利地到達華陰站。

華陰就在華山腳下。我們乘坐的火車下午六點從西安出發，晚上九點多到達，因此我們到達華山腳下時已是夜晚。在火車站附近的小吃店裡匆忙吃了點東西，補充了點「給養」之後，我們一行人就向華山進發了。

儘管在火車上被擠得七葷八素，剛開始上路時大家仍然興致極高，一路上高聲說笑。小夥子們不時粗著嗓門對著茫茫夜空吼上幾嗓子，惹得姑娘們尖聲大笑。那晚上沒有月亮，但天氣晴朗，天上繁星點點，深藍的夜空看上去非常悠遠而神祕。

與我們同行的還有一對山西兄弟，哥哥是第四軍醫大學的學生，弟弟剛參加完高考，考完後就跑到哥哥那兒放鬆因高考而繃得異常緊張的神經。哥哥於是就帶著他來見識華山的峭拔，領略華山自古聞名的奇險。哥哥人在西安，算是本地人，以前爬過華山，自然成了我們這群外地遊客的嚮導。我們很樂意有這樣一位「免費嚮導」同行，也因此而變得膽大、氣壯。

自古華山一條道。夜幕下的華山並沒有進入夢鄉，而是被我們這些成群結隊的登山遊客驚擾得異常清醒。和遊客一樣，華山是興奮的。一進山門，淙淙的流水聲立刻充滿了我們的耳鼓，引得我們對山泉的甘洌產生了無限美妙的嚮往與渴望。

我們每人拿一把手電筒，照著腳下忽高忽低忽寬忽窄的石級。不斷地有上山的人群超過我們，我們也不時地超過別人。曲折蜿蜒的山道被遊客的手電筒光勾勒出隱隱約約的輪廓。夜色中，我們看不到華山的頂峰在哪裡，只覺得那隱在無邊夜幕下的山頂，已與深邃的夜空融為一體。那由手電筒光連綴勾勒出的山道，曲折向上，蜿蜒上升，似與天穹相連，山道上的手電筒光與天上的星光相互輝映。一時間，我們竟然覺得好似踏上了一條登天之路。

山路越來越窄，石級越來越陡，沒有人再顧得上說笑。我們的喘氣聲越來越粗，呼吸越來越困難，速度也明顯比剛上路時慢多了。用手電筒光照照腕上戴著的手錶，時間已是午夜子時，不知不覺地，我們已在這山道上攀登了兩個多小時。停下來坐在路邊的石塊上歇息時，才發現我們原有的一群同伴中，已有大半落在了後邊，只有幾個姑娘和那對山西兄弟做了這群人的前鋒。姑娘們身上的背包和水壺，也不知什麼時候被那對兄弟接了過去。耳邊已聽不到剛進山時的流水聲，除了路過身邊的上山者粗重的喘氣聲之外，四周萬籟俱靜，每個人都能聽到自己通通的心跳。環顧周邊夜色，除了遊客手中的電筒是亮的外，到處是黑魆魆一片，只能從周圍高高低低、凝重厚實的黑影，判斷那可能是華山上大大小小的山峰。

上山已越來越困難，儘管有山西兄弟為我們背行李，我們的體力還是明顯有些不支，大家都得拽著石級旁的鐵鍊，一級一級地繼續往上攀登。石級也越來越窄，越來越陡，有些地方與地面幾成直角，呈壁立狀。我們望著立在面前的懸崖絕壁，心裡生出怯意，姑娘們個個畏縮不前，只有那對勇敢的山西兄弟率先攀登上去，為我們做示範，還在崖頂上不停地給我們打氣，接應我們。儘管心中怕得不行，但我們已別無選擇，只能前進，不甘心後退。於是我們一個個只得壯起膽子，硬著頭皮，咬緊牙關，一步一顫抖，一步一哆嗦地往上爬。最後終於爬上崖頂，被山西兄弟有力的手拽了上去。攀上崖頂後，我們沒有人敢再回首下望，彷彿來路不堪回首，也彷彿一回首就會掉下山崖，再也爬不上來似的。

慢慢地山道變得只能容一人通過，有些地方簡直就是洞穴，又低又矮又窄，我們只能在其中匍匐而行；有些地方巨石凌空躍起，在小路的正上空對接，頗有氣勢；有些地方在路的上方架著搖搖欲墜的巨石，看得人心驚肉跳，不敢貿然從其下經過。但華山自古一條道，不從其下過，又從何處行？於是我們一個個又只好壯起膽子，硬著頭皮，快速從其下鑽過，生怕就在自己通過的一剎那，巨石會突然轟然倒塌。過後自己心裡又覺得可笑，這巨石在這裡不知待了多少年了，怎麼會突然在自己通過時倒塌呢？但再回望那讓人悚然心驚的空中危石，心中又不免詫異：它何以能以如此驚險的姿態，安然度過漫長的歲月，經受大自然風霜雨雪的嚴峻考驗和無情洗禮呢？

我們用在攀登上的時間越來越短，而用在休息上的時間卻越來越長，喘息聲也越來越粗越來越重，感覺上體力和意志已然耗盡，而山頂離我們似乎仍遙不可及。好不容易聽到我們那位「免費嚮導」一聲歡呼：「東峰到了！」

這聲歡呼猶如給我們打了一針興奮劑，使原本早已疲憊不堪的我們，精神陡然高漲了起來，沉重的腳步似乎也變得輕快了許多。抬頭一看，我們到達山頂的石級已不再漫長，東峰在向我們招手！

東峰是華山觀日出的最佳地點，峰頂上的巨石大得令人難以想像，石面上可以同時睡下很多人，對於我們這群已飽受辛苦勞頓的旅人來說，這塊巨石無疑有著巨大的誘惑力。我們不顧手腳已疲軟，紛紛往巨石上爬去，都想爬到石面上去躺一躺，暫時替早已疲累不堪的軀體解解乏。山風很快吹乾了身上的汗水，我們立刻就被逼人的寒氣所包圍，一個個開始瑟瑟發抖，巨石上已經待不下去了。於是我們又一個個戰戰兢兢地爬下巨石，去崖下的小屋花五元錢租一件厚厚的棉大衣，把自己衣著單薄的身體裹得嚴嚴實實，然後再一次爬回峰頂。不過，這時已沒有幾個人有勇氣再爬回到巨石上，去享受都市裡流火七月那份難以企及的清涼，而是紛紛躲到巨石腳下，去尋求流火七月山頂上那縷難得的溫暖。

巨石腳下也有一個巨大的空間，可容納不少人，巨石就像一個巨大的天然頂蓋，巍然地獨立支撐起另一片天，不動聲色地為我們這些遠道來訪的遊客，抵擋午夜或凌晨山頂上襲人的寒氣，默默為我們提供一個溫暖的所在。

遊伴們三三兩兩地坐在巨石下，背靠背肩並肩地相互依偎著取暖，情緒異常興奮，個個看上去開心之極。儘管辛辛苦苦地攀爬了近五個小時的山路，但誰都沒有睡意，而是依然像剛上路時那樣大聲說笑，相互戲說上山時緊張的情狀，懷著激動、迫切的心情期待著東邊日出的那一刻。登華山，觀日出，是我們此行的一個重要目的，此時的我們，更是迫不及待地對華山日出充滿了期待和嚮往。

清晨四點半左右，天邊泛出了一縷白光，漸漸地那光越來越亮，越來越強，又逐漸轉青，慢慢地又變成淺黃，深黃，橙紅色。終於，那顆讓我們期待了很久的圓球，開始露出了一小段弧形的金邊。此時的山頂上擠滿了人，但沒有一個人說話，所有人的目光都投向那道正在一點點變長，一點點變寬的金邊。大家似乎都在屏息期待著一個時刻，一個讓全世界變亮的時刻，一個讓全世界甦醒的時刻。

就在大家的屏息中，一個完整的、金紅色的球體完全浮出了厚厚的雲層，整個世界似乎頃刻之間變得鮮亮起來。圓圓的、充滿質感的球體在無邊的雲海上冉冉上移。天邊那剛剛走出黑暗的雲海，看上去非常厚實，宛如綿延無盡的雪白的棉堆，在山風的吹動之下，那些「棉堆」不停地波動起伏，湧動不止。一時間，雲借風勢，風助雲移，竟成風起雲湧之勢。

那一些在晚上看上去黑魆魆的大小山峰，此刻已大多被雲海淹沒，只有東峰周圍幾座山勢較高的山峰在陽光下，在雲的環抱中若隱若現。山頂上的我們此時看得有點呆了：我們捨棄一晚上的睡眠，爬了大半個夜晚的華山，果然有其獨特的迷人之處，光那雲海就是那麼令人著迷，竟能讓人產生投身其中的感覺。我當時心想，要是能在那厚厚的雲層上躺著，身體隨著雲堆的湧動而上下起伏，飄蕩不止，那滋味該是多麼奇絕而美妙！

能有幸觀賞到難得一見的華山日出，我們都覺得一夜不睡、手腳並用地爬山，這其間所付出的辛勞與恐懼非常值得。畢竟，能順利觀賞到美麗的華山日出者，又有幾人？

時間老人並不肯因有我們坐在華山之巔，正醉心地觀賞美麗的華山日出，而停下他永不會停息的腳步，在我們的凝神注目中，時間在一點一點地、卻又匆忙快速地流逝，太陽在時間老人的陪伴和護送下，顯得莊重大方，穩穩地越升越高。朝陽下的我們漸漸從日出的迷醉中清醒過來，開始注意起周圍的遊伴來。

真是不看不知道，一看嚇一跳。同伴的滑稽令大家不用照鏡子，就知道自己與同伴一樣的可笑。原來，我們夜晚租來的那些大衣，件件都髒得目不忍睹，這些大衣不知被穿了多久，也不知曾被多少人穿過，竟很難辨別出它們最初的顏色。每個人的臉都在一夜爬山的過程中，被汗水和泥土弄得髒兮兮的。大家都你看我，我看你，竟忍俊不禁，大笑起來，邊笑邊忙不迭地脫下自己身上那件破舊骯髒的大衣。儘管清晨的華山之巔依然有著很重的涼意，但大家看到大衣那麼髒，竟沒有勇氣再把它們穿回身上。好在天已經亮了，笑過以後，大家決定把大衣歸還給它們的主人，然後開始下山。

俗語說：上山容易下山難。如果說晚上登華山是對遊客的體力和意志所進行的測試的話，那麼白天要從華山頂上下來，遊客們則要接受勇氣和膽量的考驗。對遊客而言，下山無疑是一項比上山更為嚴峻的挑戰。每一個準備下山的人從山頂上向下望去，都會立刻被一種深深的恐懼感所牢牢控制住，會不由得產生這樣的感想：天哪！我昨天晚上是怎麼爬上來的呀？難怪人家都是晚上來爬華山，要是白天來，誰敢爬呀?!於是整個人就會被強烈的後怕感所包圍，恐懼使每個人都要閉一閉眼睛！

太陽繼續往上躍升，天空厚密的雲層開始變得鬆動、稀薄。在山風的吹送下，雲層被分解成一小團一小塊，分別向旁邊大小不一的山峰妖嬈地飄去，猶如天上的仙女到了凡間後，分頭去尋找各自心中思念與牽掛已久的戀人。原來隱伏在雲海之下的山峰，紛紛露出了各自真實的面孔，向遊客和「仙女」們展示出自己獨特的魅力。

環顧群山，原來在夜晚看不出真面目的山峰，在朝陽下卻是別具一格：山峰無論大小，其表面卻全是白色的，如石灰水刷過一般；沒有參天的大樹，也沒有青青的小草，只零零星星地點綴著算不上高大的松樹，還有其他一些也算不上高大的、我說不出名字的樹木，這些樹木稀稀落落地撒在華山的各個山頭上，遠遠談不上茂密和蔥蘢，或許這是華山有別於其他名山的特點之一吧。

低頭向山下望去，我們這才開始領略到華山的峭拔、險峻與雄奇，無論是我們腳下的東峰，還是周圍那些遠遠近近有名無名的山峰，全都是幾近垂直的，如一面面灰白的牆壁，彼此不相連貫，自成一體。我想，所謂的壁立千仞，大概就是指的這種景致了。目力所及，看不到平緩的坡道，除了我們腳下那條上山來時所走過的、下山去時還必須要走的路之外，我看不到還有別的路可以選擇。

走在下山的路上，不知是由於疲勞還是由於恐懼，我們的腿是那樣疲軟、沉重，而且一直顫抖不止，走路歪歪斜斜，腳步根本不受意志的控制，那步態個個都像醉漢。我們誰都不相信這就是上山時我們所爬過的那條路——它是那樣窄，那樣陡。路兩邊大都是陡直的懸崖絕壁，稍有不慎就有墜入萬丈深澗的危險。

我們每個人都抱著十二萬分的小心，一個個提心吊膽，戰戰兢兢，雙手緊緊拽著路兩邊的鐵鍊，倒退著往下爬。沒有人敢面朝下按正常的姿勢下山，也沒有人敢再四處張望，因為那樣的話人立刻就會有一種頭暈目眩之感。我做過好幾次嘗試，但都因受不了那種暈眩感，擔心一不小心就會滾下石級、墜落崖下而只好放棄，只好仍然採用面朝上倒退著往下爬的姿勢，根本不敢再旁顧。

偶爾有一段稍微平緩、寬敞的地帶，那必是上一段懸崖的結束、下一段懸崖的開始之處，也是遊客們所樂意見到和停留的地方。每到這種地方，我們的緊張恐懼心理就會暫時有所鬆弛，整個人得到莫大的放鬆和休整，眼睛可以不再只盯著腳下，而是可以邊坐在路邊石頭上，邊瀏覽四周既迷惑人又威懾人的動人景致。性格樂觀開朗的同伴這時還會相互開開玩笑，戲說彼此下山時的「熊」樣，弄得大家都笑不可仰，但那笑聲中都分明透著顫抖，透著心悸。在雄奇峻險的華山面前，我們都懂得了小心謹慎，也懂得了尊崇虔誠。

太陽當頂照，山上已非常燥熱，我們上山前準備的食品和飲料，經過一夜的消耗，此時也已所剩無幾。山上零星點綴的冷飲店和小吃店前，早已擠滿了饑渴難耐、疲憊不堪的遊客。大家互相提醒不可在山上久待，於是，短暫的休整過後，我們又重新鼓起勇氣繼續下山。在後面的下山路上，我們如法炮製，仍然手腳並用，四肢齊動，總算安全順利地「走」完了那一大段險程，好在有驚無險，總算是一路平安。

下午四點左右，我和同伴們終於到了山腳的緩坡路上。屈指一算，我們用在下山的時間竟然比上山多一倍！上山容易下山難，不經過親身體驗，恐怕是難以體會到這句話的真正含義的。

終於平平安安地下了山，大家都不約而同地長舒一口氣，那顆一直吊在嗓子眼的心，總算慢慢落回到了原處，每個人頓時有一種從空中回到地下，腳踏實地的安全感。但這時我們的腿部肌肉已變得僵硬、麻木，雙腿已不大聽使喚了，每一步都似乎沒有踩到既定的目標上面，而大家此時已沒有多餘的精力，來管制自己不聽話的雙腿——隨腿們自己走去吧，走到哪算哪，反正再不用擔心會墜落懸崖，跌入萬丈深淵，而這，在眼下就已足夠了。

一晃多年過去了，登華山的許多細節早已忘記，然而那心驚肉跳的感覺卻依然記憶猶新，華山險峰上的無限風光也依然歷歷在目，恍如昨日一般。那一段遊程，我至今想起來仍心有餘悸、後怕不已，真是驚險得夠嗆，刺激得可以。

經歷了這一段險程，我們終於明白了為什麼人們都要晚上去登華山，除了想欣賞其日出奇景和無邊雲海之外，恐怕還與華山的險有關：遊客們若是在晴空白日去爬山的話，眼望腳下那一眼望不到底的萬丈深澗，那登山的勇氣恐怕要大打折扣吧？膽小如我們者，則恐怕會中途退卻、無功而返吧？夜登華山，目光「短淺」，視野狹窄，看不到險情，就不會因害怕而分心；眼睛只能望到腳下的小路，猶如「鼠目寸光」，僅僅憑著一腔豪情，以險聞名的華山，就被我們踩在了腳下，似乎還真應驗了那句「無知者無畏」的「名言」呢。

常聽人說，到北京，「不到長城非好漢」，而我卻要說，若到了陝西，「不登華山則非英雄」。沒想到，華山那茫茫的夜色，竟成全我們圓了一回英雄夢。每想到此，心中總免不了油然生出許多豪氣。

高行健的尷尬

高行健成名後在亞洲的首場畫展，於二〇〇五年十一月二十日在新加坡新達城三樓舉行開幕儀式，開幕式與「高行健雙語國際論壇」同日舉行，相信在這段時期內，高行健會是新加坡各大媒體及市民的主要話題之一。

高行健以小說和戲劇聞名於世，並主要憑其戲劇作品及《靈山》一書獲得諾貝爾文學獎。而在此之前，很少有人知道他還會畫畫，據說他已在亞洲以外的許多國家舉辦了三十場畫展，而在他的故鄉——亞洲，甚至其原鄉中國，卻還未有過像樣的畫展。據參加這次國際論壇的中國美術館研究員陳履生先生說，他是中國大陸唯一研究高行健繪畫的人，他所在的美術館館長和其他同事，甚至都不知道高行健會畫畫。高行健在新加坡美術館舉辦其成名後的首場亞洲畫展，這一舉動會使更多人對高行健其人其作有更多的瞭解。

論壇中，南洋理工大學助理教授柯思仁博士，在其演講中談到高行健得諾貝爾文學獎這一話題，他說在頒獎禮上，瑞典學院並沒有在高行健名字前面冠以「French writer」這一稱號，而是使用了「Chinese writer」一詞。柯思仁博士還在其演講中花了一點時間，重點討論了「Chinese」這個詞的詞義，他說這個詞的中文含義，可翻譯成「中文」、「中國人」、「華人」、「中國」等，高行健得獎時雖已入籍法國，但瑞典學院卻並未使用「French」（法語，法國人）一詞，而是使用了「Chinese」這個詞，而這個詞又被巧妙地譯成「中文」，而不是「中國」或「中國人」。

從柯思仁博士的這一番討論中，我意識到高行健得獎時及得獎後是遭遇到不少尷尬的。

尷尬之一：當瑞典學院決定把獎項授予高行健之時，那些評獎委員顯然不認為他是法國作家，更不會把他當做法語作家看待，而對共產黨和共產主義的不認同，又使得那些評獎委員不願把高行健當做中國作家看待，因此在那些評獎委員眼裡，高行健既還算不上是法國人，也已不再是中國人，但當時高行健已入籍法國，的的確確是法國公民，擁有法國護照，因此瑞典學院在闡明頒獎理由時，特意強調是因為高行健「作品的全球意義、含辛茹苦的體驗和語言的機靈智巧，為中文小說藝術和戲劇藝術另辟新徑」（劉心武《瞭解高行健》，開益出版社，二〇〇〇年十二月第一版，第一八二頁）。由此可見，高行健獲獎時的身分是有點尷尬的，這也令那些評獎委員決定在評語中如何措詞時頗費了一番腦筋。

尷尬之二：是關於鄉愁。高行健曾經說過，他在國外完成的長篇小說《靈山》和《一個人的聖經》，已經了結了他的所謂的「鄉愁」，從此以後他就是一個沒有祖國、沒有故鄉之人，並宣布他在有生之年，不會再回到共產中國。其實，有資料顯示，《靈山》完成於中國，出版於海外，這件事跟本文主題關係不直接，可暫時忽略不提，這裡只談他的「鄉愁」。《一個人的聖經》出版於一九九九年，此後的高行健，的確鮮見有小說問世，但是自這部小說出版之後，高行健曾多次在不同場合，以書面和口頭形式談及中國和中國文化。他在這些場合的言說內容，雖未明確談及他的鄉愁，也未稱中國為他的祖國，但其言談背後的中國情結仍然顯得很牢固，這一點高行健本人未必肯承認，但明眼人要看出來是不難的。

尷尬之三：同胞的接受反應。每年的各個諾貝爾獎項在公佈前後，都在世界各國備受矚目，每個獲獎人的所在國，在得知有本國公民摘取桂冠後都會欣喜、興奮不已。高行健的獲獎也不例外，不過對他獲獎的反應，從已呈現的現象看，大致上可分三塊：

一塊是在法國。高行健入籍法國兩年後就獲得如此殊榮，法國官方立即高調作出回應，對他所取得的文學成就稱許有加，毫不吝惜溢美之詞。這種反應可以理解，因為高行健才做了兩年的法國公民，就在諾貝爾獎的獲獎名單上為法國多爭取了一個席位，對法國而言，這個席位幾乎等同於白揀了個便宜，高行健才作為法國新公民就獻上如此大禮，自然是勞苦功高，官方不高調回應也說不過去。何況法國本來就是一個非常熱情的民族，對有功之人熱情稱讚一下，也在情理之中。

一塊在海外華人。高行健獲獎，是華人首次問鼎諾貝爾文學獎寶座，在他之前，尚無華人作家摘取這頂桂冠。這對華人而言，自然是一件破天荒的、值得高興和驕傲的事情，因此海外（包括港澳台地區）華文媒體對其獲獎消息大肆報導，不少報章將其稱為「華人之光」，自豪之情溢於言表。而且，由高行健獲獎，不少華文媒體還引發出對下一個獲獎華人作家會是誰的預測和聯想，也有對之前曾有不少華人作家與諾貝爾文學獎失之交臂的回顧與惋惜，從中可以看出華人世界對諾貝爾文學獎真的是懷有深重的情結意識。

第三塊在中國大陸。這是高行健出生、成長、工作和生活過的地方，他在這塊土地上生活到四十七歲才離開，度過了大半輩子，對高行健而言，這塊土地對他生命的重要性不言而喻。然而，祖國和故鄉對他獲獎的消息所作出的反應與前面兩塊大相徑庭，首先是官方的反應非常激烈，指責、批評和憤怒、不屑的言辭屢屢出現在媒體報導上，這主要是因為高行健與大陸官方有過節，曾結下樑子，並且被官方禁止回返大陸和在大陸出版著作；其次是民間讀者的反應非常冷淡，高行健在中國大陸的影響主要發生在二十世紀八〇年代，自八〇年代後期他離開中國大陸以後，由於作品被禁，九〇年代後的大陸讀者對高行健知之甚少，因此當他獲獎的消息公佈之時，不少大陸讀者顯得茫然未知，不知道高行健是何許人，也不知道他都曾寫過些什麼作品，這從網上民眾充滿了對高行健的疑問就可看出。

由此可見，高行健獲獎後在他的故鄉和祖國是遭遇過尷尬的。明明是中國產品，卻貼上法國標籤，這在家鄉父老心裡顯然有點不是滋味。一般來說，一個人在海外獲得成功後，最想要的就是在自己的祖國和故鄉獲得認可，在那塊生於斯長於斯的故土上，家鄉父老的認同和讚揚比什麼都寶貴，中國人如此，西方人亦然。而這麼寶貴的故園認同，高行健卻未能順利得到，除了尷尬之外，或許還有憤怒與哀傷的情緒鬱積于心。高行健後來宣布他了結了祖國與鄉愁情結，除了表達對共產黨的不滿之外，大陸讀者的冷漠反應或許是其中一個因素也說不定，這一點只有高行健內心最清楚。

其實，獲獎後不被祖國和故鄉認可的諾獎得主並非高行健一人，前蘇聯作家帕斯捷爾納克就是其中一個先例。他憑藉其《齊瓦戈醫生》於一九五八年獲得諾貝爾文學獎，但迫於國內政府和輿論的壓力被迫拒絕領獎。高行健的情形雖與帕斯捷爾納克不完全一樣，但二者相似的地方是，登上諾獎寶座卻不被祖國認同，其中的尷尬應該是有著某些相似之處的吧。

尷尬歸尷尬，其實高行健不需要宣稱有沒有祖國、斷沒斷鄉愁的，有時候行動比語言更有說服力，而沉默也是一種表達方式，沉默也是很有力量的。何況，高行健在世界文學之塔曾經登頂，即使不說什麼，也已經很有分量。在下竊以為如是。

馬悅然這老頭兒

讀完《另一種鄉愁》這本書，我「認識」了一個有意思的老頭兒——一個值得尊敬的瑞典老頭兒——馬悅然。他是一個正宗的歐洲人，卻有一個正宗的、很有品位的中國名字；他「鄉愁」的對象不是他的祖國瑞典，而是他的第二故鄉——中國。瞭解了他這麼多後，我忍不住要寫下這篇文字。

聞名世界的漢學家

馬悅然（N.G.D.Malmqvist）是瑞典人，出生於瑞典南方。大學時先學拉丁文和希臘文，後來讀了林語堂英文版的《生活的藝術》這本書，受其影響而對中國的道教和禪宗感興趣，分別讀了英文、德文和法文版的《道德經》，發現這些版本之間出入很大，在請教著名瑞典漢學家高本漢先生時表示很想學中文，於是就此開始師從高本漢先生學習古代漢語、先秦文學和中國音韻學。大學畢業後到中國四川做方言調查，鑽研過方言學、語音學、歷史語音學、現代和古代語法、語義學、格律學等。先後執教於倫敦大學中文系，澳洲國立大學中文系，瑞典斯德哥爾摩大學中文系，還在瑞典駐中國大使館擔任過文化秘書，曾當選為瑞典皇家人文科學院院士，瑞典學院院士（即「諾貝爾文學獎評選委員會委員」），瑞典皇家科學院院士，也曾兩度當選歐洲漢學協會主席。

這位漢學家飽讀中國詩書，漢學功底之深，對中國語言、文學與文化的瞭解之多之廣，見解之獨到之深入，使很多中國本土的學者都只能望其項背；他對中華語言、文學與文化的熱愛與探求的執著，會使很多散居世界各地的華夏兒女感到汗顏，特別是那些自認為已經西化、甚至恨不得自己不是華人、不是華夏子孫的「黃皮白心」的「香蕉人」，他們若知道在他們所一心嚮往的西方有個如此熱愛東方、熱愛中國的馬悅然後，一定會感到無地自容。

漢文學在西方的傳播者

馬悅然這老頭兒不光自己熱愛漢語言文學和文化，他還要熱心地與他的同胞一起分享他的所愛，大概他信守「好東西應與人分享」這一名訓。「一個具有必要的語言能力而對文學感興趣的漢學家應該用一部分時間搞翻譯工作，讓他自己的同胞們有機會欣賞他所欣賞的文學作品。」「我從事翻譯工作最重要的動機是讓我瑞典的同胞們欣賞我自己欣賞的文學作品。」這些引文表明馬悅然不只一次表達過他的這種想法，他是這樣想的，也是這樣做的。

二十世紀六〇年代以來，他把中國古代、現代和當代的文學作品翻譯成他的母語——

瑞典文，譯作包括一部分《詩經》、一部分《楚辭》，大量的漢朝民歌、南北朝詩、唐詩、宋詩、宋詞和元曲，古典小說《水滸傳》、《西遊記》，還有新文化運動以來的詩人郭沫若、聞一多、艾青、臧克家等人的作品，以及當代「朦朧詩人」北島、顧城、舒婷等人的詩歌，老舍、沈從文、孫犁、浩然、李鋭、高行健等現當代作家的作品，他甚至還詳解過毛澤東詩詞。

不僅如此，一些鮮為人知的中國現代詩人及其詩作也被馬悅然納入視野之中，有些還經過他的翻譯和力薦，使這些原本被淹沒在時代大潮中的詩人及其詩作得以在東西方受到關注並廣為流傳，如詩人何植三（受日本俳句影響的小詩）、郭紹虞（具有哲理意味的小詩）、楊吉甫（《楊吉甫詩選》）、楊華（風格類似楊吉甫的詩）、韋叢蕪（長詩《君山》）、覃斌森（曾在香港菊花詩歌比賽中獲第一名）等。這些詩人，除了郭紹虞後來因其學術成就引人注目之外，其他幾位詩人很少進入學者的視野，更少有人關注他們的詩作。由此可見，馬悅然涉獵面之廣，觸角之敏鋭，眼光之獨到，在西方漢學家中位居前列。他一生窮經皓首，著作等身，獨步東西，令很多漢學家歎莫能及。

婚姻愛情的忠貞之士

「西方人在婚姻愛情方面觀念比東方人開放」，「開放即意味著性觀念隨便、對配偶不忠、愛情上的不專一」，我這方面認識的形成來自東方各種媒體對西方人在性及愛情婚姻方面觀念的相關報導。然而，「認識」馬悅然這老頭兒後，我這方面的觀念得以修正，他令我調整心態和視角，重新認識西方人對待婚姻和愛情的態度。

二十世紀四〇年代末，當年二十多歲的馬悅然到中國四川調查方言，住在陳行可教授的家中，因而認識陳行可教授的小女兒陳寗祖。這趟調查之行，年輕的馬悅然不光在中國方言的調查研究上收穫頗豐，為自己終生的研究課題奠定了厚實的基礎，也贏得了中國姑娘陳寗祖做妻子，並鑄就了自己在婚姻愛情上一輩子的浪漫和幸福。

一九五〇年到一九九六年，四十六年的婚姻生活中，瑞典人馬悅然始終和中國妻子陳寗祖相濡以沫，在這個近半世紀的婚姻旅程中，沒有紅杏出牆，沒有婚外情，沒有第三者，沒有緋聞，三個英俊瀟灑的兒子是他們幸福婚姻和愛情的結晶。

二十世紀九〇年代中期，陳寗祖去世以後，馬悅然為了離寗祖近一點，特意賣掉城裡的大房子，搬到寗祖長眠的地方，天天黃昏時分繞著寗祖的墓地散步，不時地更換墳頭的鮮花，清理墓碑旁飄落的枯葉。

寗祖去世後，馬悅然還撰文紀念她，用的媒介語還是寗祖的母語。在《弟弟的海行——外一章》一文中，馬悅然這樣寫著：「我相信弟弟回家之後，也想念那可愛的公主！我那時比童話中的弟弟還小，根本不知道後來要出海到那個遙遠的國家，發現一個中國女孩，我心中的公主。先做她的不敢表白的情人，再做她的外國丈夫，最後終生懷念她，坐在這裡寫下這個故事，給她的同胞看。」我就是寗祖的同胞，我就正在看馬悅然這老頭兒用甯祖的母語——中文寫下的關於她、她的母語和她的祖國的故事。

這情景、這文字，使如今生活在二十一世紀的我為之動容，內心裡由衷羨慕已長眠於地底下的甯祖，一生擁有如此美滿的婚姻，如此完美的愛人，做女人做到如此境界，夫複何求？甯祖，我相信你該瞑目了，請帶著永恆的微笑長眠吧！

生活在據說是「保守」的東方的我，幾十年來從未聽說過類似的愛情故事，耳中充斥的全都是「外遇」、「婚外情」、「包二奶」、「齊人之福」，大大小小的東方媒體全都以諸如此類的報導輪番轟炸我的眼球和耳鼓，馬悅然這老頭兒和甯祖的婚姻故事，令我見識了他們為東西方共同書寫的二十世紀愛情神話，並為之羨慕和感慨不已。

就因為是這個愛情神話的創造者和主人公之一，馬悅然這老頭兒贏得了我更多的尊敬，因為他不光學習、研究和傳播中國語言、文學和文化，而且他還把自己融入到這個文化之中，把這個文化注入到自己的血液之中，使之成為自己生命的一部分。

鄉愁所系是中國

二十世紀四〇年代中國四川方言的調查之行，與中國姑娘四十餘年的美滿婚姻，一生中多次到中國探親、考察、工作和訪問，終生對中國語言、文學和文化的執著熱愛、探求、研究和傳播，使得這位正宗的瑞典人把中國視為其第二故鄉。他把與中國有關的點滴用中文記錄下來，結集為這本散文隨筆與研究札記合集《另一種鄉愁》，他在書中用優美流暢的語言，輕鬆幽默的語調，真摯自然的感情，敘說其對第二故鄉的熱愛與懷念。

這種對中國的感情與馬悅然曾著力向瑞典學院所推介過的對象之一——高行健形成鮮明的對比，他們對中國所流露出的感情有著天壤之別。高行健曾在得了諾貝爾文學獎之後公開說過，在寫完了《靈山》和《一個人的聖經》之後，他的所謂「鄉愁」已經了結了，從此他就是一個沒有祖國、沒有故鄉、沒有鄉愁的人。馬悅然是高行健獲得諾貝爾文學獎的重要推手，他在《靈山》還只是手稿、尚未正式印行之時就已將其翻譯成瑞典文，竭力向其瑞典學院的同僚們推薦高行健的這本書，終於助高行健成為第一個問鼎諾貝爾文學獎的華人，高行健也因此而視馬悅然為其知己之一。對中國懷有如此深厚感情、視中國為第二故鄉的馬悅然，在聽了高行健的這番「真情告白」之後，不知會作何感想？

＊《另一種鄉愁》，馬悅然著，生活・讀書・新知三聯書店，二〇〇四年一月北京第一版。

在台南吃「天下第一板」

天下第一板，什麼板？棺材板！

乍聽起來，上面這句話是不是有些震撼力？你以前有沒有聽到過類似的說法？不管你的答案是什麼，反正在去台灣之前，我這個孤陋寡聞的人是從未聽到過這句話的。初次聽到它時，我的耳鼓和內心都曾經受到它帶給我的震撼性衝擊效果。在一陣迷惑和釋疑後，我終於得到確認：這被稱作「天下第一板」的「棺材板」，名字聽起來似乎頗有些恐怖和震撼的東西，卻原來是台南的一道地方特色小吃。或許就是受到這個名稱的刺激和誘惑，我和幾名文友因此而成就了一趟台南之行。

二〇一一年十一月底十二月初，我有幸受邀出席第八屆世界華文作家代表大會，此次會議地點被安排在台灣南部城市高雄附近的佛教聖地——佛光山。參加這次會議的有來自全球的華人作家代表百餘人，其中也不乏研究世華文學的專家學者。

會議原定議程三天，不料卻提前一天結束。台灣當地的不少作家學者在會議結束後就已返回各自生活和工作所在地，而我們這些來自海外的世界各國代表，卻因回程機票早已定好，無法效仿台灣本地出席者當天離開佛光山，因此意外得到一天可自由支配的額外時間。就在那天的早餐桌上，我和幾位來自雪梨的文友決定到台南一遊，以自由行的方式體驗台南人文風情。

吃罷早餐，我們各自回房收拾一下，帶上瓶裝水和最簡單的必備行李，就匆匆趕到佛光山腳下的公共汽車站，登上開往新左營的載客麵包車。到新左營後，我們很快又登上前往台南市的火車，於中午前抵達台南火車站。在火車站的旅客接待室拿了一些免費旅遊地圖及手冊後，我們的台南之行就真正開始了。

手拿旅遊圖，我們按圖索驥，或搭計程車，或索性步行，一路遊覽了安平古堡、熱蘭遮城博物館、安平小炮臺、台南孔廟、延平郡王祠及其對面的媽祖廟等台南歷史文化古跡。路過台灣文學館時，身為文學圈內之人，我本想與台灣文學作更親密接觸，無奈因時間倉促，未能進入館內細看，只能拍照留念，遺憾割捨。一路行色匆匆，天氣雖炎熱，旅途雖辛勞，可一眾文友性格均開朗幽默，途中笑話幽默段子不斷，因此這次短暫的台南之旅，讓我收穫許多快樂。

行程中，文友田地和勞丁嚷嚷著「肚子餓了」，想吃「棺材板」。我們聽後雖大笑，卻很配合他們對「棺材板」的需求，陪著他們一路尋找其心目中最正宗的美食「棺材板」。沿路經過很多美食街，路過許多家餐館，其中也有店家售賣「棺材板」，但都不是他們夢寐以求的正宗「棺材板」，於是大家決定寧缺勿濫，毅然放棄品嘗這些「不夠正宗」的同類小吃，可又覺得肚子餓得厲害，甚至都能聽到自己肚子裡面在不斷嘰哩咕嚕發聲抗議。而且因腹中無食，文友們已明顯感到腿腳無力。鑒於此，經過商議，大家一致決定在找到正宗「棺材板」之前，為了不至於有人因飢餓而出狀況，還是應該先吃點東西墊墊肚子，以便眾人能保有足夠體力，繼續尋找夢想中那道美味的台南名吃「棺材板」。

就這樣，在吃到正宗「棺材板」之前，我們先品嘗了據說也屬台南名吃之一的真正美味魚皮湯，喝到了超級便宜可口的台灣產冬瓜茶，在承天橋附近的冷飲店門口見到了長度超過一米、寬度超過三十釐米的巨型冬瓜，在中山路口大轉盤附近吃到了多種口味的台南麵食和茶葉蛋。一邊不斷吃吃喝喝，一邊仍不放棄尋找夢寐以求的「棺材板」。過程中我們雖一路說說笑笑，嘻嘻哈哈，看似輕鬆愜意，卻又盡顯每位文友團結配合、不輕言放棄的執著與堅持精神。

那天，台南天氣晴朗，豔陽高照，那朗朗晴空讓我感覺其烈日和高溫毫不遜色於熱帶島國新加坡，因此，置身台南，讓我有恍若又回到獅城之感。我們一眾文人，頂著烈日，穿街走巷，汗流浹背，途中問過無數路人和店家，一路尋尋覓覓，於下午三點多鐘時，終於在中正路康樂市場附近，找到了一家自稱是正牌「棺材板」發明者的小吃店——赤嵌棺材板沙加里巴。

這家小吃店藏身於眾多服裝、雜貨等店鋪之後，我們從一條窄巷進入，只見其門面不大，店堂也不算寬敞。小店共有兩層，一樓面積不超過五十平方米，外觀並不顯眼，難怪如此難找。如果缺乏「執著與堅持」這些寶貴品質，我們恐怕早就放棄。

為了吸引顧客，這家店的內外裝修看上去花費了不少心思：店家不光在外牆上寫有「創立於民國二十六年」字樣以彰顯店鋪悠久歷史，還放大張貼了不少店內大廚與李安、吳宗憲等演藝界知名人物的合影，以強調其知名度與吸引力；店內正對入口處的一整面牆上都有字畫裝飾，在接近天花板的頂端，鑲有條幅「一隻棺材板，兩世呷未完」，條幅紅底黑字，左右下角各寫有「赤崁棺材板」字樣，黑底金字，估計是店標；條幅下面是「赤崁棺材板」和「棺材板正傳」的文字說明，以帶有歷史感的黑白街景照片作為文字背景，條幅和文字介紹周圍均以金色金屬邊框鑲嵌包裝，並有玻璃板置於字畫之上，足見店家對這面牆的裝飾頗為重視與用心，老闆在內外牆面裝飾方面肯定也花費了不少金錢。

找到了這家自稱是正牌的「棺材板」售賣店，我們終於可以停下腳步，在一樓最遠離入口的一張桌子旁落座。環顧四周，許是過了正餐時間，店內顧客不多，除我們之外，只有兩張桌子旁有人用餐。點了夢寐以求的「棺材板」之後，文友田地去上廁所。回程中，他走到一位女店員身邊，用手對著她的左胸指指點點，女店員也用右手食指在自己的左胸前比比畫畫，兩人不知在講些什麼。我們遠在店內一角，起初並未留意，文友勞丁眼尖，最先發現這一場面，立即指給我們看，經他這一指點，大家頓時感覺這一場面非常曖昧滑稽，於是會心地縱聲大笑。田地回到座位，對我們剛才的大笑感到有些莫名其妙，弄清原委後，他自己也笑不可仰。問他剛才為什麼要用手指點女店員左胸，他說是在向女店員打聽其工作服上印著的店名「赤崁」的「崁」字如何發音，一問才知道，這個「崁」字不能讀作常見的標準發音qian（念四聲），而要讀方言發音kan（念一聲）。聽他這一解釋，我感覺此行又多了一點收穫。

等了一陣子，幾種不同口味的「棺材板」上桌。我們先是興奮，繼而一愣，隨即開始七嘴八舌，議論紛紛。原來，擺在我們面前的這道台南著名小吃「棺材板」竟是這副模樣：一塊似經油炸（或烤）過的淺褐色方形麵包，面積十二釐米見方，厚度二—三釐米，其正中間被整齊切開一道長方形缺口，廚師按照顧客所點的菜單，將事先準備好的相應口味的餡料倒入這道缺口之中，再用蓋子將缺口封上，這道台南著名小吃就算製作成功，可端上桌給食客品嘗。——這就是我們花了幾個小時、經歷千辛萬苦、在烈日下曾向街頭無數人打聽過後，方才尋覓到的台南著名美食——號稱「天下第一板」的「棺材板」！

「美食」上桌，我們邊談觀感邊品嘗。不知是「美食」不大合口味，還是前面已有其他美食墊肚，我們這群有著「執著與堅持寶貴品質」的外來食客，在品嘗台南名吃「棺材板」時，味蕾竟然未能充分打開，吃它時大家並沒有表現出津津有味的吃相，這讓我感到我們這場尋找台南美食的行動似乎有些虎頭蛇尾——開頭非常轟轟烈烈，間中經過了漫長醞釀與鋪墊，結局卻並未出現期待中的高潮與激情，不免會讓人感到結局有些不夠酣暢淋漓。

看到「棺材板」後，我的食欲當時其實並未被充分激發出來，因此試探著提議我只吃「棺材板」的蓋子，其他剩餘部分由大個子田地搞定。可勞丁卻說：「各人搞定自己的棺材板，不得讓其他人代勞。」田地聽後，也附和勞丁。見此情形，我只好不再堅持，無奈之下只能繼續享用我點的這份「棺材板」。雖不想故意浪費糧食，但我當時實在是沒有胃口把它全部吃完，因此那份「棺材板」只被我吃掉了上面的那塊蓋子和填在缺口中的些許餡料，其餘大部分「棺材板」都被我無奈地遺留在餐盤上了。這次經歷讓我體會到了俗語中常能聽到的「百聞不如一見」、「相見不如懷念」這些說辭的意思，原來有些東西只需聽聽就好，親身嘗試其實則未必有此必要。

號稱「天下第一板」的「棺材板」，雖不大合我當時的口味，但因之和幾位文友同遊台南、共品美食、一起探索的經歷與樂趣，卻讓我至今難以忘懷。這次難忘的旅行經歷，讓我與幾位雪梨文友在台南結緣。我在記住文友和台南的同時，也記住了這道當地特色小吃「棺材板」。「棺材板」與「天下第一板」的名號獨特而有趣，似有足夠的震撼力讓人牢記，可見原創者還真有「語不驚人死不休」的開拓意志，這種追求非常值得尊敬。

關於「胡服騎射」的千年回想

參觀武靈叢台是我二〇一六年赴邯鄲采風的行程之一，這處邯鄲歷史古跡記錄著趙武靈王胡服騎射的軍事改革故事。其改革經歷和所取得的成就令我心生佩服，心潮起伏，腦海裡不斷想起歷朝歷代的改革事件及其成敗得失。

中國雖有近五千年文明史，可除開改朝換代時發生的無數流血革命事件之外，歷史上有記載的在和平時期進行的重大改革算不上很多，而且在可數的改革事件中，失敗多過成功。如西元前三六五年的商鞅變法、西元前三五〇年的秦孝公變法、西元後九—二十三年的王莽變法、四九〇—四九九年的北魏孝文帝和馮太后的漢化改革、一〇六九—一〇八五年的王安石和宋神宗變法、明代張居正變法、一八九八年清末光緒帝戊戌變法和一九七八年鄧小平改革等，以上所列歷代變法改革，除了商鞅、秦孝公變法和鄧小平改革取得了公認的成功之外，其他都算不上成功，甚至可以說失敗了，而明代張居正變法範圍則非常有限，只對朝廷財政政策做了些調整，嚴格說來他的變法行動不能算是一場全面的改革。

上述所列事件之所以成功或失敗不是本文重點，本文打算重點討論的是，發生在西元前三二五—二九九年間，趙國自上而下的一次影響深遠的改革事件——胡服騎射。學過中國歷史的人對「胡服騎射」這四個字應該不會感到陌生，此故事主人公趙武靈王為使趙國強大，有能力抵抗胡人入侵，就動員王公貴族，號令全國軍隊，而且親自帶頭行動，穿著「胡服」，苦練「騎射」，這個強軍故事勾畫出趙武靈王務實踐行、勇於改革、有魄力有膽識的明君形象。

通過改革，趙國軍隊作戰能力得到顯著提升，不但徹底扭轉趙國一度受欺挨打的局面，成功抵禦胡人進攻，而且還順利收復失地，消滅了曾經欺負過趙國的中山國，使趙國成為國力僅次於秦國的強國，而趙武靈王也因此成為歷史上頗有名望的古代君王之一，因銳意改革且成效卓著而青史留名。這場改革之所以成功，關鍵在於趙武靈王善於總結經驗，吸取教訓，發現對手長處，找到自身不足，借人之長，克己之短，並在推行改革過程中親自掛帥，意志堅定，目標明確，排除干擾，擴大戰果。再加上趙國軍民上行下效，上下一心，終於在短短不足三十年時間裡使國力快速躍升，成功躋身於戰國時期強國之列。

「胡服」指的是類似於西北戎狄（又稱胡人）之衣短袖窄的服裝，它與中原華夏族人的寬衣博帶長袖大不相同，俗稱「胡服」。其特點是窄袖短襖，人們穿起來生活起居和狩獵作戰都比較方便。「騎射」指的是趙國周邊游牧部族的「馬射」，即騎在馬上射箭，這種箭術有別於中原地區傳統的「步射」，即徒步射箭；二者相較，胡人作戰時用騎兵、弓箭，與中原人作戰時用兵車、長矛相比，具有更大的機動靈活性。趙武靈王敏銳地發現了胡人的作戰優勢，為了富國強兵，他在邯鄲城提出著「胡服」、習「騎射」的改革主張，決心取胡人之長補中原之短。從此，趙國軍隊從寬袖長衣的軍裝，逐漸改為衣短袖窄的戰服，順應了戰爭方式由「步戰」向「騎戰」發展的趨勢，為國家的穩固和發展奠定基礎。而趙國也因此成為華夏民族最早擁有騎兵軍種的國家，所以「胡服騎射」也為中原國家兵種的多元化發展做出了開拓性貢獻。

趙武靈王在邯鄲提出實行「胡服騎射」的軍事改革主張距現在有二千餘年時間，在歷史上原本就不多的和平時期重大改革事件中，其成功顯得異常珍貴，他所身體力行的改革不僅對趙國，而且對整個中原華夏民族、對今天的中國都稱得上影響深遠，具有非常重要的意義。這場改革雖然最初只致力於軍事領域，可到後來發展成為一場影響波及全國人民的全面改革事件，因為普通百姓看到軍事改革成效而在日常生活中紛紛效仿，也著短衣窄袖服裝，方便自己出行和勞動，因此這場改革能夠自上而下得以成功推進。梁啟超就據此認為趙武靈王是自商、周以來四千餘年歷史中華夏第一偉人，其能耐足可與秦始皇嬴政、漢武帝劉徹、南北朝宋武帝劉裕比肩，是歷史上四位有能力取得對北方游牧民族戰爭勝利的偉大人物之一，而且還是最值得後代子孫驕傲的一位。一九〇三年，梁啟超在《黃帝以後的第一偉人——趙武靈王傳》一文中作如此評價：「七雄中實行軍國主義者，惟秦與趙。……商君者，秦之俾斯麥；而武靈王者，趙之大彼得也。」梁啟超認為他堪比俄國彼得大帝，盛讚他為「黃帝之後第一偉人」，對他的無比推崇溢於言表。

由此我想到了正在勵精圖治的當今中國，從一九七八年鄧小平銳意改革推行至今，中國幾代領導人都在不斷深入進行經濟改革，在近四十年時間裡，中國經濟成就舉世矚目，國民生產總值已躍居世界前列，綜合國力大大加強，在世界上的影響力越來越大，人民也快速富裕起來。這些成果的取得，既離不開幾代領導人的改革意志，也離不開全國人民的上下一心，更離不開中國自上而下引進外資、引進西方先進科技和理念、開放搞活的共識，這一點與趙國胡服騎射的改革理念與實際成果有本質上的相通之處。二千多年前的趙武靈王，二千多年後的鄧小平，二千多年前的胡服騎射，二千多年後的開放改革，彼此還真能產生前呼後應、異曲同工之妙。生活在國力強盛時期的中華兒女，真是幸甚樂甚！

探訪古跡，仰視古色邯鄲

走近邯鄲之前，我腦中的邯鄲是模糊的，單色的；親近邯鄲之後，我眼前的邯鄲是立體的，多彩的。二〇一六年五月的采風之旅，我見識、親歷了邯鄲的古遠深沉和繽紛活力。

邯鄲之古，毋庸置疑。已擁有三千餘年的建城史，至少三千一百年未曾改名，就憑這一點，邯鄲之古也足以令其他城市望塵莫及。更何況還有傳說中女媧在其中摶土造人、煉石補天的中皇山，透出人類種植業曙光的磁山文化，開中國軍事改革先河的胡服騎射，擁有世界最大摩崖刻經群的響堂山，漢末建安文學的發源地臨漳銅雀台，還有近兩千條中華成語典故與其有著深厚淵源，……。

從西元前四三〇年至西元一一三一年，歷史上在邯鄲境內建立的政權有魏國（魏文侯）、趙國（趙敬侯）、曹魏（曹操）、北齊（高洋）、夏（竇建德）等；僅在戰國時期，邯鄲作為趙國都城就達一百五十八年之久，是古中國北方的政治、經濟、文化中心。

如今的邯鄲擁有十多條文化脈系，包括趙文化，毛遂、女媧、鄴城、石窟、大名府、磁州窯、廣府、運河等文化，內涵博大精深，風格豐富多彩，這些昔日輝煌足以讓我這個華夏後輩自豪而又恭敬地對其昂首仰視。

這趟邯鄲之行，我親睹了古色邯鄲曾有的輝煌，隨世界華文作家采風團考察了很多古跡，包括北響堂山石窟、武靈叢台、磁州窯富田遺址、大名縣明城牆、弘濟橋和廣府古城等。

武靈叢台有二千餘年歷史，遊客站在其最高處，可西望太行餘脈，近觀邯鄲市貌，俯瞰叢台湖景，耳聞邯鄲市囂，這裡是遊人懷古思今、欣賞湖光山色的絕佳場所。這個曾經的趙王檢閱軍隊與觀賞歌舞之地，如今已是趙都歷史的見證、古城邯鄲的象徵，再加上胡服騎射這個中國首次成功軍事改革的歷史故事，更為武靈叢台罩上了一層智慧與謀略的光環。

磁州窯富田遺址坐落在磁縣及峰峰礦區，古代地屬磁州，故名磁州窯。見到遺址博物館內那些狀如今日蒙古包的古窯，整齊堆放的圓柱形黃褐色籠盔，靜靜擺放在古窯旁邊的泥土色八棱滾子、磨盤和碾槽，我彷彿能親眼看到自宋代起，歷代北方窯工們揮汗勞作的身影，親耳聽到不同朝代的爐火在窯內劈啪作響的聲音，親手觸摸那逐層壘築華夏文明的塊塊青磚和片片灰瓦，親身感受中華文明的厚重與質感。

弘濟橋位於永年縣廣府古城東面，橫跨滏陽河，橋身和橋面全用石塊砌成，堅固結實，美觀大方，拙樸典雅。但規模比趙州橋略小，在現存古代石拱橋中位居第二。曾於西元一五八二年（明萬曆十年）重修，因外形與趙州橋相似，又被稱為趙州橋的姊妹橋，它已默默在滏陽河上橫跨了大約一千四百年，見證過眾多朝代的更替變遷。它曾是冀、魯、豫三省交通要道，因「其功甚弘，其利甚濟」，還因修橋時有各方力量共襄善舉，故取橋名為「弘濟」。永年政府為保護這座古老石橋，已在其兩側分建生產橋和交通橋。兩座新橋的建造，既方便當地生產和交通，又能有效保護弘濟橋。如今，千餘年過去了，我和來自近十個國家的作家一起談笑拍照，漫步古橋石板路上，怡然自得；俯瞰橋下石拱淩波，碧水潺潺；近觀河邊楊柳依依，鮮花簇簇；遠眺廣府河道蜿蜒，芳草萋萋——心中不由得對古人智慧發出驚贊，由衷為先民傑作感到驕傲，向這座民族智慧結晶油然致以敬意，對這份歷史文化遺產虔誠注入深情。

廣府古城距今已有二千六百多年歷史，最早於春秋時就有文字記載，其城池形成於魏晉，戰國時為趙國毛遂封地，隋末農民起義軍領袖竇建德曾選擇在此定都建立「夏國」。廣府古城曾是明清時期邯鄲的政經中心，也是楊式、武式太極發源地，被譽為「中國太極拳之鄉」。古城處於永年窪澱中心，擁有國家級濕地公園，園內包含廣闊水域和美麗蔥郁的蘆葦蕩。遊人如我等若深入其中，目力所及，定會有驚喜發現：這裡水圓城方，萬畝葦塘，千畦水稻，十里荷香。此時我感覺自己彷彿不是身處中原腹地，而是置身江南水鄉。

據說永年窪澱有四萬餘畝濕地，是繼白洋澱、衡水湖之後的華北第三大窪澱。廣府古城是世界夏令營基地之一，永年是繼北京、寧波之後中國第三個世界夏令營基地。穿過有千百年歷史的古城門，登上曾經戰馬嘶鳴、戰火紛飛的古城牆，俯視那環繞城下、依偎城腳、碧波蕩漾的護城河，遠眺城外隔河相望的仿古建築和波光粼粼的蘆葦水蕩，我不禁感歎歲月之匆匆，天地之悠悠，滄海與桑田，遠古與當下。和一眾文友登上白色遊輪，第一次置身於自中學階段起就曾無比嚮往的蘆葦蕩，與成片茂密的初夏蘆葦近距離接觸，我懷著興奮激動之情，將青青蘆葦盡收眼底，貪婪享受眼前的綠色、眼下的碧水、拂面的葦風、和煦的陽光、岸邊的美景，深深呼吸帶有淡淡葦香和濕潤水氣的清新空氣，盡情享受廣府古城的人文和自然環境，這一切都令依戀古跡又熱愛自然的我沉醉其中，流連忘返。

大名曾在西元一〇四二年（宋仁宗慶曆二年）被建為陪都，史稱「北京」，又稱北京大名府，金朝時曾為大齊都城。參觀大名博物館時，我得知大名府故城於一四〇一年（明建文三年）因漳河、衛河發洪水而被淤泥埋沒，現在這座故城仍被完整保留在地面四米之下的河沙中，相信這座宋城將來若出土，定會如義大利龐貝古城那樣給世人帶來震撼和衝擊。到了二十一世紀的今天，當地政府於二〇〇九至二〇一三年重修城牆，我和作家們在大名登上的就是重修後的明城牆。站在古色古香的城牆上舉目四望，只見天空湛藍如洗，城牆蜿蜒前行，兩側民居櫛比，城門車輛出入，我眼前漸漸出現錯覺，一時間，不知道自己是置身古代，還是身居當下，時空穿越之感迅速而強烈地刺激著我的大腦皮層。

走訪考察邯鄲，我不斷在古代和當下之間進行時空穿越，大腦和心緒始終處於活躍狀態，內心不停地為總在穿越的自己重新定位。最讓我感覺彷彿穿越回古代的考察地點莫過於北響堂山石窟，它是響堂山石窟的一部分。據說石窟得名的由來是因其建在半山腰，人們在其間談笑、拂袖、走動均能發出鏗鏘的回聲，故名「響堂」，是河北省現已發現的最大石窟群，也是中國首批國家級重點文物保護單位，響堂山還是四星級森林公園，國家四A級風景名勝區。

我所參觀的北響堂石窟位於鼓山天宮峰西坡，共有洞窟九座，其中大佛洞規模最大，裝飾最華麗。正面龕本尊釋迦牟尼坐像是響堂石窟最大造像，背部刻有浮雕火焰，還有忍冬紋七條火龍穿插其間，雕刻精巧，裝飾華麗，被視為北齊高超佛教造像藝術代表作。

在欣賞這些古代造像藝術品的同時，我的思緒情不自禁地飄向遙遠的陝西乾縣，在那裡有一座巨大的古代帝王陵墓，即唐高宗李治和其妻武則天合葬的乾陵。一九九〇年代初，在乘車前往乾陵的路上，我看到道路兩側並排站立著眾多外國使節的石像，這些石像和我眼前北響堂石窟的佛造像有個相同之處，那就是他們大多已不再完整，有的沒頭，有的缺胳膊少腿，有的甚至整個石像完全消失，只剩下空空的洞穴。問及緣由，導遊們的回答竟然驚人相似：這些不完整的塑像有些被轉賣，有些被破壞，而這些被偷被賣被毀的塑像或其部件，大多可能永遠也無法復原，即使今後能找到那些被賣部件的下落，我們要為此付出的代價也難以估量。

雖然大多已不再完整，但這些洞窟及造像仍然色彩鮮豔，華麗精緻，閃爍著先輩們創造力和藝術才華的光輝，我為這些一千五百年前留下來的造像和石刻藝術作品深深著迷，心中對北齊藝術家的辛勞付出和豐碩成果欽佩不已。

走出石窟群，站在其所在地的最高處，我有一覽眾山小之感：眼前的鼓山，正是初夏時節，滿目清翠，無論是山上山下，還是山腰山腳，到處都是一派蔥郁景象。我想，北齊藝術家們選擇在此開鑿洞窟，塑造佛像，刻經題字，應該是看中了鼓山絕佳的地理位置。面對如此迷人景色，藝術家們的創作靈感應該會如泉水般汩汩流出吧，如果有機會參與這一盛事，我也會毫不猶豫地全情投入的。

「六〇後」的求學故事

題記

我出生於二十世紀六〇年代。那個年代出生的人，在二十一世紀第一個十年的時代語境中，被稱作「六〇後」。下面的文字記錄的是我個人的求學故事，在同齡人中應該有些代表性，特別是在那些和我一樣出生在偏遠地區的同齡人中，我漫長的求學生涯，或許只是我們這代人某些共同經歷的一個縮影。

一

我的啟蒙老師是我的哥哥。哥哥比我大十二歲，跟我同一屬相——羊，我讀小學一年級的時候，他已經中學畢業了。

我是一九七四年開始讀小學一年級的。那時候政府提倡村辦小學校，我所在的村子就也辦了所小學校。我讀小學一年級的時候，學校就設在我家堂屋裡。至於為什麼把學校設在我家堂屋裡，我那時候小，不甚明白。現在想來，或許是因為老師是我哥哥，或許是因為我母親當時是婦女隊長，或許是因為我家人口相對較少，空間相對較大，或許是以上三者兼而有之，或許以上幾個原因都不是，總之，原因不甚明瞭。但有一點是可以肯定的，那就是：我在自家堂屋接受啟蒙教育，正式開始了我的讀書生涯。

堂屋學校非常簡陋，課桌就是我家的長條凳，我家的小矮凳就成了小學生們的座椅，小矮凳不夠了就到屋外去搬幾塊斷磚壘成個小方墩子權當凳子坐。黑板是活動的，可以移來移去，村裡的木匠做了一個人字形支架托住黑板，老師寫字時，尚未固定死的黑板有時還會不停地動來動去，發出沉悶單調的聲音。我就這樣在我家堂屋讀完了小學一年級。

讀小學二年級時學生人數增加了，我家堂屋容不下這麼多學生。村裡騰出了一間倉庫，這間倉庫原也不是裝糧食的，是村裡搞副業時種植白木耳的，這樣說來，這間倉庫應該稱做溫室或白木耳培植基地，但那時我們都不這樣稱呼它，而是將這間大屋子稱做倉庫。我還曾參觀過木耳培植，親眼觀看工作人員怎樣培植木耳，聆聽技術員對白木耳習性及培植技術的解釋。具體細節現在已記不清了，只記得當時木耳房裡門窗全用塑膠薄膜遮蓋，霧氣蒸騰。一根根碗口粗、一米左右長的木棒整齊地排列在一個個的木架子上，木棒濕漉漉、黑黢黢的，上面卻長著一朵朵雪白的木耳。那些剛長出不久尚未採摘的白木耳晶瑩透明，溫柔嬌嫩；每根木棒上，木耳生長得並不均勻，有的木棒上木耳挨挨擠擠，而有的木棒上木耳卻長得稀稀落落，這些生長在黑木頭上的朵朵白木耳，我看了之後感到心弦彷彿被一隻隻白嫩溫柔的小手輕輕撥動，不由得對它們心生憐愛。我吃過母親用村裡分的新鮮木耳煮的冰糖白木耳羹，它又軟又甜，又綿又糯，口感極好。但從那以後，我似乎再也未曾吃到過這麼新鮮味美的白木耳。

我們這群小學生就這樣從堂屋學校換到了倉庫學校，學生增加了，學校變大了。那時雖然還處在「文化大革命」期間，村裡倒還重視我們這些娃娃讀書之事，還用木料為我們這些小學生做了真正的課桌椅。許是為了省錢，課桌椅都未塗油漆，上面白白的木紋清晰可見。雖然學校仍然簡陋，但我們心中卻懷有說不出的興奮、激動和歡喜。正是因為有了這些課桌椅，這間倉庫學校看上去還真有些樣子了，也因有了這些課桌椅，我們這群小學生更愛上學了，還是因為有了這些課桌椅，上學放學這件對所有學生而言再平常不過的事情，在我幼小的心靈中卻有了不一樣的神聖與莊嚴的感覺。

學校換了，老師也換了。新學校的老師不再是我哥哥，而是從鄰村來的彭道忠老師。我也不知道這個「忠」字寫得對不對，是我現在根據那個年代的特點猜著寫的。那時是中國「文革」後期，老師名字中的「忠」字可能就是這個「忠」字吧。至於為什麼要換老師，個中原因我也不甚明瞭，家人未曾告訴我，我也未曾向母親和哥哥打聽。

在新的倉庫學校裡，我們學唱《大海航行靠舵手》、《東方紅》等「革命」歌曲和《紅燈記》、《沙家浜》等「革命樣板戲」中的唱段。至於從課本中學到了什麼，我已記得不很真切，而這些「革命」歌曲和「樣板戲」中的唱段，卻在很長時間裡一直盤踞在我的腦海中，經久難忘。

就這樣，我在「革命」歌曲和「樣板戲」的唱段中讀完了小學二年級。讀三年級時，由於村小學不辦三年級，我得轉到鎮小學去讀書。鎮小學是官辦學校，坐落在鎮政府所在的鎮上，那裡是全鎮的經濟、文化和政治中心，離我所在的村了大約三里地。為了繼續我的求學生涯，我只好每天往返於村子和鎮上，每天至少走十二里路——早晨去上學，中午要回家吃飯，吃完午飯再返回學校上下午的課，下午放學後再回家——這段距離對於一個小學三年級的學生來說，應該算得上是漫長的跋涉，而且，一年四季，春夏秋冬，風霜雨雪無阻。就這樣，我讀到了四年級。

我讀四年級的時候，我姐姐讀高中。她比我大差不多五歲，那時沒有初三和高三，這樣算來，我讀四年級的時候，我姐姐應該是讀高中二年級。由於我姐姐那年要參加高考，所以母親讓她在學校住讀。鎮高中與鎮小學僅一牆之隔，不知母親是心疼我還是她自己圖省事，她決定讓我跟姐姐一同住在鎮高中的宿舍裡。就這樣，我在小學四年級就開始了學校住讀生活，從此一直到大學，除了週末和寒暑假，我再也未在家裡的床上睡過覺，也未在家裡吃過飯。或許是因我很小就離開父母，長期獨自生活在外，這種求學和生活經歷反而造就我獨立自主的個性，也培養我獨立生活的能力，這些經歷培養了我的生活適應能力，成為我生命中最寶貴的財富之一，讓我終生受益無窮。

二

姐姐讀完高中的時候，我也讀完了小學。那時候小學只需要讀五年，到了讀初中的時候，我獨自住進了鎮中學的宿舍，這應該是我個人獨立生活的真正開始。

我是以全年級第一名的成績考進鎮中學的，我記得當時我語文與數學兩門課總分是一百七十六分。初一第一學期開學報到時，我並不知道自己被分在哪一個班，正當我站在校門口茫然不知所措的時候，班主任王掉珍老師老遠地站在教室門口大聲地呼喚我：「小秋，你在我的班裡，初一（一）班。」就這樣，我在班主任的呼喚聲中找到了我所屬的中學新班級。

在上中學的第一天，我還未正式報到，新班主任就能老遠認出我，並準確地叫出我的名字，這讓我心中暗暗感到驚奇。我不能確定王掉珍老師是怎樣認識我的，或許那時中小學在一起，共用一個校園，教中學的王掉珍老師也許在我讀小學的時候就已認識我了，只是懵懂無知的我不認識王老師罷了。

王掉珍老師是教數學的。我讀書的時候，女老師很少，教數學的女老師更少，漂亮的女數學老師則更是罕見。王掉珍老師是女老師，又教數學，還長得非常漂亮。圓圓的眼睛，白白的皮膚，高挑的身材，笑起來臉上一邊一個圓圓的小酒窩，兩排潔白整齊的牙齒在咧嘴笑時很好看地露出來，一頭烏黑的長髮被編成兩根不粗不細的辮子甩在身後，辮子長及腰下，與臀相齊，走路時，兩根長辮在王老師的身後蕩來擺去，非常好看。後來我還從同學處得知，王老師的男朋友就是隔壁高中的物理老師郭天雄先生。郭老師是從漢口下放到鎮上的知識青年，身材高大，身板筆挺，長相英俊，彈得一手好鋼琴，有著一副好歌喉，能講一口標準的漢口話和普通話。在當時鎮上所有人眼裡，他們這一對實在是絕配，也使很多鎮上的年輕人豔羨不已。我讀小學時，跟著姐姐住在高中宿舍，見過郭老師，聽過他彈鋼琴，也聽過他唱歌，他的琴聲是我那時候能親耳聽到的最好聽的琴聲，他的歌聲也是我那時候能親耳聽到的最好聽的歌聲了。

進了王老師所帶的班級，我心裡暗暗感到驕傲，她上數學課的時候，我聽課聽得格外用心。可能由於這個原因，我的數學成績也一直很好，很少因功課不好或作業不交而被老師責罵，也因而得到王老師的喜愛，就算偶爾違反校規，也會幸運地豁免受責罰。

說到違反校規，我也有一段記憶。記得有一次，我和幾個同學在課間操時間溜出校園，到學校後面的大操場上去玩耍。那時候我們誰也沒有手錶，玩著，玩著，當我們驚覺該回教室時，這才發現上課鈴早已響過，而老師也早已站在講臺上開始上課了。那節課正好是王老師的數學課。我心想：「完了，這下老師肯定會處罰我們了！」

果然，我們進教室後，王老師罰我們站在講臺上。我們一共六個人，在王老師嚴厲的語氣和目光下，乖乖地面向台下所有的同學，一字兒排著站在講臺上。之前我從未受過如此處罰，這次被罰站在講臺上，在班級其他同學的眾目睽睽之下，我感到無地自容，頭低低地垂下，不敢抬起，我甚至恨不得將頭縮進脖子裡。或許這一次的教訓讓我終生難忘，以至於我從此養成了不喜歡遲到的習慣，因為我不喜歡自己成為眾目睽睽下的焦點人物，偶爾的遲到會讓我感到渾身不自在。

王老師對我們六個人的處罰並不止於簡單的罰罰站而已。她開始歷數我們以前所犯下的種種過錯，說到激動處時，順手拿起講臺上她講課時所用的木質直尺，每說到一個同學，她就要那個同學將手伸出來，攤開手掌，然後她就用手中的直尺打那個同學的手掌。木質直尺與同學的手掌接觸時發出清脆的「啪啪」聲，我看到挨打的同學痛得齜牙咧嘴，可又不敢吭聲，怕吭聲後被老師打得更重。看到那些同學被打時痛苦的樣子，我還未輪到被打，就已經嚇得心驚肉跳了。

在膽戰心驚中，我盼望著快點下課，我希望下課後老師會放過我們，甚至忘掉我們所犯的過錯，這樣我就可能倖免於被老師用木尺責打。我從未覺得時間過得如此之慢，讓我在漫長的、充滿恐懼的等待中忍受可能的痛打，忍受難耐的難堪。

可是不幸的是，我的願望落空了，下課的鐘聲還未響起，王老師就已拿著木尺站到了我的面前。我又難堪又害怕，不知道王老師會怎樣責罵我，也不記得以前犯過哪些過錯，我已不能正常冷靜地思考，把頭埋得更低，甚至都快要哭出來了。不知道這樣過了多久，我沒有聽到預想中的責罵聲，也沒有挨到預想中的恐怖而痛苦的責打。惶惑中，我稍稍抬了抬已不知低埋了多久的頭，發現王老師並沒有揚起她手中的木尺，只是用她漂亮的圓眼睛嚴肅地盯著我。見我抬起了頭，她對我說：「小秋，你怎麼也跟他們一樣，玩得忘了上課時間呢？你以前不是這樣的，你也不應該是這樣的。」我再一次深深地埋下頭，恨不得腳下有個洞或有條縫讓我鑽進去，心裡默默地發誓：「王老師，我以後再也不會這樣了！」

也許我以前從未違反過校規，沒有不良記錄，也許我的學習表現一向很好，也許我當時的態度讓王老師心生憐憫，也許我當時內心所發的誓言王老師已經明瞭，也許……還有其他一些我不明瞭的原因，王老師那天竟然放過了我！我沒有挨到預想中的責罵，也沒有挨到預想中的令人恐怖而痛苦的責打，我幸運地躲過了王老師對我肉體的處罰。雖然如此，在離開學校三十多年後，如今回想起來，當時的情景仍歷歷在目，我想這次的經歷我定會終生牢記。從那以後，我再也未犯過與那次同樣的錯誤。

初一讀完後，新的鎮中學建起來了，中學和小學分開上課，老校區留給小學，我們轉到新的學校讀初二。新學校在鎮上主街的另一邊，坐落在離主街三、四百米遠的一個小山包上，新學校周圍沒有人家，所在的山包附近全是農田，農田的後面散安著幾個村落。學校呈四四方方的口字形，有內外、大小三個操場，新學校果然比老學校活動範圍大多了。

能在新學校裡讀書，我們這些當學生的當然高興。只是學校完工的僅是校舍，操場並沒有最後完工，於是我們在新學校除了讀書，還要參與平操場的工作。因此在上課之餘我們就多了一件事情要做——在勞動課時間去挑土平操場。

挑土是一項重活，初二時我們才十四歲左右，每人從學校後面的山包上挑土送到學校前面的操場上去。個子高大些的同學可能覺得沒那麼辛苦，個子矮小些的同學可是吃了不少苦頭，有的同學個子矮小，擔子的繩子太長，因而他們挑土的時候看上去不是挑土，而是拖土——繩子太長擔子只好拖在地上。這樣來回不知道要挑多少趟，我們一個個都累得夠嗆，有的同學肩膀都磨破了。勞動課雖然辛苦，但也算是上課之餘的一項調劑，而且全體同學一起行動，那場面煞是壯觀、熱鬧，我們也因而收穫了許多別樣的樂趣。有的同學不愛讀書，他們甚至喜歡上勞動課。有同學曾經告訴我，他最喜歡上的課，第一是體育課，第二就是勞動課，因為這兩門課都不用坐在教室裡——原來，坐在教室裡讀書上課對他們來講簡直就是一項苦差，似乎與受刑無異。這時我才意識到，雖然身處同一屋簷下，置身同一課堂中，同學們對讀書上課的感受卻有著如此的天淵之別。

勞動課雖辛苦，因為我們要付出不少的體力，但勞動成果卻是顯而易見的，新操場在我們全體同學的努力下很快就平好了，我們可以在上面打球、跑步、做操了。同學們一個個特別興奮，覺得學校的建成有每個人的功勞，在自己親自參與建成的操場上跑步、打球，腳下似乎特別有勁兒。勞動課把我們和學校連得更緊了。

新學校遠離主街，沒有雜音，那時汽車本來就不多，因而那裡顯得特別安靜。我們在安靜的環境中上課，除了有同學偶爾搗蛋外，沒有其他因素干擾我們。那時學的主要課程是語文、數學、外語（英語）、物理、化學、生物六門，此外還有政治、地理、歷史、生理衛生等，但這些課我們當時稱其為副課，老師並不認真教，學生也並不認真學，因為這些課那時並不需要考試，更不需要計入總分，因此並不受重視，我們實際上只需要學好那幾門主課就可以了。

這幾門主課我都喜歡，語文、數學我小學時基礎就很好，到了中學時學起來並不吃力。英語是中學才加的新課，起初我並不十分喜歡。後來看到老師每次教語音時都要提一台我以前從未見過的錄音機進教室，我起先是對這個能教我們學英語的機器十分感興趣，後來居然就不知不覺地也喜歡上了英語課。在一次學校舉行的年度英語單詞大賽中，我竟然奪得了全校第五名，前四名都是初三的學生，也就是說我是初二年級的第一名。這個成績出乎我的意料之外，因為我並沒有特別花太多力氣去準備這場比賽，但這次比賽所取得的成績給了我極大的鼓舞和信心，使我對英語課有了更濃厚的興趣，這使我在後來的學習中獲益不淺。

三

前面說過新學校坐落在離鎮上主街三、四百米遠的一個小山包上，周圍沒有人家。這個小山包實際上是一座墳山，校舍外面就是一個個或圓或長、形狀各異的墳包。我是住讀生，白天還好，沒有恐懼感；到了晚上，晚自習下了以後，住在學校附近的學生紛紛回家，只有我們這些住讀生留在學校裡過夜，恐懼感就會趁機慢慢抓住我們。特別是當我們要上廁所的時候，這種恐懼感就更加強烈。

大概是不想廁所散發出的臭味影響學校的環境，學校把廁所建在校園外面，從宿舍到廁所，我要走幾分鐘的路。每天睡覺之前，同宿舍的女孩子們往往會結伴去上廁所，廁所裡沒有燈，我們上廁所時要打手電筒或點蠟燭。天氣晴朗的日子，上廁所相對還好，要是在颳風下雨的天氣裡，上廁所對我們這些十幾歲的小女孩而言，無異於一場不大不小的考驗和挑戰。

有天深夜，我被尿憋醒。本想叫一個同宿舍的女孩陪我去廁所，卻發現屋外風雨大作，電閃雷鳴，沒有人願意跟我一起去廁所。有尿憋著，睡不著覺，屋外的風雨聲、雷鳴聲在半夜聽起來猶如妖魔作亂，鬼哭狼嚎，異常駭人。我嚇得一動也不敢動，就這樣既難受又恐懼地躺在床上，既睡不著覺又不敢出門尿尿。突然，一聲炸雷，驚得我直跳，在極度的恐懼中，我的尿再也憋不住了——我尿床了！

我尿床了！雖然不再有憋尿的難受，可我心裡卻難受極了，同時感到難堪極了——要是明天同宿舍的女孩知道我晚上尿床了，我將何顏以對？而且床尿濕了，睡在上面極不舒服，可又沒有乾淨的床褥可換，怎麼辦？我別無選擇。就這樣，我度過了一個難過、難受、難堪而又無眠的夜晚。

第二天，為了不讓同宿舍的女孩知道我晚上尿床，我沒有疊被子，而是將整張被子平鋪在床上，就匆匆忙忙地去上課了。中午放學後我從食堂拿飯回來，看到同宿舍其他女孩的床上也有人像我的床一樣沒有疊被，那幾個女孩子臉上和我有同樣的難堪表情，我心裡明白在昨晚的風雨雷電中，有同樣境遇的看樣子不止我一個。

我們住的宿舍雖然是女生宿舍，可宿舍窗戶上並沒有裝窗簾，甚至連窗玻璃都沒有，冬天來臨的時候，學校就在窗框上蒙上塑膠布，算是為我們抵擋冬天的嚴寒。為了不讓外人窺視我們的室內活動，我們就用報紙擋住窗戶的下半部，現在看來，這樣做算是為了保護我們的隱私。我們的衣服洗好後只能晾在宿舍裡面的兩根鐵絲上，鐵絲上同時還晾著我們洗臉洗腳的毛巾，我們在室內活動時，有時要在這兩根掛滿衣服的鐵絲和毛巾下面鑽來鑽去。

一個夏季的夜晚，月光非常明亮。睡到半夜的時候，我被不知什麼聲音驚醒。我的睡床離窗戶不遠，當我睜開眼睛尋找聲音來源的時候，我吃驚地發現窗戶外面竟然站著一個中年男人，手中拿著一支有著長柄的鉤子，正在從鐵絲那兒往外鉤我們晾在鐵絲上的衣服！我驚得差點兒叫出了聲！可是我又不敢叫出聲，怕他會做出什麼對我不利的事情來。就在他快要成功地鉤出一件衣服的時候，我靈機一動，假裝咳了一聲，咳聲驚醒了宿舍的另兩個女孩，她們翻了翻身。窗外的那個中年男人見我們宿舍有了響動，不敢再鉤下去，趕快逃走了。我躺在床上，聽到他的腳步聲逐漸遠去。

於是我趕快叫醒同宿舍的人，告訴她們我剛才的所見。她們一聽，紛紛起床檢查自己的衣服有沒有丟失。一陣驚慌忙亂之後，我們都鬆了口氣，沒有人損失衣物，大家都慶幸我醒得及時，否則不知該誰倒楣呢。

但我們不是每次都能那麼幸運，自從那次發現有人企圖從窗外偷我們的衣物後，學校男女生宿舍時不時傳出丟失衣物的消息。在新學校就讀的那兩年，我一共丟過兩件衣服，而且那兩件衣服是我本來就不算多的衣服中質地和款式都較好的，是我爸爸回家探親時從武漢買給我的禮物。每丟失一件，我心裡都會難過很久，心中暗罵這個狠心賊竟然連我們這些窮學生也不放過。

住讀生活有苦也有甜。由於每天住在學校，我們幾乎不會遲到，免了很多因遲到而帶來的被罰之苦；有充足的時間完成老師布置的作業，也免了很多因未完成作業而帶來的被罰之苦；除此之外，我們還免了在上學和放學途中忍受日曬雨淋之苦。在我看來，住讀還有另一個更大的樂趣，那就是我有足夠的時間欣賞校園中學校種植的各種花卉，在每天早、中、晚不同的時段裡，這些花卉都會呈現出不盡相同的迷人風姿。

前面說過新學校共有三個操場，一個在圍牆裡面，另兩個在圍牆外面。學校把圍牆裡面的那個操場變成了一個大花園，種上了桔子、茉莉、菊花、山茶什麼的，還有其他我叫不出名字的花草。四四方方的操場被兩條十字形的垂直小路平分成了四塊同樣大小的花圃，整個校園因此而變成了一個花紅葉綠的美麗的「田」字。

在花園的全部花草中，我最喜歡的要算茉莉了。茉莉的植株不高，甚至稱得上纖細矮小。長圓形的葉片上似乎有一層薄薄的蠟質光澤，在陽光下青翠欲滴。茉莉的莖又瘦又細，哪怕有一點微風吹過，她都會隨風輕輕舞動，在風中搖曳生姿，煞是可愛。

記憶中茉莉是夏季開花的。未開花時，花骨朵兒包著，如一粒粒嵌在細枝上的白色珍珠。花開以後，一朵朵的白色小花在綠葉叢中如星星一般散發出美麗的光彩，釋放出一陣陣或濃或淡的芳香。夏季的早晨，我在茉莉的清香中醒來，迎接朝霞；中午，我從茉莉的綠葉中採擷一縷清涼，驅散夏日的炎熱；傍晚，我透過茉莉的倩影目送落日的餘暉，看夕陽如何緩緩下山；深夜，我在茉莉的花香中甜甜入睡，酣然進入美好的夢鄉。

新學校的兩年住讀生活，是我第一次也是最後一次與茉莉的長時間親密接觸，此後的三十多年裡，我再也沒有像這樣的機會長時間、近距離地欣賞、接觸過茉莉，即便是有機會再逢茉莉那輕盈小巧的美麗倩影，每次也只是與她擦肩而過，匆匆作別。而茉莉的美麗與芬芳就是在這兩年的中學住讀生涯中，深深植根於我十幾歲少女的生命記憶之中的。如今，數十年光陰過去了，這份記憶不僅絲毫未曾減弱變淡，反而異常清晰，我想這份記憶應該已經深深銘刻於心靈深處，永遠不會磨滅了吧。

四

在新學校住讀了兩年後，我考取了高中。那時候讀縣重點有指標限制，縣教委只給鎮中學一個指標。很多年後我才偶然知道，那個珍貴的唯一指標被另一所學校的一個複讀生得到了，我未能爭取到那個指標，因而我只能註冊就讀鎮高中。

不知這算不算得上故地重遊——我早在讀四年級時，就隨著住讀的姐姐在高中的宿舍裡住過了。這回再次住進高中宿舍，我已是其正式註冊的在籍學生了。

這時的鎮高中已今非昔比。姐姐讀高中時那種書聲琅琅、滿園學子的校園景象已不復存在，學校看上去人氣不旺，且日漸衰敗了。

而這時期中國的高考風氣卻日漸濃厚，班上同學都在議論誰誰考取了大學，誰誰轉學走了，到了高考升學率更高的學校去讀書了。我讀高一時學校還有兩個高一年級班，到了高二時，高二和高一就各只有一個班了。我就讀的高二年級班，連我一起也只有十五個學生。全部住校的女生算我在內只有四人，這時更傳出學校辦不下去了、縣裡決定關閉鎮高中的消息，因此我們這些仍留在學校的學生不免有些擔心，個個人心惶惶。

讀高二那年的春節，有個堂姐夫到我家拜年。他在酒桌上一邊和我父親及哥哥聊天，一邊問及我的讀書情況。父親歎了口氣，說出了心裡的憂慮。姐夫一聽，立即表示他可以幫我轉學到當時名氣頗大的澤林高中去讀書，父親聽了當然說好。

沒過幾天，姐夫又來了，說轉學的事情已辦妥。於是父親和母親就忙著幫我辦轉學手續，同時為我準備到澤林讀書所必須的日用品。就這樣，我隨著姐夫到了澤林高中。而這時的澤林高中已經開學，我屬於中途插班生，要插到哪個班，這時卻成了一個問題。

我在鎮高中時讀的是理科班，在班上本來就不多的學生中成績居前三名。但到了名校澤林高中，我的成績就顯得寒酸了。在我到澤林之前，我已有同學轉到澤林就讀，他們提醒我不要進普通班，一定要進重點班，因為重點班學習風氣濃厚。於是我要求進理科重點班，可校長卻不同意，理由是我成績單上的分數不夠進重點班的標準，讓我進普通班就讀，而我卻堅決不肯進普通班。姐夫向校長再三要求，校長就是不同意，我一氣之下決定改讀文科。當時澤林高中每個年級只有一個文科班，沒有重點與非重點之分，沒想到我的這個要求校長倒同意了。就這樣，我一下子由理科生變成了文科學生。

轉到文科班後，新的問題出現了。因我原本就讀的鎮高中偏科現象嚴重，平時只教我們語文、數學、外語、物理、化學、生物這幾門所謂的主課，其餘課程一概不教，就連高考必考的政治，也只是到最後考試之前才讓學生死記硬背，平時並不當一門正經課來上。到了澤林文科班後，物理、化學和生物不必上了，轉而要上歷史、地理和政治，而我這時卻連這幾門課的課本也沒有。我是插班生，澤林高中當初購買教材時並沒把我算在內，因此我無法從學校購得教材。

這下我急了，問姐夫怎麼辦，姐夫安慰我，叫我不要著急，說他會想辦法。他說他有個朋友在澤林新華書店工作，看能不能從書店買到這些教材。我只好一邊上課，一便等著姐夫買書來。到了下午放學時間，姐夫已提著一大捆書站在走廊上等著我。只見姐夫一臉喜悅，一看到我就說，運氣不錯，找到了那個朋友，書買得很順利，而且全部買齊了。我的一顆懸著的心也在姐夫的幫助下終於落回了原地。

在澤林高中，我仍然是住讀的，因為澤林離我家很遠，從我家到澤林要坐差不多四個小時的公共汽車。起初，我借住在姐夫的同事家，這家的房子就在學校附近，離學校大約五分鐘的步行距離。看在姐夫的面上，這家人待我很好，甚至不收我的房錢，女主人還幫我洗衣疊被。時間久了，我很過意不去，就以晚自習後一個人回來路上會感到害怕為藉口（其實也是實情）搬了出去，與另兩個來自鎮高中的老同學一起，租住在另一間房子裡，我們三個女孩子就在這間房子裡一直同住到高考結束。

到了澤林高中後，我才真正認識到什麼叫讀書，什麼是寒窗苦讀，真正體會到讀書或者說高考的壓力，這才意識到原來這之前我在鎮高中的讀書是毫無壓力的，是僅憑興趣和小聰明就可拿到所謂的前三名的。

由於我所就讀的文科班在同年級只有一個，也就沒有所謂重點班與非重點班之分，更無應屆班與複讀班之別，班上學生人數之多也是我之前從未見過的——我所在的文科班有九十八個學生。同學都叫我不要奇怪，說澤林高中名氣大，周圍地區的學生都想進澤林高中讀書，據說有不少學生來自武漢，最遠的一個學生來自哈爾濱。文科班學生不是最多的，理科重點班人數才最多，有一百零六個學生。讀到這裡，你可以想像，我們的教室有多擁擠。

學習條件差並未對學生的學習風氣有絲毫不良影響，可能還對苦讀風氣有正面的刺激作用。在澤林就讀的那一年半時間裡，我似乎從未聽誰抱怨過學校條件艱苦。可能每個人進澤林不容易，大家心裡都明白，到澤林不是來享受的，環境艱苦，沒有其他誘惑和干擾，反而有助於清心寡欲，大家也就再無非分之想，目標只有一個，那就是經過苦讀後能如願考上大學，一圓自己和家人的大學夢。

除了回宿舍睡覺外，我們每天的時間都在學校度過；除了去食堂吃飯和上廁所外，我們都待在教室裡看書做練習；除了老師講課和同學回答問題發出來的聲音外，教室裡很少有其他雜音。班上幾乎沒有人故意吵鬧，同學間討論問題時聲音也不大，怕聲音太了會影響別人，更怕因此招致別人的白眼。我們班有三分之二的學生是複讀生，看他們讀書的架式簡直就像是不要命的樣子，正是他們的這種讀書勁頭使我開始感受到高考無形卻巨大的壓力，使我明白我到澤林來的一個重要目標就是考上大學。而這之前，我的讀書生活是沒有這種超強的壓力的。

五

前面說過，我在鎮高中時並未學過歷史、地理和政治，現在到了澤林文科班不光要學這些課程，而且它們還是高考的必考科目。我到澤林時，文科班已經上完全部新課，開始轉入全面複習階段。我感到自己在這三門課方面與班上同學有很大的差距，於是在一個晚自習時間，我向班主任老師提出要求，問他教這三門課程的老師能不能為我補課。班主任姜老師原本就是歷史老師，他聽了我的問題後，未經思索就一口拒絕了我的要求，他說沒有老師會願意單獨為我一個人補課。

我感受到了老師語氣中的冰冷與堅決，心裡非常難受，於是下決心自學這三門課程。所幸那時記憶力好，這三門課大多數內容是要靠記憶的，除了地理課有時需要計算外，其餘的大多不難理解。記得我到澤林後的第一次大考——期中考試，我的歷史考了三十六分，地理考了五十二分，政治的確切考分已記不清，似乎也未考及格，但是我的語文、數學、外語考分卻遠遠高於班上其他同學，在全班總考分大排名中，我居然位居班級第二名！

這個結果無疑使我非常意外，但同時也給了我很大的信心，我開始重新建立起自信。除了繼續努力學好語、數、外三門課外，我更加努力地自學史、地、政三門課程。

期中大排名後的某一天，班主任姜老師走到我的座位旁，俯身告訴我說他已與教地理和政治兩門課的老師說好了，他們都願意單獨為我補課。那時的我，自尊心特強，居然未接受姜老師的好意，竟然告訴姜老師我不需要老師們單獨為我補習，說我自己能學好這三門課程！現在想來，那時真是太過年輕氣盛，如果接受老師們的好意，讓他們單獨為我補課，說不定我的高考成績會更好，也能上更好的大學。可那時的我竟然拒絕了老師們的這番好意，真是太不識抬舉，不知好歹！

在澤林就讀的第一個學期結束了，期末大考後我在班級的排名更進了一步，位居全班第一名。從這次排名後直到高考結束，我在班級排名中再也未曾退下來過，始終保持在第一名的位置。高考結束後，我以當年澤林高中文科狀元的身分考入華中師範大學中文系。

在澤林高中就讀的那一年半時間裡，我除了吃飯、睡覺、上廁所外，其餘的時間全部用於學習。每天早上五點多就起床，六點鐘趕到學校上早自習，七點鐘下早自習後吃早餐，八點鐘開始上正課，十二點鐘吃午餐，兩點鐘上下午的正課，五點半鐘吃晚餐，七點鐘上晚自習，九點半鐘晚自習結束後聽英語廣播講座，十點鐘回宿舍睡覺。宿舍，學校，兩點一線，幾乎天天如此，從不間斷。

澤林高中有兩處校門，我只知道大門可通我和同學合租的宿舍以及鎮上的主街道，從那裡我可以回宿舍睡覺以及在假期坐車回家；側門可通我最初住過的姐夫同事的家，此外，校門外還有哪些去處，我就不知道了，因為從未花時間去逛別處。現在回首那段時間的讀書生活，真個是「兩耳不聞窗外事，一心唯讀聖賢書」。

澤林高中的學生大部分住讀，那麼多的學生，學校宿舍根本就不夠，後來的學生就只有到學校附近的居民家租房居住。我就是因為中途插班，學校沒有宿舍給我住，不得已才在校外租房的。學校到處擁擠不堪，宿舍擁擠，教室擁擠，食堂也擁擠。因為學生太多，操場不夠大，學校也因而取消了課間操和體育課，我腦子裡似乎沒有關於在澤林就讀的那一年半時間裡上體育課和做廣播操的記憶。每到吃飯時間，食堂就擠滿了學生，每次吃飯要排好長時間的隊，若去晚了，食堂可能就沒有飯菜賣了。食堂的菜似乎很少放油，而且大多是白菜和土豆，在澤林高中吃了一年半沒放油煮的土豆後，我對土豆徹底失去胃口，在很多年的時間裡，我一見到土豆就反胃，土豆味兒連聞都不想聞。

土豆似乎是澤林的特產，住在姐夫同事家的那段時間，我每次回宿舍都從側門經過，側門外有些小山包，目力所及之處，到處種滿了土豆。在小山包之間有一座大水庫，周圍的水庫堤壩上也種滿了土豆。春夏之交的時候，這些地方到處都綠油油的，倒是別有一番景致。上早自習時，或上晚自習之前的那段時間，有的同學也許嫌教室太擠、太吵或太熱，就帶上書到學校後面的這些小山包上去看。我也去後山讀過書，去時只見有不少同學散坐或站在土豆植株叢中，有的搖頭晃腦，口中念念有詞；有的凝神靜讀，神情專注；有的甚至閉眼默記，狀似入定；還有的甚至或躺或臥於土豆植株叢中，看上去頗為愜意。由於有了這些每日苦讀的莘莘學子的加入，原本就春意盎然的土豆山更顯得活力無限，生機處處。我因為怕山上的蚊叮蟲咬，去了幾次後就不敢多去。教室裡雖然擁擠嘈雜，但蚊蟲卻比山上少多了，沒有蚊蟲的干擾，我讀書時更能專心致志。

六

澤林苦讀，所有學生目標都非常明確，眼中只有高考，滿腦子裡想的就是考取大學。學校抓得很緊，每月都有考試，學校稱之為「月考」。每月考完後，班主任都要將排名張榜公佈在教室的黑板兩側，還會根據成績優劣重排座位，成績好的學生坐在前面的二、三、四排，第一排和第四排以後的座位則給成績不夠好的同學坐。瞭解到這一點後，我的母親每次去學校看我，給我送吃的和穿的東西時，都要悄悄地到我的教室窗外看我坐在哪一排，只要看見我坐在第二排正中間的那個座位，她就會很放心地離開。這些情況都是在我考取大學後母親才告訴我的。現在想來，可憐天下父母心，高考帶來的壓力，母親承受的一點也不比我少，說不定母親當時還比我更加緊張，心裡承受的壓力更大呢！可是為了不給我增加壓力，不給我造成更大的心理負擔，母親卻默默承受，當時沒有向我流露哪怕一絲一毫！

那時候，縣裡在高考之前有一場預考，經過預考的淘汰後，除開轉學到別校的同學外，我們班只剩下四十三個學生。這時離高考只剩下兩三個月時間，離高考的日子越近，我們的壓力就越大，休息的時間也越少。記得高考前夕的一個黃昏，我吃完晚飯後就回到教室看書，看著看著，我感到很疲倦，不知不覺就放下書趴在課桌上睡著了，連晚自習鈴聲響了好久，老師進了教室都不知道。不知過了多久，我感到有一隻手在輕輕地敲我的頭，猛然驚醒過來，看到班主任李元白老師正站在我的桌旁，臉上帶著笑意，見我醒來，老師指著他自己的太陽穴對我說：「小秋，你這裡（指大腦）現在是不是連針都打不進了？」我難為情地點了點頭——我真的是太困倦了！好在李老師善解人意，並沒有責罵我的意思，他笑了笑後就離開了。

學習壓力大，食堂伙食差，我因而顯得有點營養不良，長得也很瘦。終於到了高考的日子，學校為了讓我們全心全意考好這場即將改變我們命運的大考，在市中心的鄂城飯店租了房間，高考的那幾天，我們全部參加高考的學生就吃住在鄂城飯店裡。我住的房間裡擠了五、六個女生，也許是精神壓力太大，也許是換了環境後心理上有些不適應，高考那幾天我的睡眠很不好，所以我在考場上一邊考試，一邊抽空往兩邊太陽穴抹風油精提神。在考完最後一門課——外語課的時候，我去交考卷給監考老師，老師低聲笑著對我說：「這位同學，回家後叫你媽媽趕快燉雞湯給你喝，好好補補身體。要不然，你這麼瘦，就算是考上大學，大學也不會錄取你。」我困惑地望了望他，見他的眼神和表情滿是笑意，我知道這是他對我善意的提醒。

高考終於結束了，母親到學校接我回家。記得當時母親領著我到澤林街上一家小餐館吃午餐，邊吃邊小心地問我考得怎麼樣，我也答不出個所以然。整個暑假，一家人就只好惴惴不安地等待高考放榜的日子。

一九八五年七月底的一天，在鎮上工作的一位鄉鄰興沖沖地跑到我家，說學校打來電話叫我去拿通知書——我被大學錄取了！聽到消息後，全家人都很興奮，一家人懸了很久的心終於落了地。

第二天我就出發去學校拿大學錄取通知書，班主任說我是那一年澤林高中的文科狀元，我的考分文科班最高，還說我沒有辜負他的希望，他很高興我取得的成績。

我終於考上了大學，圓了全家人的大學夢。在我之前，我們家還沒有人真正上過大學，父母親和哥哥姐姐就別提有多高興了。消息很快傳遍了全鎮，據說在我之前，鎮上還沒有一個女孩子考上過大學，我是全鎮第一個女大學生。我也不知道這個傳說是否屬實，也未曾調查證實過。

而我自己卻並不如家人和鄉鄰那麼高興，因為我所考取的華中師範大學中文系並不是我理想中想讀的學校和專業。當初在填報大學志願的時候，班主任老師做主幫我填華中師範大學中文系為第一志願，他這樣做的理由是，我是女孩子，如果讀師範大學中文系，畢業後當一名老師就很好，而我父母也跟老師持同樣看法。就這樣，我在並不十分情願的情況下，進入華中師範大學做了一名中文系學生。

七

雖然進華中師範大學中文系就讀，並非我之初願，但第一次踏進華師校門，我就喜歡上了這座人文氣息濃厚的、位於武漢桂子山上的高等學府。

一九八五年九月中旬的一天，母親和專門請假回來送我入學的哥哥，按照入學通知書上的報到安排，帶著我到武昌火車站華師設在那兒的迎新站報到，沒多久校車就將我們接到學校。

九月的武漢，氣溫仍然很高，我報到的那一天，豔陽高照，坐在校車裡，感覺非常炎熱，因為那時的校車還沒有安裝空調。但是當我乘坐的校車駛入學校大門的那一刻起，一大片濃重的陰涼就將我們團團擁抱起來。

「好涼快！」我心裡一邊讚歎，眼睛一邊往窗外望。只見學校道路兩旁滿是粗壯的法國梧桐樹，它們就像是學校安排的儀仗隊，熱烈歡迎我們這些新加入的華師學子。這些路旁的梧桐樹，棵棵直立，挺拔高大，繁茂的枝葉在半空中手牽著手，織成一層層厚厚的屏障，擋住炎炎烈日，攢下絲絲陰涼。進入濃蔭處處的校園，恍如進入了別一世界。一道圍牆，滿園陰涼，將華師校園與武漢炎熱的市區隔開，使華師成為一個別有洞天的所在。

「這麼多的樹，這麼厚的樹葉，就算是炸彈掉下來，也不會落地爆炸。」經歷過抗日戰爭、解放戰爭，在兵荒馬亂中逃過難的母親，以如此方式來盛讚華師的滿園綠色，我和哥哥聽了不禁會心一笑。

若干年後的某一天，已畢業離校多年的我，重回華師拜訪恩師和舊友，送我去華師的計程車司機在華師校內的道路上，一邊開車一邊與我閒聊，說：「這兒的綠化這麼好，住在這裡的人都會延年益壽，多活幾年。」言語之間，無不流露出對華師滿園綠意的欣羡和嚮往。

華師用滿園的濃綠迎接我，安撫我內心本已充滿的青春躁動。我很快在內心深處認同了華師，安下心來在這座學府求學。

大學生活與節奏緊張、壓力繁重的高中生活比起來，似乎要悠閒愜意得多。沒有老師整天盯著你做永遠也做不完的題海，沒有家長整天給你有形無形的壓力，沒有同學整天帶給你考場如刑場的緊迫感與恐懼感，沒有自己整天因為怕考不上大學而強加在自己精神上的摧殘與折磨，而且那時的大學生，個個頭上都頂著「天之驕子」的傲人光環。剛進大學的我，猶如剛出籠的小鳥，雖然還未完全適應這種無拘無束的新生活，卻已是滿心喜悅地開始享受大學校園中這種既自我又自由的寬鬆氛圍了。

我慶幸自己考上大學。這是一種與中學完全不一樣的生活。我除了積極地去上課程表中系裡早已安排好的各種必修課外，還抽時間去聽各種講座和學術報告，參加各種感興趣的校園活動。我這隻剛出籠的小鳥，不久前才從應付高考的題海大戰中抽身出來，進大學猶如劉姥姥進了大觀園，頭一次睜大眼睛，好奇而又驚喜地觀察著這個新世界，投身於這份新生活，享受並遨遊於大學這個深闊的海洋，翱翔於這片朗朗的晴空。

快樂的日子似乎總是過得很快，轉眼間到了大學四年級。差不多四年的大學生活，輕舞飛揚的青春年華，我感覺自己似乎真的長大，更似脫胎換骨。昔日那個懵懂乾瘦、灰色晦暗、羞澀靦腆的小姑娘，如今已是長髮飄飄、青春靚麗、開朗自信的大學畢業生了。

經過畢業前六週四十多天的教育實習，我開始從飛揚的雲端跌下地面，不得不開始面對並不輕鬆的現實——我畢業後要當一名教師。這個畢業去向，事實上早在填報大學志願的時候，我就已經知道了，只是因為四年大學校園生活太美好、太令人興奮，我那段時間太求知若渴，以至於畢業後的去向根本就沒有放在心上。當時的我，內心裡並不認為教師這個職業值得我去喜歡，但大學畢業後，我仍然服從學校分配，到一冶一中當了一名中學語文教師。

八

在一冶一中的七年，我的生活經歷了一系列重大的變化：戀愛、嫁人、懷孕、生子，我從少女一下子變成了少婦，從快樂的單身女郎到為人妻、為人母。除了工作壓力外，我肩上還擔負起了更多的家庭和社會責任。

因住房的變動，我不可能再回一冶一中工作。新家離一冶一中很遠，在當時交通還很不發達的情況下，來回一趟要耗費將近四個小時在路上。孩子小，丈夫又去了上海工作，我不可能天天早上抱著兒子去那麼遠的地方上班，晚上再從那麼遠的地方抱著兒子回家，真這樣的話，生活對我們娘兒倆而言都是一件很辛苦的事情，當時的我甚至聯想都不敢往那方面想。權衡再三，我決定調動工作，想調到新家附近的學校上班。

調動工作，看上去很簡單的四個漢字，可真要是做起來，在二十世紀九〇年代中期的武漢，卻並非易事——沒有貴人幫忙，沒有有效的關係網，看似簡單的四個字，做起來卻難於登天。我跑遍了新家附近的所有大學和中學，沒有一所學校明確表示願意接收我，這些學校不是不要人，就是本來就人滿為患，哪裡還願意接收新老師？但是，若是有人幫忙，就算這些學校是真的人滿為患，也是可以讓我有機會進去的——人浮於事，在那個時候的武漢，是再也正常不過的事。可我是一個普通人，職小位卑，又出身於平民之家，親朋中無人身居要職，一句話，就是沒有貴人能幫上我的忙，奈何？

無奈之下，我做出了另一個選擇：考研，去攻讀碩士學位。我知道，這是一條艱辛的路，但對我而言，卻不失為一個更好的選擇：我沒有人幫忙，沒有有效的關係網，卻會讀書，也喜歡和享受讀書生活。我如果能考上研究生，那就是憑真本事自己幫自己，這樣則不但解決了調動問題，還可以在專業上提升自己，在將來有更多的選擇餘地和生存空間。對我而言，這世界真的沒有什麼救世主，一切全靠我自己，我感覺《國際歌》好像就是唱給我這種人聽的。我把這一想法告訴丈夫，很快得到了他的支持，於是我不再去想調動之事，只一心一意準備考研。

大學畢業已近七年，在一冶一中工作時，整天忙於備課改作業和其他一些行政管理工作，原本在大學裡學過的英文和專業課本畢業後很少再去觸摸，一些原本學過的知識早已忘記，要想在很短的時間內搞好複習，成功應付考試，談何容易？好在那時因孩子小，學校福利好，允許我在家照顧孩子，暫時不用去學校上班，這樣我就有了較多的時間用來複習，真是天助我也。在當時的我看來，這其實已頂得上有貴人相救了。

那時已是一九九五年初，我家新房子剛買，尚未裝修，是毛坯商品房，暫時還不能住人。在搬進新房之前，我在華工（那時叫華中理工大學，現在已改稱為華中科技大學）西門外租了一套兩室一廳的民房，把家具等生活用品全都放在那裡，而我本人則寄住在華工招待所六號樓，那裡當時是丈夫工作的公司——英業達集團隆元電子技術有限公司（後改為英業達集團武漢辦事處）所在地。

新房子在武漢工業大學（現為武漢理工大學）南門院牆外，一個名為黃家灣的所在，與當時的武漢燈泡廠僅隔一條窄小的馬路，離母校華師也不遠。就這樣，我每天既要複習備考，又要從華工到黃家灣去裝修新住房，實在再無暇顧及兒子，只好把兒子送給他奶奶暫時帶一段時間。

我每天把要看的書隨身帶上，到新房子那邊給裝修工人開門，跟他們商量裝修方案，因我選擇的是只包工不包料的裝潢方式，所以還要時不時地出去給他們買裝修所需要的各種配件和材料。做完這些事後，剩下的時間才是我看書複習的時間。因為無更好的地方可去，又不能影響工人工作，我往往就在新房子裡選擇一個工人暫時不工作的角落坐下看書，等到工人要在這個角落工作了，我再換到另一個角落去。沒有凳子坐，我就坐在一包包的地板垛上，或其他的裝潢材料上面，反正我當時只是看書，沒打算在那裡寫字。工人一天的工作做完，等他們離開以後，我再鎖上門，回到華工招待所六號樓那個臨時的棲身之所，晚餐時胡亂吃點什麼，然後又開始我題海大戰的夜生活，直到深更半夜我累得筋疲力盡，才上床倒頭就睡。在新房裝修的那些日子裡，我的生活幾乎每天如此。

新房子裝修差不多花了一個月時間，為了少付一個月房租，也為了及早結束兩頭跑的生活，早點住進新房子以方便去華師上考研複習課，在新房子裝修完工後的第二天，我就把全部家具及生活用品搬了進去。等我把新房子整理好了，我就把兒子和他奶奶一起接到新家中來。按照常識，為了健康和安全起見，新裝修的房子一般應該空置一段時間，等油漆塗料味道消散以後，再搬進去住為好。而我那時卻沒有這麼做，除了房租方面的考量外，時間也是我考慮的重要因素，為了早點全心複習，應付考研，我已經顧不了那麼多了。

九

搬進新家後，我剩下的時間更少，離研究生入學考試的日期也就更近了。我在內心裡告訴自己，這次考試對我而言意義重大，成敗在此一舉，而我只可成功，不能失敗。由此看來，我當時的心理壓力之大可想而知。

兒子回來後，我心裡自然是異常開心。在此之前，兒子跟奶奶生活在鄂州鄉下，丈夫在上海工作，我獨自在武漢裝潢、搬家、複習，一家三口，分居三地。我每天在忙碌之餘，心中既擔心幼小的兒子，又記掛遠在千里之外的丈夫，俗話說：「一心不能二用。」而此時此刻，我的一顆心已恨不能多用了，因為「二用」對我而言，顯然已經不夠。

新家離華師很近，我每天把菜買好後，就騎車去華師上考研複習課，到華師圖書館或教室裡複習。日子雖過得緊張而忙碌，但我的內心裡卻是充實而開心的，因為我有了新的奮鬥目標，對未來有了新的憧憬。如果我考上了研究生，將來能在附近的大學找份工作，相夫教子，安居樂業，夫複何求？我不是貪心之人，我認為能擁有這一切就已經足夠了，我其實很容易滿足。

離考試的日子越來越近了，我的壓力也越來越大，越來越覺得時間不夠用，感覺上還有很多該看的書都沒有看，看過的東西也沒有完全記住，內心裡暗暗著急。兒子和他奶奶白天在家，我除了為他們準備一日三餐以外，晚上也基本上都待在家，除非華師晚上有課，否則我就不出門。白天兒子跟我相處的時間較少，到了晚上就喜歡纏住我，等我把他弄睡著後時間已近十點，而我這時實際上也已筋疲力盡了。我意識到這樣下去，考試一定會大受影響，跟丈夫訴苦後，他建議我把兒子和他奶奶送回鄂州鄉下。兒子剛回到我身邊不久，此時才一歲多的他是如此依戀我這個母親，我又是如此鍾愛這個幼小的生命，心中雖然有萬般不捨，但想到如果考試受影響，如果我考不取研究生，我們母子將來會忍受更長久的艱苦歲月。經過反覆考慮和心理掙扎，在丈夫的勸說下，我只好再次忍痛將兒子送回鄉下生活。

送走兒子和他奶奶後，還有不到兩個月時間就到考試的日子了。我夜以繼日地抓緊時間複習，每天複習到深夜一、兩點鐘，比我當年高考時抓得還要緊。高考前我每天十點半左右就睡覺，雖然高考後我以澤林文科狀元的身分考上大學，但這次考研，別說狀元夢不敢去做，就連能否順利考取，我都沒有十足把握。雖是女性，我卻不是愛趕時髦之人，但在考研這件事上，我卻無意中趕了一次時髦——那一年考研熱開始興起，我成了考研大軍中的一分子。而那時，我已大學畢業六、七年時間了，卻要跟那些即將畢業或畢業不久的考生競爭，形勢顯然對我並不有利。

雖然心中非常明白自己的處境，但我已騎虎難下，別無選擇，暗暗告誡自己不能退卻，而且只能成功，不能失敗。除了去華師上考研輔導課，我難得下樓或出門，我一個禮拜只去一次菜場買菜，把買回的菜放在冰箱裡吃一個星期。為了減少麻煩，節省時間，我只買那些容易處理清洗的菜，比如蘿蔔、香腸、雞蛋等，不買那些難清洗、需費時費力的像綠葉菜之類的菜。每天除了幾個小時的睡眠時間，其餘的我都用來複習，即使是吃飯上廁所，我也是手不釋卷，埋頭苦讀。我在廁所閱讀的習慣可能就是在那時養成的，迄今我仍保留著，喜歡一邊上廁所，一邊看書或讀報。

考前一個月左右，我感覺自己的精力和信心已到了強弩之末，加上非常想念兒子和丈夫，我覺得自己快撐不住了，心情日趨沮喪。丈夫瞭解到我的狀況後，不斷給我打氣，天天晚上從上海打電話給我，鼓勵我堅持下去，強調我的長處，說我基礎良好，決不會輸給那些跟我一同參加考研的人，而且已經努力到這個份兒上了，就此放棄太可惜。在他的鼓勵和支持下，我決定堅持到最後。

一九九五年十二月底的某一天，丈夫打電話回來，叫我去上海跟他一起過聖誕和元旦。我原本就擔心時間不夠用，如果考前再去上海，時間恐怕就更不夠用了。丈夫彷彿懂得我的擔心，勸我說如果心理壓力減輕，複習效果會更好。就這樣，我買了機票去上海。坐在飛機上，我心裡還記掛著考試，從手提行李袋中拿出政治複習資料來背誦和默記。丈夫的鼓勵和支持，讓我慢慢擺脫沮喪，從上海過節回武漢後，我逐漸重拾信心，收拾心情，潛心複習，盡自己最大的努力，去考好我人生中第二場決定命運的大考。

一九九六年二月初的三天，是那年的研究生入學考試全國統考時間，華師那年將考場設在其附屬小學。第一天進入考場，看到考場內外黑壓壓的人潮，我既興奮激動又倍感壓力。這些人跟我有著相同的目標和希望，我們都希望通過考研來改變處境和命運，提升自己的學歷、專業水準及社會競爭力。中國人自古以來大都是希望通過讀書改變命運，古語中有「萬般皆下品，唯有讀書高。」、「朝為田舍郎，暮登天子堂。」之說，現代人口號中也有「知識改變命運。」、「科技是生產力。」等名言，這些說法都是在講讀書能給人帶來更理想的生活、更大的競爭力與更多向上爬的機會。我們這些熱衷於考研的人，當時大多都不外乎懷有這些目的。

考試一結束，我便迫不及待地趕到鄂州鄉下，去探望跟爺爺奶奶生活在一起的兒子。我到達時，兒子正在搖籃裡熟睡。看到兒子雖然黑了瘦了，但看上去很精神，我心中感到由衷的開心和寬慰。多日的思念使我在見到兒子時忍不住淚如泉湧，在對兒子說了一聲「媽媽回來了！」之後，我已泣不成聲。

不多久，兒子醒來，看到我坐在搖籃旁邊看著他，開心地笑了。經過了幾個月的分離，我們母子終於團聚了。第二天，我就帶著兒子回到武漢，然後我們母子倆很快就一起前往上海。與丈夫見面後，我們一家三口終於在上海團聚。

十

一九九六年四月，考研結果公佈，我的分數上線了，我終於如願考取了碩士研究生，懸在心頭的那塊大石終於落地，我一年多的複習努力也終於有了圓滿的結果，因此我內心中的那份開心和激動可想而知。

得到考研成功的消息時，我人已在上海工作了幾個月。原本打算工作到入學前再回武漢，可沒想到，到了該轉人事檔案的時間，一冶教育處人事科卻不放人。我不得已只好放下手頭的工作，專程從上海回到武漢一冶一中辦理檔案轉移手續。回漢後，我花了不少時間向相關負責人求情，並請友人從中幫忙，到了八月底學校開學前夕，人事科才終於肯賣好友一個面子，同意給我放行。在拿到自己人事檔案的那一刻，我才終於如釋重負，慶幸自己終於有機會一圓讀研夢，由於無力辦理工作調動，我終於通過讀書這條路為自己將來重新擇業創造了另一次機會，也讓自己有三年時間專心提升學業能力，為自己將來再度進入社會就業提升競爭力，多爭取一張通行證和多掌握一塊通向成功之門的敲門磚。

一九九六年九月，我又重返華師校園，再次成為桂子山莘莘學子中的一員。為了方便，也因為再沒有其他選擇，我經過了一番不小的努力，才終於獲准將兒子送進華師幼稚園就讀。我們母子終於不必分開了！每天早上，我騎車去華師上學，車後座上放著兒子，他去上幼稚園，我去聽各種必修和選修課，放學後我再將兒子從幼稚園接回家，我們母子每天一同進出華師。那時做一個媽媽研究生，雖然要兼顧學業和照顧兒子，免不了辛苦和勞累，但我還是很開心，每天過著快樂的求學和育兒生活，對自己當時的狀況感到非常滿足。

快樂的日子總是過得很快。轉眼間，我已修完碩士期間的大部分課程，進入論文寫作階段。由於不再受課表限制，我就帶著兒子到了上海，與丈夫一起過起了一家團聚的生活，同時又不影響自己撰寫畢業論文。這時的我內心更加快樂，論文寫作進展也非常順利。「老天其實待我不薄。」我當時內心由衷生出如此感慨，並對此心存感激。

碩士入學前在上海工作的那幾個月，我已初步掌握電腦的使用，寫論文時正好能將電腦技術派上用場，但要把將近五萬字的學位論文用電腦打出來，對當時的我來說卻是一個不小的挑戰。為了幫助我加快論文輸入速度，身為電腦軟體工程師的丈夫，想辦法為我找到了一種語音輸入軟體，這個軟體的使用，大大提高了我輸入論文的速度，也節省了我大量的時間。每天等兒子入睡後，或者在丈夫下班後回來陪兒子玩耍時，我就一個人關起房門將論文「讀」進電腦。我當時使用的語音軟體準確率只有百分之八十左右，「讀」進電腦中的論文仍然需要花時間糾正那些電腦不能準確記錄的字詞，雖然如此，那時能夠有這個語音軟體相助，我已經很心滿意足了。等到論文草稿完成，在導師的指導下經過多次修改終於將論文定稿後，我就開始在上海找工作，希望畢業後能和丈夫一起工作和生活在上海，一家人能永遠快快樂樂地過著團聚的日子。這其實也是丈夫的願望。

可是，二〇〇〇年三月，一家團聚的日子沒過多久，丈夫申請到了一份新加坡的工作，我們一家人再次分隔兩地。其時我只在上海工作一年左右，一邊忙碌地工作，一邊照顧兒子，還要一邊牽掛遠隔重洋、初次踏上異域土地的丈夫。再一次地，為了家庭完整，為了讓漸漸長大的兒子生活在一個健全的家庭中，我放棄正處於上升階段的工作，離開上海，跟著丈夫移民到了獅城。雖然我在做這一切時，並非完全心甘情願。

新加坡是一個小國，只有幾所大學，有中文專業的大學更少。由於很難在大學中找到全職教書的工作機會，我只好先做兼職大學講師，期待著以後有機會找到全職大學工作。就在這種情況下，我報讀了復旦大學在新加坡開辦的博士學位課程，順利通過了筆試和面試後，再一次為追求更高學位當起了學生。

十一

博士讀了一學期後，我有了全職工作，生活比以前忙碌許多。獅城生活節奏原本就快，學校人手緊，我的工作量很大，每天早出晚歸，經常需要將工作帶回家，利用晚上和週末的時間才能完成任務。回家後還要料理家務，照顧兒子的學業與生活起居，我實際上很少有時間來讀書學習。但既然新的求學生涯已經開始，我不想半途而廢，只好咬牙堅持。

雖是在職讀博，復旦對在職博士生的要求一點也不會降低。我需要修讀八門課，在復旦指定的刊物上公開發表三篇論文，才有資格申請論文答辯和畢業。我原本打算花三年時間拿到博士學位，後來發現自己力不從心，根本不可能在三年時間裡完成既定目標。因為除了要應付繁重的教學工作、料理家務和照顧兒子以外，我還承擔了兩本教材的編寫任務，我為之工作的新躍大學（現為新躍社科大學）翻譯系要求我為兩門課開發教材，一本《中文閱讀與鑒賞》，一本《中文寫作》，而且給我完成任務的時間非常緊迫，只有七個月左右。這樣一來，我只能完全放下博士學位論文寫作，全力以赴去完成教材編寫工作。

由於工作壓力太大，繁重的工作也佔據了我大量的時間，這嚴重影響我的論文寫作，我內心很焦急，甚至曾一度想過辭職，好專心撰寫學位論文，等論文寫完通過答辯拿到博士學位後，再繼續工作。幸運的是，丈夫看我實在忙不過來，默默地接過全部家務和照顧孩子，好讓我有更多時間忙工作和寫論文；在我的電腦跟我鬧脾氣罷工時，身為電腦軟體高級工程師的丈夫又兼任我的專任電腦助理，幫我解決電腦方面的一切問題，為我的論文寫作、教材開發和課程教學掃清科技障礙。

我的博士論文選題原本打算寫「高行健研究」。當我跟導師陳思和教授提出這一設想時，陳老師說這個選題在當時的中國恐怕無法開題，因為高行健在中國大陸是被禁的作家。我知道陳老師不是在跟我開玩笑，但又不捨得完全放棄高行健，因為我已為這個選題閱讀了大量與高行健有關的作品和研究資料，完全放棄太可惜。於是又跟陳老師提出一個折中方案，即把論文選題範圍擴大，只把高行健作為其中的一章，新的論題為「新移民小說研究」。可陳老師又擔心這一選題範圍太大，怕我不容易駕馭。我提議等他看過我的論文大綱後，再決定這一新的選題是否可行。在征得陳老師同意後，我很快提交了論文大綱，並獲得了陳老師的首肯，我的博士論文選題終於確定下來，並順利開題。

論文選題開題過後，我正式進入論文寫作階段。正如陳老師所言，我的論文選題很大，在撰寫論文的過程中，我需要搜集和閱讀大量的資料。好在我平時就愛廣泛閱讀，涉獵面較廣，在選題確定之前就已閱讀了大量的華人移民作家所撰寫的各種文體的作品與史料。在新加坡工作的那些年，我在工作範圍內也接觸到大量的東南亞以及中國近現代作家作品，特別是有關華人移民史和文學創作與研究方面的史料及著作。有豐富資料在手，我內心倒是不慌張，但我缺的是時間，因此在時間上捉襟見肘時，我曾經多次想到過辭職。但在丈夫的默默支持下，我最終堅持了下來，成功地兼顧了工作與學業。

二〇〇八年八月，我的博士學位論文初稿終於完成，有近二十七萬字的篇幅。我把論文初稿一個章節一個章節地用電郵發給陳老師，在陳老師的精心指導下，我又對論文各章反覆加以修改。到了十一月中旬前後，我的學位論文終於定稿，十二月初順利通過答辯。二〇〇九年一月，我終於獲得博士學位，順利從復旦畢業。

從註冊入學到最終畢業拿到博士學位，我一共花了四年半的時間。除開間中因開發兩本教材的那半年多時間，我實際花在讀博士的時間有四年左右。這可真是一段不算短的旅程，我為之付出的艱辛和努力，是絕非這麼一點篇幅的文字所能完全記錄下來的。我曾聽不少有類似讀博經驗的人說過，讀完博士做完論文的人，就算「不死也要脫層皮」。英文中也有類似說法，「PHD means/ stands for Permanent Head Damage.」意思是說「拿到博士學位意味著永久腦損壞」，也就是讀博士的人會把腦子讀壞掉，會讀成傻子的意思。由此可見，無論是中文還是英文的說法，其實都是在說，讀博士是一件很不容易的事情。的確如此，於我心有戚戚焉。

附言：我的博士讀完不久，我們一家人又再度移民，從赤道島國新加坡，移民到南半球島國澳大利亞，最終定居墨爾本。我瞭解到澳洲的教育體制和用人方式，與中國和新加坡的很不一樣，澳洲似乎很重視雇員擁有本地學歷和工作經驗。看樣子，我如果想在澳洲重新出發，再度進入職場，找到一份合適的工作，可能免不了還要繼續求學。真的是路漫漫其修遠兮，吾將中西而求索。這也應驗了中國那句著名的俗語：「活到老，學到老」。不過，我喜歡讀書，很享受做學生的感覺，所以讀書對我而言，是一件雖然累卻很快樂的事情。讀書雖辛苦，而我卻能樂在其中。我想「書蟲」這類字眼，大概就是為像我這樣的人而創造出來的。

獅城祭父親

父親：

清晨，我做了一個夢，夢見您在廚房裡，正在切菜準備做飯，您的臉上滿含著慈祥的微笑。這個夢勾起了我對您深藏的思念。醒來後，我把夢中的情景向您的女婿海林做了描述，說著說著，我說不下去了，心裡好難受。海林說：「想哭就哭出來吧。」他的話音未落，我早已蜷在他懷裡泣不成聲。

父親，我有多久未跟您說過話了？記得我最後一次跟您說話，是在醫院裡，在您的病床前。那是我生您的外孫康兒的前夕。您病了，躺在醫院的病床上，我和海林到醫院去看您。您見我們時，眼神中明顯流露出笑意。等我們坐下後，您卻對我們說：「不要再來了，天熱，醫院又不是什麼好地方。」我知道，您這麼說，是因為我快臨產，怕我老是到醫院會對胎兒有影響。而那次去醫院看您後，過了兩三天我就進了產房，順利地生下了您的外孫兒——康康。可我萬萬沒有想到，那次醫院病房相見，竟是我們父女的永別！

父親，您知道嗎？當我坐完月子，準備抱著康康去見外公時，哥哥卻來告訴我，您早在六月十一日就去世了！您的外孫康兒是六月四日出生，而您卻在六月十一日永遠地離開了我們——您的小女兒和您的外孫兒！父親，您怎麼忍心就這樣走？您怎麼不看看您的外孫兒再走？您知道嗎？康兒永遠也見不到他的外公了！

聽到哥哥說出的噩耗後，我不知道自己呆了多久才痛哭失聲，也不知道自己哭了多久後暈倒，不知道自己什麼時候、怎麼從另一間房間回到臥房的床上，更不知道自己暈倒多久後才甦醒。當我甦醒過來時，不知道自己身在何處，環顧四周，看到康兒安靜地在我旁邊熟睡，我的婆婆和哥哥分坐在床的兩邊抹淚，我的意識回來了，我想起了哥哥帶來的噩耗，我再一次痛哭失聲！

我抱著康兒隨著哥哥回家，一進家門，我一眼就看到了挽著黑紗的您的遺像。我徑直走到您的遺像前，雙手托著康兒，在您的遺像前長跪不起，再次哭暈過去。

父親，您知道嗎？您的么女兒回家來看您了，您的外孫兒康康回來看您了！父親，您看見了嗎？康兒長得很像您，那眉眼，那神情，與您是多麼相像！這或許是冥冥中有上帝的旨意，讓我的康兒與我的父親長得如此相像，來彌補我未能見您最後一面、送您上路的永遠的缺憾？父親，未能親眼看一看康兒，您不感到遺憾嗎？您能瞑目嗎？

母親告訴我，就是為了不想太刺激我，不想讓我太激動，不想讓我在月子裡哭壞眼睛，一家大小才都瞞著我，不讓我知道父親過世的消息。而我，整個月子裡都全身心沉浸在順利得子、初為人母的喜悅中，竟渾然不覺您已去世！您的女婿海林，在您去世、家裡辦喪事那段時間，竟然裝著沒事人似的，如平常上下班那樣按時早出晚歸。他這樣做，就是為了不讓您敏感的女兒察覺到任何的異常而對您的健康產生懷疑！父親，您能原諒女兒的愚鈍嗎？您能原諒女兒未能最後見您一面嗎？您能原諒女兒未能親自為您送行嗎？

母親還告訴我，為了不讓我太激動，她特意把您的遺像從客廳桌上移藏到她的臥室衣櫃的櫃頂，可我進門後還是一眼就看到了您，看到了您炯炯的眼神與和善的笑容。父親，叫我如何不激動？父親，您我一場父女，卻這麼快就已陰陽兩隔，叫我如何不哭？我得到了兒子，卻永遠失去了父親，叫我如何不慟？

母親後來又陸續告訴我，我生了康兒以後，她就把這個好消息告訴了您。母親說您聽到這個消息後，非常高興，還和母親就這個話題聊了半天，精神一度很好。母親本以為您會因此而身體好起來，畢竟您才剛過六十歲生日，年紀並不算大，還應該有好多年頭可活呢！可是沒想到您還是去了！撇下母親，撇下您的親人，撇下那剛出生而您還未曾與他謀面的外孫康兒！父親，您怎麼捨得就這麼撒手？父親，您怎麼忍心就這麼走？父親呀！

父親，您知道嗎？康兒的屬相和您的一樣，他也屬狗。你們祖孫兩人真是有太多的相似：眼睛、鼻子、嘴、臉形、頭形、神態等等都那麼地相像，甚至連屬相也相同！父親，我生康兒您滿意嗎？知道我生了康兒後，您能瞑目嗎？您知道嗎？女兒是多麼希望您能含笑九泉！上天是公平的，讓我在失去父親的時候得到了兒子！可上天又是多麼殘忍不公，讓我在得到兒子的同時，又永遠失去了父親！上天呀，您在捉弄我嗎？否則，您何以如此，讓我在幾乎同時，經歷生離死別，飽嘗大喜大悲?!

父親，我有多久未跟您說話了？康兒已滿八歲，虛歲九歲了，您我父女陰陽相隔，已有九個年頭了吧？您知道嗎？我總是時不時地夢見您，夢見您和善的眼神，夢見您慈祥的面容。在夢裡，我們父女倆時常有簡短的對話。每次從夢中醒來，我都會恍惚良久，當我完全清醒過來，發現我們父女相見只不過是南柯一夢時，我都忍不住潸然淚下，黯然神傷很久。

父親，我以後是不是只能在夢中和您相見？如果真只能如此，我願意多做些這樣的夢，好在夢中多幾次與您相見，與您多進行一些對話！您在九泉之下過得好嗎？會不會很孤單？是不是也想和您的么女兒說說話？如果您覺得孤單了，想跟您的么女兒多聊聊，那就到我的夢中來吧，我會很開心和您說話的！有您入夢，我們父女才能神聚交流。父親，來入夢吧，您聽見女兒的呼喚了嗎？

父親，我現在已遠離中國，遠離母親和兄姐，帶著康兒隨海林生活在新加坡，我就是在新加坡夢見您的，我已不是第一次在新加坡夢見您了。可見，我無論走到哪裡，無論走多遠，您都會在我的夢中出現，時間和空間都無法阻隔您的么女兒對您的思念！每次想到您時，我都忍不住淚流滿面，痛哭失聲！父親呀，您知道我一直都在思念著您嗎？

安息吧，父親！女兒永遠懷念您！

母親的晚年

母親去了，終於去了，在飽受多年的病痛折磨之後。

接到這個噩耗時，我人在墨爾本。在到達墨爾本三天之後的一個中午，我才上網查看電子郵箱。一打開網易163電子信箱，一封姪女發自武漢的電郵就將我擊倒：「小姑：奶奶今天下午去世了。」而此時，這封電郵已在我的電子郵箱中躺了三天。

就在母親病故的那天晚上，我乘飛機離開獅城前往墨爾本，因為在這座位於南半球的澳洲城市，生活著我的丈夫和兒子。那是在結束忙碌的工作後，長假開始的第一天，我正打算前往墨城與他們團聚。因為忙於準備行裝和趕赴機場，我那天沒有查看電郵。到墨爾本後，因沉浸在一家團聚的喜悅當中和忙於料理家務，我又無暇查看電郵。就這樣，載有母親辭世噩耗的那封來自武漢的電郵，竟然在我的電子信箱中躺了三天才被我開啟。就這樣，在父親辭世十七年之後，我又因未能見母親最後一面，而再次成為這個世界上最不孝的女兒！

現在想來，母親孤寂而又備受精神與肉體折磨的晚年，應該是從父親的離世開始的吧。父親和母親同歲，都是一九三四年出生，按陰曆生日計算，父親比母親僅大三個月左右。如果我沒有弄錯，父親是陰曆三月二十三日出生，而母親的生日則是六月二十四日。

母親是童養媳，九歲時就被送到父親家中，與父親一同長大。用現在的話來講，他們算是青梅竹馬了。直到父親過完六十歲生日後去世，大致算來，母親跟父親一起生活了超過五十年。父親去世時，母親剛好六十歲，準確來講，離她整六十歲生日還差兩個月。從那時開始，母親就獨自度過她孤寂而又備受精神與肉體折磨的晚年。

年輕時，母親務過農。她曾當過婦女隊長，大隊婦聯主任，也曾受訓當過赤腳醫生。在當時醫療條件奇差的情況下，主要負責接生工作，擔當民間俗稱「接生婆」的角色。據我所知，她的工作風格向來以強悍著稱，在湖北鄂州老家那一帶頗有一些知名度。也許正是這些人生經歷，造成母親說一不二的性格特點，或許應該反過來說，正是因為母親有著這種說一不二的性格，才會造成她工作上著名的強悍作風。而這種性格或風格，一直與她終生相隨，給子女留下不善變通或不願通融的強硬刻板印象，因此造成她晚年時與子女之間的衝突不斷，導致她精神上備受折磨，最後嚴重影響身體健康，讓自己在精神與肉體的雙重痛苦折磨之下走完孤獨的餘生。

我上大學之前，父親就已退休；我上大學之後，父母搬到位於武漢青山區的武鋼與我兄嫂同住。最初幾年，一家人倒還相安無事，日子久了，兄嫂處事有自己的看法，與父母的看法不大一致，於是家庭衝突開始慢慢產生，而且逐漸呈現出越演越烈之勢，特別是母親與我嫂子的關係越來越糟。到我父親才剛六十歲就患病去世之後，她們婆媳之間已可以說是勢不兩立了，兩人似乎是不共戴天的仇敵，因為母親認為，父親的離世和嫂子對父親的不恭與精神虐待緊密相關。

我常年在外，自上大學後就再未曾與父母親長期同住。兒子過完一歲生日的第二天，我就離開武漢隨丈夫生活在上海。碩士畢業分配到上海工作，在擁有自己的住房後，我曾接母親到上海同住了一年，希望能因此緩解她與兄嫂的緊張關係，讓她生命中有些不一樣的經歷和感受，給她的生活增加一些快樂的回味與滿足。那一年，雖然沒有父親相伴，但母親應該是快樂的，我想。因為在那段時間裡，她不再與嫂子吵架，且有外孫每日在膝下嬉戲玩樂。

後來，我和兒子隨丈夫移居新加坡，母親隨姐姐在武漢江夏區住了一段時間，直到她要求回青山區與哥嫂同住。此後的幾年時間裡，她一直是輪流與哥哥姐姐同住。間中數次，我曾提出要她到獅城與我同住，但都被她拒絕，因她內心深處不願意給我添麻煩，而且此時她已年愈七旬，身體也已大不如從前。姐姐說母親有高血壓，怕坐飛機，因此她的獅城之旅始終未能成行。到她中風之後，行動愈加不便，我便從此斷了接她到獅城與我同住的念頭，只能時常在電話中與她聊天溝通。

母親與姐姐同住期間，也發生了不少不愉快之事。因為母親個性爽直，說話時不會拐彎抹角，從來都是直來直去，不大會考慮聽話者的心理感受，因此她常因小事與姐夫、姐姐的孩子以及姐姐的鄰居之間，發生或大或小的衝突，常常弄得姐姐十分為難，使得姐姐夾在中間進退維谷，尷尬不已，也害得她本人在江夏生活時並不開心，有時甚至舉步維艱。在不得已時，姐姐只好又把她送回青山區跟哥嫂同住。

就這樣，來來回回，不知經過了多少次類似的情形，母親固執的個性使她始終不能很好地與哥姐及其他家人和諧快樂地相處。我即使遠在千萬里之外的獅城，時時在打電話回去問安的過程中，也不得不常常寬慰他們，為他們化解矛盾和解開心結。雖然如此，我的種種努力並沒有達到預期效果，母親還是依然故我，我即使再著急和生氣，也終是作用有限，最後甚至束手無策。有時我趁假期或開會，回武漢短時間與母親同住，嘗試用盡各種方法勸說母親心平氣和地與哥姐及其他家人同住，可收效甚微，這讓我倍感無奈和挫折，也因此而意識到自己其實是多麼的無能，都無法說服母親接受我的勸告。

為了化解母親與兄嫂的矛盾，緩解他們之間的衝突，我在青山區買了一套八十平方米左右的兩居室單元房，給母親居住，希望她往後的日子能過得簡單快樂一點。但她中風後行動不便，我不放心她獨居一室，便提議給她請一名保姆，專門照顧她。可這個提議卻遭到母親和兄姐的一致反對，他們的理由除了保姆費用昂貴之外，還包括根本就找不到真正貼心的保姆，因為現今的保姆很少有人願意真心照顧行動不便的老人。為了說服我放棄這個想法，他們還舉了一些現實生活中類似的反面事例，說誰誰家的保姆不光沒有盡責，反而虐待老人，甚至變相害死老人，或捲走錢財，等等諸如此類的傳聞。

看到他們對這個問題的態度居然如此罕見驚人地一致，我想即使我再堅持也沒用。但我擔心本就行動不便的母親，如果讓她獨居一室我更不放心。經過我們兄妹反覆商量，最後決定由姐姐從江夏區搬到青山區與母親同住，主要擔負起照顧母親的重任。好在為母親買的這套房子離哥哥的家不遠，哥哥每天下班後可以順道過去看看，陪母親聊聊天，也可以幫母親和姐姐解決一些問題。照顧母親的事情進行到這一步，我總算心安了一些。

移民澳洲的手續辦好後，我知道以後將離母親越來越遠，能回去看望和陪伴她的機會和時間也越來越少。在她去世前一年的十月底，我特地請假從獅城返漢，租了一輛車帶著她遍遊江城。那些天，母親非常開心，因為中風後行動不便，她已經很久未離開家外出遊玩了。當時的武漢正值秋季，風和日麗，秋高氣爽，恰是出遊的好時節，也是江城一年中天氣最好的時候，而且江城武漢的發展變化之大之快，令久未逛過鬧市區的母親驚異和興奮不已。她一路上東張西望，左瞧右看，似乎目不暇給，甚至都顧不上跟我講話，只顧貪婪地盡情欣賞和享受車窗外不停地變換著的江城街景。

看到母親如此開心，我內心當然也十分高興，但同時也非常內疚和自責。自從離開上海移居國外之後，我幾乎再無機會與母親長時間同住，未能盡到照顧她的責任，未能盡到為人子女的一份孝心。中國傳統中有「父母在，不遠遊」的名訓，可是自從上大學後，我就很少有與父母同住的機會了。再以後，我有了自己的工作和家庭，離父母越來越遠，甚至漂洋過海，先是獅城，再是澳洲，父親去世，母親年紀越來越大，身體越來越差，即使想長時間同住，對彼此而言，這都已經是越來越力不從心的奢望了。就算偶爾在假期時每年都能回家探望她一兩次，每回也最多只能陪她一兩個星期，或十天半月的，但這對孤獨的母親而言，都只是杯水車薪而已。

可母親並未明顯流露出多少責怪我的意思，每次電話交流，她都還叫我不要為她操心，說她身體挺好，不會有事情的，並提醒我自己在國外生活時要小心注意。我懂得母親是知道我在擔心她，故意這樣說來安慰我的。我當然也知道她的身體越來越糟，醫生說只能維持，並無治好的希望。雖然我拜託哥哥請求醫生盡力醫治，但以母親的年齡和身體狀況，完全治好她的病症只能是我內心徒然的願望而已。

在母親去世前的一個月，我借回武漢開會的機會再回家探望她。我知道，以母親的年齡和身體狀況而言，我能夠見她、陪伴她的時間和機會只會越來越少，只能見一次算一次，見一次少一次了。站在母親的床前，一眼望過去，母親已是形容枯槁，宛如風中殘燭。拉著母親的手，只感覺到那雙手只剩下硬硬的骨頭，外面包著一層乾枯的、顏色早已暗淡的皮，中間由幾根扭動著的、如蚯蚓一般的青筋連接著，這已完全不是我記憶中母親那原本十分溫暖、飽滿有力的大手。握著母親枯槁的手，望著母親滿頭乾枯的白髮，和她那蒼白的、已毫無血色的臉，我不知不覺間已哽咽到無法成聲。

看到我難過，母親反倒開始安慰我，說她不會有事的，不用那麼傷心，更不必從國外大老遠跑回去，花費那麼多機票錢，又勞神又費力的。還說以她的年齡也是可以死的人了，因此不必為她那麼難過。母親的寬容、樂觀和體貼，更讓我傷心、難過與自責，深感自己是這個世界上最不孝之人。婚後我隨著丈夫四處輾轉遷徙，不光未能親自為父親送終，與母親相處的時間也屈指可數。但她總是叫我不要為她擔心，每次都在電話中提醒我，在國外要注意身體和安全，甚至擔心電話費太貴，叫我不要總打電話給她，就是打電話，也不要打太長時間，等等之類云爾。

由於在床上躺太久，年紀大了抵抗力日益衰退，再加上武漢天氣原本就很悶熱潮濕，母親身上開始長褥瘡。褥瘡先從尾椎骨附近開始生長，後來逐漸蔓延到背部和肩部，等到我最後一次見到她時，她背上有些部位已經隱約可見白骨。雖然有兄姐每天幫她清洗換藥，褥瘡依然毫不留情地繼續在她身上殘忍猙獰地快速擴大著地盤。我回漢後，曾和姐姐一起幫她換洗床墊，清洗傷口，塗擦藥膏。過程中我聽到母親痛得大聲喊叫，那叫聲讓我意識到，母親一路走來忍受了多麼巨大的痛楚。可她每次電話中卻總是讓我感覺到她的樂觀，我深深為母親的堅強與隱忍而震撼和心痛。

但我萬萬沒想到，這會是我最後一次見到母親。臨行前，我跟母親道別，眼淚止不住往下滾落。母親似乎知道這是我們的永別，可她不但沒哭，反而笑著對我說：「你這是在幹什麼？提前為我哭喪嗎？別這樣，不吉利。」聽她這麼一說，我趕緊盡力忍住眼淚，強裝笑臉跟她道別。在離開她一個月左右，我就收到了姪女發來的噩耗。我沒想到，我們母女的這一別，會是永遠。

母親的一生，是好強的一生，也是堅強的一生。在健康的時候，她從不輕易求人，總是獨立自主，常依靠一己的力量去達成目標。沒想到她晚年時卻遭受多重打擊，先是失去父親，後是自己多次中風，甚而至於完全癱瘓，直至最後臥床不起，這一連串的災難，對母親精神和肉體所造成的衝擊之大，不言而喻，但要強的母親仍然樂觀以對。雖與子女曾發生不少衝突，但她堅韌堅強、樂天知命的人生態度，自始至終卻並未有多大改變，她始終還是她自己。

因中風而癱瘓，因癱瘓而長褥瘡，最後又因褥瘡而耗盡生命，這就是母親所走過的最後幾年生命歷程。母親的晚年，痛楚不快如影隨形。而在她孤寂痛苦的晚年生活中，我這個最小女兒的遠遊與缺席，應該使她內心的渴望和缺憾進一步加深了吧。每念及此，我就深深自責：我是世界上那個最不孝的女兒。未曾親自為父母送終，未能為父母盡最後的孝心，我是多麼不孝啊！母親，我不敢請求您和父親原諒我的不孝，我會一直把您和父親放在我心裡，無論我離家有多遠，有多久！

今年清明節，按照母親的遺願，我們兄妹三人把她的骨灰送回鄂州老家祖墳山安葬，讓母親與父親的墳墓緊緊相鄰。母親，與父親分開十七年之後，您終於又與父親團聚了。能再見到父親，天天能與父親在天堂相伴，想必您內心裡會十分安定與快樂吧。但願您和父親永遠相伴相隨，但願來生您二老還能做我的父母！

謹以此文作為母親離世周年紀念。

中篇

東南亞屐痕

「守」與「逃」的悖論

吳作棟總理在新加坡國慶期間發表的一席講話中提到了「守將」與「逃兵」的話題，此話一出，猶如一石激起千層浪，立即在新加坡國人中引起了熱烈的討論，海外的「逃兵」們，島內的「守將」們，甚至外來的移民也都加入到這場討論之中，一時間，「守將」與「逃兵」成了民間的熱門話題，報刊中相關文章登得好不熱鬧。

新加坡政府向來重視來自民間的聲音，「守將」與「逃兵」的民間討論剛告一段落，國會的議員們又就這一話題開始了多方面的討論，這說明官方也開始重視這一論題，並有意檢討與此話題有關的政府的社會政策，以期把每一個國民都培養成守將。新加坡政府的工作效率之高，反應之快，由此可見一斑。

其實，「守」與「逃」是一組相對的、相互依存的概念，沒有「逃」也就無所謂「守」。但應明確的是什麼樣的人才可稱為「逃兵」，怎樣做的人才能叫做「守將」。

回溯並不久遠的島國歷史，島國國民除了少數馬來族本土居民外，絕大多數國民的祖先來自北方的中國和印度等國家。不管出於什麼原因，他們都「逃離」了自己原來的祖國，「逃離」了原有的家園，來到新加坡重新扎根，尋求更好的生活和發展，他們中的絕大多數人變成了新加坡的「守將」。可是這些人的祖國——中國和印度，卻並未將他們稱作「逃兵」。

也許是島國太小，每一個人、每一點資源都很寶貴的緣故吧，每一個新加坡人移民海外，在政府看來都不是小事，以至於政府會檢討他們移民海外的原因：是為了孩子的教育？為了追求更好的生活？甚至是缺少愛國意識和國家認同感？也許都是，也許都不是。相信每一個移居海外的人都有他們的理由，而這些理由也肯定都不會一樣，但他們的目的卻都是相似的：那就是為自己和家人追求更好的生活和發展。

早先那些逃到新加坡的華人一直都把中國當做他們的祖國，直到新加坡建國，擁有新加坡國籍和護照，他們才變成新加坡人。對現代史略有所知的人都知道，中國抗日戰爭期間，新加坡華人捐款捐物支援祖國抗日，有的還回國親自參加抗日戰爭甚至犧牲生命。雖然他們「逃離」了祖國和家園，但當祖國有難的時候，仍然會毅然決然地奮不顧身，這些人是不能稱作「逃兵」的。上述史實就是明證。本人意下以為，新加坡就應該培養國民「盡忠報國」、「國家興亡，匹夫有責」的愛國意識和對國家的認同感。

有些人雖然並未移居海外，而是留守本土，並且享受著國家和政府為國民提供的一切優惠待遇和條件，但內心裡卻並不認同新加坡這個國家，認為新加坡是沒有希望的，更有甚者，還會出賣國家機密，破壞國家的重要設施，這樣的人能稱其為「守將」嗎？我想答案是不言而喻的。

由此看來，「守」與「逃」並不是絕對的，「逃」的人對國家並非無益，「守」的人如果心術不正則對國家或許有害。新加坡的「逃兵」也許成了他國的「守將」，他國的「逃兵」則有可能成為新加坡的脊樑。偌大的東西兩個半球，如今已被稱作小小的地球村，人才的流動在全球或許會成不可阻擋之勢，既然如此，要去的就讓他們去吧，新加坡要做的，竊以為，除了想辦法儘量留住本國精英外，還應想辦法吸引更多的海外精英來島國扎根。

七月歌台

農曆七月初一至十五是中國的「鬼節」，中國有些地方又稱其為「七月半」、「中元節」，在中國民間，這是活著的人用燒紙錢的方式向死去的親人表達他們哀思的日子。詞典上對「中元節」的解釋是：「指農曆七月十五日，舊俗有燒衣包、祭祀亡故親人等活動。」這是說的中國。

到了新加坡，我對「中元節」又多了一些認識。從報上，我知道「中元節」源于佛教《大藏經》中的目蓮救母的故事。故事中說目蓮歷經千辛萬苦才到陰府，見到死去的母親被一群餓鬼折磨，目蓮用缽盆裝菜飯給母親，卻被餓鬼奪走。目蓮只好向佛主求救，佛主被他的孝心感動，授予《盂蘭盆經》，目蓮按照經中指示，每年七月十五日用盂蘭盆盛珍果素齋供奉母親，餓鬼再也不敢來搶奪了。為紀念目蓮的孝心，佛教徒每年都舉行盛大的「盂蘭盆會」。道教也在這一天舉行「中元普渡」，供奉食物及焚燒冥紙，讓無主孤魂吃上一頓飽飯。因為「中元節」和佛教的「盂蘭節」同在農曆七月十五，人們因此也把「中元節」稱為「盂蘭節」。這個意義上的「中元節」帶有濃重的宗教色彩。

在新加坡，不光種族多元化，宗教也多元化。無論是信佛教，還是信道教，華人基本上都是沿襲中國在「中元節」祭祀已故親人的舊俗。從七月初一開始，不管是組屋區、公寓區還是私人住宅區，華人都會走出家門到公共走道旁邊、綠地上或政府專門為燒紙錢而建的圓形燒紙坑內去燒紙錢。整個七月，獅城的空氣裡都會彌漫著或濃或淡的燒紙錢的煙味。所到之處，都會看到地上成堆的祭祀用的果品、一攤攤燒剩的蠟燭油和一堆堆紙錢燒過後留下的黑灰。有風的日子裡，風還會把部分黑灰吹起來，使到黑灰們有機會在空中輕舞飛揚，一展輕盈的舞姿，有時甚至還會有黑灰飛上高樓，趁機飛進居民的家裡。這段日子，祭祀的意識在新加坡四處彌漫，無處不在。

然而，儘管如此，新加坡的「中元節」卻讓人感受不到多少哀傷的氣氛，反而讓人感到這是一個值得高興和歡慶的節日。現在的「中元節」已從宗教活動逐漸轉變成一種社區活動，結合了宗教與社會意義，經過幾十年的繼承與演變，新加坡人已賦予它鮮明的時代色彩。新加坡的「中元節」主要是以道教的形式進行超度，也有佛教的，但是兩者往往已經混在一起了。主要活動包括吃飯、看戲曲、看歌台，還有喊標、分福物等。

每逢農曆七月，新加坡的華人必定會隆重舉行「慶讚中元」活動，全國各地，無論是商業區還是組屋區，都可以看到慶讚中元的紅色招紙，張燈結綵、設壇、酬神。在小販中心、高樓的電梯口甚至寫字樓的門口，常常貼著對開大小的用紅紙黑字寫著的「慶讚中元」的繁體條幅，寺廟也分別建醮，街頭巷尾上演地方戲曲助興，呈現一派熱鬧非凡的景象，而最讓人感到這種慶讚氣氛的是每年遍佈整個島國的成百上千的七月歌台。

七月歌台是新馬地區華人慶祝「中元節」的特色活動之一。據報上介紹，七月歌台早年叫作「流動歌台」，有別於「固定歌台」。流動歌台是隨著中元會、商會、宴會邀請而設，沒有固定的表演場所，所以是流動的，流動歌台也因而得名。固定歌台則是指在新世界、大世界、繁華世界演出的新生歌台之類。流動歌台通常在街頭表演，民眾可以免費觀賞；固定歌台則是在遊藝場表演，屬於售票性質，需購票進場。

我所見到的流動歌台都是在歌台舉辦之前一兩天由主辦方請專業搭台公司專門搭建，大多在週末晚上舉行。一到有歌台的晚上，住在歌台附近的居民就會被歌台的熱鬧氣象吸引到歌台周圍，因為歌台那兒燈光特別亮，可以聽到有很多人在高聲喊標、競標，還可以免費欣賞到動聽動人的歌舞表演。不過來看歌台的觀眾大多得站著看，因為歌台現場根本就沒那麼多凳子供應，除非觀眾自己帶凳子，但奇怪的是，大多沒人願意自帶板凳，因而形成了觀眾對歌台的圍觀局面。有些站在後面的觀眾想看得更清楚些，就尖尖地、高高地踮起腳，長長地伸直脖子，眼睛亮亮地直盯著臺上演員的一舉一動，臉上的表情隨著舞臺上演員表演的變化而變化。帶著孩子一起來的觀眾，為了讓孩子也能欣賞到表演，有的把孩子抱起來，有的甚至乾脆將孩子舉過頭頂，這情景有點像中國農村的農民觀看露天電影或是露天戲臺，演的演得一本正經，看的也看得津津有味。

流動歌台的表演者大多來自中國的福建、香港、台灣等地，據說這些表演者是歌星，可我在中國大都沒聽說過這些歌星的名字，也許是我太過孤陋寡聞的緣故。馬來西亞和新加坡本地也有不少歌手參加表演，他們所唱的歌曲有很多是以福建話來唱，都是平時難得聽到的方言歌曲。近年來，歌台為了吸引年輕人參加，也加入了為年輕人所喜歡的流行歌曲和勁歌熱舞，使得歌台的氣氛更加熱鬧。

有的歌手，為了靚麗性感示人，竟以穿得越來越少的清涼裝登臺，加上其賣力的演出，常常引得觀眾喝采聲不斷。有的女歌手因而有了不少的男歌迷，男歌手也因而有了不少的女歌迷。歌迷們為了能欣賞到所崇拜偶像的演出，竟有許多人會放棄休息時間追隨著自己心怡的偶像在全島的歌臺上不分晝夜地到處流轉，並會慷慨地包紅包給偶像，歌手也因而在出場費之外還可得到不少紅包收入。

更有甚者，有的男歌迷會對女歌手一見鍾情。報上報導有位馬來西亞男歌迷在新加坡看歌台時迷上了一位女歌手，托朋友給女歌手送紅包，紅包裡包的不是錢，竟是一封求婚書。求婚書上寫著如果女歌手願意嫁給他，他一定讓她過最好的生活。這封求婚書令女歌手驚喜和感動不已。如果這段婚姻終成現實，相信島國歌台又會因而多了一段佳話。

七月歌台除了歌舞表演這一吸引人之處外，喊標、競標、標得福物也是歌台活動中的重頭戲。甚至可以說，歌舞表演是表，喊標競標是裡；歌舞表演是現象，喊標競標是實質；歌舞表演是形式，喊標競標是目的；歌舞表演是噱頭，喊標競標是實惠。

歌舞表演通常和喊標競標同時進行，這邊廂是歌舞表演，那邊廂則是喊標競標，兩者有時只隔著一層塑膠雨布，有時甚至連塑膠雨布也沒有，根本就是連成一體的。這樣一來，歌舞表演的聲音和喊標投標的聲音混雜在一起，使得歌台現場越發熱鬧，很多愛熱鬧的觀眾要的就是這股熱鬧勁兒。

投標時多由爐主出馬，爐主聲似洪鐘地把出標人的價錢喊出，這時你就可以聽見宴席間，這裡、那裡，一時高喊出價標福物的聲音，此起彼落，好不熱鬧。有些觀眾兩邊的熱鬧都不捨得錯過，一會兒到這邊看歌台表演，一會兒到那邊看喊標競標，不亦樂乎。

通常投標福物的出價者也十分闊氣，因為一般人相信，「標」一件東西可給自己帶來一些財氣，所以大家開價時都十分慷慨，尤其是商界人士。中元會的負責委員，通常都會把這筆開標的可觀款項拿來充為慈善基金或會員的福利基金，同時也可為下一年的中元會活動做好準備金，如請歌台或地方戲曲來為來年的活動助興。

用來競標的福物有的是中元會組織的會員及熱心人士的捐贈，有神像、俗稱「烏金」的火炭、米桶、撲滿元寶、大彩票、發糕、酒、電器用具、兒童玩具等等，花樣繁多，應有盡有。有的是由慈善團體為了基金籌款而推出，如新加坡全國腎臟基金會就曾推出福物「一馬當先」。全國腎臟基金會自一九九四年開始，就通過投標福物的形式在「中元節」籌款，這項籌款計畫，獲得了新加坡人的支持，曾有一兩年幫助腎臟基金籌款的中元會有近千個。這些年來，不少中元會團體將標福物的錢捐給如全國腎臟基金會、兒童基金會這樣的慈善團體。這麼做，為這個傳統的華人節日賦予了一定的社會意義，除了在節日裡超度亡魂，表達對死去先人的尊敬與追思之外，也可借此關懷那些還活著的不幸人士，顯示活人還有愛心，世界充滿愛。

據說喊標一定要用福建話，「感覺」才會出得來，過去幾年，曾有中元會用華語和廣東話等喊標，結果氣氛始終搞不起來。據一個叫張明輝的有此經驗的新加坡人說：「喊標得靠口才，我們有時得自導自演，因為來喝酒的人，很多對喊標並不感興趣，我們就必須儘量把氣氛搞熱，告訴他們可以敢敢喊標，反正錢明年才付。喊標要用我們熟悉的語言，福建話喊標聽起來最刺激，也最舒服，好像什麼『馬到成功』、『龍馬精神』，接下來還配合一大段吉祥話，用華語念就沒有那種味道。」

另一個叫嚴可祺的人也說：「福建話喊標就是有一份親切感，例如『大桔』，我們喊『大吉大利，一本萬利，馬票中到你算都來不及！』（大意）。用福建話喊，台下的客人就會有共鳴！」

據說用福建話喊標還有另外一個因素，就是受邀請的客人當中，有一些是很有錢的「賭國大戶」，對福建話特別有親切感，而且出手闊綽。張明輝說，這些人通常敢喊高價格，而且有些不必等到明年才付錢，「中元節」過後不久就付錢。他們贏錢容易，花錢也捨得。反而是一些做生意的人，喊的標價就沒有那麼高。

以前喊標的人很多是爐主專門請來的，而今年的喊標卻出現了新面孔。由於ＳＡＲＳ（中國稱作非典型肺炎）的緣故，一些醫務人員被視為英雄，今年的喊標人中，就有女護士加入了這一行列，報紙和電視還把這作為新聞進行了報導。喊標競標活動開始注入新鮮血液，看樣子在新加坡會有發揚光大之勢。

除了上面所說的情況外，七月歌台可以說還是新加坡經濟是否景氣的晴雨錶，歌台的台數和價碼，隨經濟狀況起起落落。主要原因是聘請歌台的錢，都是靠「中元會」喊標籌得的款項。假如經濟景氣，籌的錢多，當然就可以在來年多安排幾天，邀請歌台演出，人鬼神齊觀賞，也算是新加坡華人社會一大奇觀。反之，經濟不景氣，喊標熱不起來，或是標福物的人在來年無法還錢，當然就影響中元會的開支。由於每年的景氣不一，即使是同一個年代的七月歌台，價碼也可能大不相同。據報紙報導，由於今年經濟不景氣，歌台就比往年少很多，價碼據說也不如經濟好的年頭高。

原汁原味的「中元節」的確帶有封建迷信色彩，但是經過新加坡華人近二三十年神不知鬼不覺的改造，因勢利導，這個華人傳統節日已被賦予更多積極意義，產生了良好的社會效應。事實上，很多參加「中元節」活動的人（包括出席中元宴會及觀看歌台演出者），都不是為了祭鬼，而是為了其他目的，比如說為了經濟原因，歌台中的喊標競標其實在很大程度上就含有相當的經濟因素。

今日的「中元節」已經多元化，「中元節」實際上已變成「多元節」，而七月歌台則是這個「多元節」中一個很好的多元因素表現。

又見納丹總統

納丹是新加坡現任總統，是一個看上去年遇古稀、滿頭花髮、滿臉慈祥的印度族老者。

初見納丹，是在新加坡獨立三十五周年國慶日前的一個禮拜天，那天也剛好是我的生日。按照新加坡慶祝國家生日的慣例，這個禮拜天總統府要對外開放，開放時新加坡公民和永久居民免費入內，外國人則需花一元錢買門票。我就是那天進入總統府後見到了納丹總統。

又見納丹，是在差不多事隔兩年之後的一天——二〇〇二年八月四日，那天也是我生日前夕。同樣的時段，同樣的理由，總統府同樣對外開放。

八月四日，我又有幸見到了這位看上去慈祥親切的總統老人，更有幸的是我還和他照了合影，這讓我激動不已，心情久久難以平靜。

我是從新加坡《聯合早報》和《聯合晚報》的新聞及廣告中瞭解到總統府開放這一消息的，從這一消息中，我知道納丹總統這一天可能會在總統府出現，同時，總統府還會舉行七項藝術及慈善籌款活動。從看到新聞的那一刻起，我心中就充滿了激動與期待：我又有機會參觀新加坡總統府，又有機會見到納丹總統了！

第一次參觀總統府時，我覺得它是一個巨大的高爾夫球場。這次重遊總統府，我把它比喻成新加坡最大、最美的公園。弧線優美的水池，顏色深淺有致、形狀變化錯落、稍有起伏感的綠茵茵的草地，夾道的狀如華蓋的巨傘般的大樹，衣著明快、神情輕鬆、怡然自得、絡繹不絕的遊人，這一切讓我感覺恍如置身於一個精緻典雅、寧靜大方的大公園中。我們一行人邊玩邊拍照，對總統府美麗的景致欣賞、稱讚不已，認為整個總統府看上去非常大氣，這麼多遊人融入其中，使總統府顯得生氣勃勃，但絕無擁擠和喧鬧之感。這讓我們這群來自人口眾多、似乎處處充滿喧鬧和嘈雜大國的中國人感到有些驚訝，從而更為新加坡這個小國總統府闊大的胸襟而感到驚歎和敬服。

這天的總統府臨時搭起了一些大大小小的帳篷，這些帳篷都與藝術和慈善有關。帳篷下設了各種各樣的攤位，方便遊人在遊玩之餘既可欣賞藝術愉悅身心，又可參與義賣購物做慈善。這些白色的帳篷散落在總統府主摟附近綠色的草地上，遠遠看去宛如草叢中的朵朵白蘑菇，它們實際上對總統府也是一種不錯的點綴，它們的存在給總統府增添了不少活躍的氣氛，讓前來參觀的遊人感覺心情愉快。

當我們邊拍照邊玩到一處有關造紙技術及其過程的攤位前時，圍觀攤位的人群忽然起了一陣小小的騷動，我向同行的友人詢問怎麼回事，友人小聲說：「看，總統！」我順著她手指的方向望過去，果然，總統納丹先生和夫人正在和我們在一同欣賞造紙藝術呢！

我立即興奮起來，馬上向納丹總統靠近，而且不停地叫我先生快點給我和納丹總統拍照，嘴裡還不停地催促我先生：「快點！快點！這邊（拍）！這邊（拍）哪！」先生知道我對這位面容慈祥的印族老人很感興趣，因此非常配合，給我拍了不少和納丹總統在一起的照片。直到納丹總統一行離開造紙藝術攤位前往他處時，我還依依不捨地跟著他們走了幾步，心中一直想著，要是納丹總統能夠在這兒多停留一會兒該多好！

離開造紙藝術攤位，我們一行六人來到了總統府白色主樓前的大噴泉旁，噴泉邊圍著很多人戲水，其中大多是孩子。我九歲的兒子和友人八歲的兒子也興奮地加入到了戲水者的行列，他們玩得興起時，激動得大叫大笑，還彼此將水澆到對方的身上，以弄濕對方的衣服為樂。一時間，總統府主樓前充滿了歡聲笑語，大人笑小孩叫，非常熱鬧，彷彿一齣戲到了高潮部分，在場的所有人似乎都為這熱鬧氣氛所感染，個個都掩不住心中的興奮和激動，臉上都情不自禁地露出開心的笑容，這笑容可與總統府主樓四周盛開的美麗鮮花相媲美。

在總統府主樓右前側，緊挨著大噴泉旁，搭著一個大涼棚，涼棚下人頭攢動，叫賣聲此起彼伏。我們也隨人流走進大涼棚裡，看看有什麼可買的東西，結果發現裡面售賣的貨物居然很豐富，有雞肉餡餃子、馬來小餅、各色卡通造型氣球、飲料、果凍、布丁，還有國慶愛心紀念章等各式各樣的東西，花樣繁多，而且都是為慈善做義賣，為新加坡「總統挑戰二〇〇二」主題活動進行籌款，這項活動所籌得的款項將全部用來幫助那些需要幫助的人。

我們看到這麼多吃的喝的，才發現自己只顧盡情遊玩和欣賞總統府美景，其實早已是饑腸轆轆，意識到我們根本就是把自己的快樂建立在腸胃的痛苦之上，實在太不人道。於是紛紛拿出錢包，將每樣食品飲料都買來嘗了一遍，既為自己填飽了肚子，安慰了那因受到忽視和冷落而對我們早已有不滿情緒的腸胃，又為義賣籌款出了一份力，也算是獻出了一點善心，為需要幫助的人做了點善事，可謂一舉兩得，兩全其美。

正當我們一行人坐在涼棚下的圓桌旁，準備慢慢地、從容地品嘗剛剛買到的、據說是由總統府廚師親自製作的風味獨特的布丁時，另一群人也走到了我們鄰近的一桌。布丁賣主告訴我們，總統納丹就在我們身邊。我們聞聲回首，果然見一群人正圍在一張離我們這桌不遠的另一張桌子旁邊！

我再次激動和興奮起來，丟下還未來得及品嘗的美味布丁和同行的家人與朋友，迅速擠進那邊的人群之中，並告訴總統貼身警衛我想和納丹總統照合影。也許是我們買義賣的貨品特別多，也許是看到我興奮的表情和真誠期望的眼神，義賣負責人俯身附在納丹總統耳邊告訴他我的願望，我有些緊張地盯著納丹的臉，我看到納丹總統臉帶微笑，在微微頷首。很快地，義賣負責人走過來，告訴我說總統願意和我合影，叫我先回桌旁坐著等候。

啊，是真的?!我簡直不敢相信，以為自己聽錯了或是沒聽明白，在再次得到明確的回答後，我又驚又喜地回到座位上，告訴同伴總統會來和我合影！同伴們似乎也不敢相信我宣布的消息的真實性，以為我在跟他們開玩笑。正在我們將信將疑地議論這件事時，總統和他的警衛們向我們這桌走來。我驚喜而又激動地迅速站起身，伸出右手，做出「請」的姿勢。納丹總統帶著一臉慈祥和善的笑容來到我們身邊，並伸出手來和我握了握手！

我真是激動極了！因為太激動，甚至有點緊張，我想讓納丹總統坐得離我近點，就伸手去拉我腳邊的座椅，但拉了幾次居然都沒有拉動那把根本沒多少重量的椅子，於是我只好就依椅子的原樣請納丹總統在我身邊就座，並請納丹總統與我們一起分享那份我們還未來得及品嘗的風味布丁。納丹總統馬上搖手，沒有去品嘗那份布丁，而是輕輕地坐在了我和友人中間。

等納丹落坐後，我和友人也跟著坐下來。我們周圍立時圍了不少人，其中有一些是納丹總統的警衛和媒體的一些新聞記者，也有一些是和我們一樣的普通遊客。我看到每一個人都和我們、和納丹總統一樣，滿臉都是笑。一時間，很多照相機裡都留下了納丹總統和我們的合影，也同時留下了納丹總統和善的笑容和我們激動、興奮的表情。合照後，納丹總統要離開我們這一桌到另一桌去，在他離開前，我對他的到來並與我們合影連連表示我的謝意，納丹總統沒說話，回應我的依然是他那一臉慈祥的微笑。

納丹總統走後，我和同伴們依然還在興奮地談論著這次合照，就在這時，我看到納丹總統夫人也同樣帶著微笑向我們這桌走來。我立即起身迎接，新加坡第一夫人伸出她的手與我的手輕輕相握，她的大眼睛盯著我，嘴裡用英語說：「你好！新加坡人嗎？」我立即也用英語回答：「您好！我來自中國，是新加坡永久居民。」她重複道：「喔，新加坡永久居民。」說話時，她的臉上始終都帶著笑意。

我覺得我真是太幸運了，兩次進新加坡總統府，兩次都見到了新加坡總統和第一夫人！這次是我第二次進新加坡總統府，不光又見到了納丹總統和他的夫人，而且還和他們分別都握了手，進行了簡短的對話交流，並與納丹總統照了合影！這是怎樣的一份幸運和榮幸?!這又是怎樣的一種緣分?!再次見到納丹總統，還與他照了合影，這段經歷足以讓我終生難忘，我會把這一幕永遠銘記於腦海之中！

又進新加坡總統府，又見總統納丹，我的人生中又多了一段不平常的經歷，我的記憶中又多了一份不平常的珍藏！我會珍藏與納丹總統的合影，我會珍藏這段奇妙而又美好的經歷和記憶，我會珍視我與納丹總統的奇妙之緣！

嘟嘟車

去過泰國曼谷的人相信都見過曼谷街頭那種有頂棚、但四面都可透風的小型的、可載人的、當地人稱之為「嘟嘟」的三輪交通工具。這種車其實中國很多城市也有，但叫法卻各不相同，比如武漢人稱之為「麻木」或「麻木的士」，上海人稱之為「黃包車」或「黃魚車」。只是武漢和上海的這種三輪交通工具多半屬於非法運營的，車主只能偷偷摸摸地載客，這種車也只能在沒有員警的非主幹道上行駛，甚至時常會遭到員警的取締或沒收，不像曼谷的嘟嘟車可以堂而皇之地在公路上載客行駛，甚至敢於與其他交通車輛賽跑比速度。說不定就是這個原因使得嘟嘟車成為曼谷街頭一道流動的風景呢。

置身曼谷街頭，看著身旁穿梭來往不停的嘟嘟車，你會有跳上去坐一坐的欲望。說不定還會碰到你意想不到的事情呢。

去年十二月學校假期時，我們一家人到泰國旅行。來到曼谷，看到滿街的嘟嘟車跑來跑去，覺得煞是可愛，忍不住跳上一輛，讓司機把我們從酒店帶到曼谷市區的購物中心去。

車一開動，司機就告訴我們：「今天是菩薩節。」我們以為他是為了找一話題和我們聊天，就不以為意，也和他聊著。及至車一拐彎我們發現方向不對提醒他時，他還是告訴我們：「今天是菩薩節。」一並不改變車的方向，繼續往他想去的地方行駛。我們見提醒也沒有用，就隨他去，看他到底想把我們帶到哪裡，到底想幹什麼，反正我們有三個人，量他一個人也不能把我們怎麼樣，何況當時正是上午，這大白天的，想他也不至於會幹出對我們三人不利的事情來。

這麼想著，嘟嘟車已拐進了一條小巷子，停在了一座獨立的院落前面，司機示意我們下車，意思是到了，就是這裡。

我們三人滿腹狐疑，下車一看，原來他把我們帶到了一座廟宇前面。院子對面有一座灰色的樓房，有幾個僧人正在樓下洗衣曬衣，想必那是僧人日常生活的休息場所。司機指著院牆裡的廟宇，我們明白他的意思，雖不是出於初衷，但既然來到廟前，就進去看看也無妨。

我們前腳進到廟裡，一個個子高大的男人後腳就跟著我們進來，還主動跟我們搭訕。我們見這座廟雖建得富麗堂皇，但裡面除我們之外，一個僧人也沒有，於是我們只轉了一圈就往外走，準備上車離去。

沒想到我們前腳走出廟門，那個高個子男人後腳就也跟著我們出來了，而且還拿出了一些珠寶樣品和一張珠寶證書給我們看，要我們買他的珠寶，給他留下地址，他會把珠寶寄給我們。我們越發感到狐疑，對他說我們對他的珠寶不感興趣，一邊說著一邊找司機準備上車離去。

可奇怪的是，司機竟然不在，不知道到哪兒去了。那個高個子男人見我們真的沒有為他的珠寶動心，過了一會兒，有點悻悻地離開了。而高個子男人走了沒多久，我們乘坐的那輛嘟嘟車司機不知從哪裡忽然冒了出來，居然不經我們同意就又把我們拉回了酒店！

這簡直像是在跟我們開玩笑！我們跟司機說我們要去購物中心，不是回酒店，可那個司機只會幾句簡單的英語，我們又不會講泰國話，那情形有點像對牛彈琴。我們無奈地回到酒店，再無興趣去購物中心了。

回到新加坡後，先生從網上下載了一篇英文文章，作者記錄了一段他在泰國買珠寶上當的經歷，那買珠寶時所遭遇的情形居然和我們在曼谷坐嘟嘟車所碰到的人和事有驚人的相似之處，好在我們沒有上當去買珠寶，只是裝了滿腦子的莫名其妙回新加坡，看了這篇英文文章，我不知是感到難過還是感到慶幸。這段小小的奇遇讓我記住了曼谷街頭的嘟嘟車。

後來看到電視上影星章子怡和〇〇七皮爾斯・布羅斯南在曼谷街頭坐嘟嘟車為ＶＩＳＡ信用卡做廣告，這使我又記起了曼谷街頭那小小的嘟嘟車，心想也許正是因為嘟嘟車的可愛才會使得ＶＩＳＡ信用卡想到用它來做廣告吧。

前不久有一個香港女子到曼谷旅行，向員警報案說她乘坐嘟嘟車時被幾名男子輪奸，後來被證實她是報假案，報紙上說她因此而被判六個月監禁。

又是嘟嘟車！看來小小的嘟嘟車經歷的事情還不少呢！天天在曼谷街頭穿梭，流動在曼谷的大街小巷，小小的嘟嘟車，不光是曼谷街頭一景，看樣子它還是曼谷街頭發生的大小事情的見證呢！

我說得對不對，嘟嘟車？

因為有你，所以牢記

生命中常有一些令人感動的人和事，在獅城生活與工作期間，令我感動的人和事特別多。旅居獅城近十載，認識了為數不少的朋友、同事和學生。正是因為有了這些給我留下深刻印象的人，我才會牢牢記住這個蔥郁美麗的赤道島國，牢牢記住這個在我生命中留下深深印記的地方。這些令我感動的人和事，不僅讓我將獅城牢記於心，也讓我永遠將這個玲瓏精緻、五彩繽紛的赤道小國深深銘刻於記憶的溝回之中。

執教中新近二十年，從武漢到上海再到新加坡，我所教過的學生人數不說上萬，成千總該是沒有誇張的。在眾多學生中，新躍大學（現為新躍社科大學）的學生應該是與我走得比較近、來往互動比較多的一群。下面的文字將借鑒人像陳列的方式，簡單列舉這些讓我備受感動的人以及與其有關的事，以之作為我島國記憶的美好片段筆錄之一。

芳源、美英、書蘭、碧雲、雪娟、鄭慧、逸敏、高恒、李敏、懷方（仁豐），因為你們，我會永遠牢記獅城；因為你們，獅城在我的記憶中將會永遠格外美麗。

芳源，你是如此聰慧、執著而堅強。你有著超乎常人的語言能力，懂得華語、日語和英語，還能說好幾種方言，你超強的語言能力常常讓我驚歎與佩服不已。獅城人很多都是多語人才，日常會話溝通交流時大多能在不同的語種與方言之間自如地轉換語言「頻道」，而你是能講多種語言的獅城人的代表。你對家人承擔起超乎常人的照顧責任，對父母、對兄長、對侄輩，你都付出了深厚的關愛之情，甚至於不惜犧牲自己的終身幸福。你的生命故事，你對學習的堅持不懈，你出色的理財能力，都讓你在我的心目中樹立起了善良聰慧、堅強執著的形象。

美英，在每年的教師節和我的生日前夕，我都能準時收到你寄送的祝福賀卡。那一張張精美絕倫的賀卡，那一行行充滿才華和深情的祝詞，承載著你那顆無限真誠的拳拳之心，讓我每每為你感佩不已。多少年來，你數年如一日，那份堅持和深意，既讓我深感能為人師的自豪與驕傲，更讓我遺憾未能有機會多傳授一些你需要的知識而內心充滿愧意。如果還有機會，我定會更加認真地盡好為師之責，盡可能地給予你更多的幫助。

書蘭，你的謙虛有禮給我留下深刻的印象。每次見面，通電話，發短信，柔柔的一聲「老師」讓我對你留下了特殊的記憶。每次聚首，聽你講對終身伴侶的摯愛與懷念，對兒女成熟懂事的開心與滿足，對萬能上帝的虔誠與感恩，對專業學習的滿心憧憬與躍躍欲試，對同類女性的啟發關愛與幫助指導，每次都能讓我感受到你的生活與心靈是多麼美好，你的人生自有其獨特的光芒與精彩。你有大家閨秀的姣好外表，更有溫良修女般的善心情懷，相信你會給更多有著與你相似經歷的女同胞帶去信心和希望，讓她們也擁有和你一樣美好的心境和生活。

碧雲，你是如此精明能幹，又是如此開朗熱情。獨力打拼，精心持家，求學教子，日子在你的聰明經營與辛苦努力下過得紅紅火火，有滋有味。還記得你很多次在下課後不顧自己一天的辛苦與勞累，堅持開車送我回家，或把我送到最靠近學校的地鐵站，以便讓我能早點回家休息；而且每次都能從你口中聽到很多有趣的故事，在你的車裡，我總能開懷大笑，教書的辛苦與勞頓在暢快的笑聲中常常會瞬間消失。你帶給我的便利和快樂讓我內心常常充滿感激。

雪娟，你憑著一手漂亮的硬筆書法和有較強功底的寫作表現吸引了我的注意，讓我牢牢記住了你的名字，並為在獅城能遇到你這麼優秀的學生而欣喜不已。多次接觸之後，你的溫婉可人，聰明勤奮，謙虛有禮，心靈手巧，讓我看到傳統中華女性美德在你的身上有很好的體現，正散發出耀眼的光芒。因為你的親手烹飪和熱情介紹，我在獅城品嘗到了最美味的咖喱雞、炒米粉和正宗的潮州菜，深深認同獅城是「美食天堂」的美名。你的家庭故事，你對中華文化發自內心的熱愛，讓我對傳統文化與美德在獅城的繼續傳承與發揚充滿欣喜與期待。

鄭慧，美麗如你，女人應當感到幸福和滿足。你獨自在獅城打拼，邊工作邊求學，努力不懈，力爭上游，是新移民在獅城的典型代表。多年來，你不光為自己，也為國家，為民族，在中新兩國之間用文化和藝術架起一座座交流的橋樑，為中華文化與藝術在海外的傳播默默地儘自己的綿力，而且從不刻意張揚和誇耀，卻用自己的熱忱和執著不斷推動兩國藝術家加強交流和互動，讓他們有機會和舞臺展示才藝，革新求變，不斷為藝術創作注入新元素。你的美麗，不光源於外表，更發自內心。

逸敏，堅強如你，生命應該珍視健康小心照顧。多年前，你在寫作課上呈交的一篇有關登華山的遊記讓我見識了你的寫作才華，後來呈交的一篇關於父親的敘事抒情散文又進一步加深了我對你才情的印象。你的寫作天賦應該進一步彰顯，讓它助你才華橫溢，妙筆如花，下筆有神。離新前，我發簡訊問你近況如何，是否需要幫助，而你卻很堅定地回復說「我可以，沒問題。」簡短的幾個字又讓我見識了你的堅強和樂觀，希望命運之神多多眷顧於你，讓你健康快樂每一天。

高恒，走出武漢走入獅城的你，帶著「惟楚有才」的遠古靈氣，以流溢的才情、犀利的文筆，吸引我一下子就記住了你的名字。後經多次接觸，我更進一步發現，你不僅筆帶靈氣，而且秀外慧中，熱情爽朗，樂觀向上，很有江城之風。中峇魯購物商場門外的意外偶遇，更讓我強烈感受到你的熱情。在多次的暢談過程中，你對生活的理解和期冀給我留下深刻的印象，而且讓我深深感受到你移民獅城後對將來對前程不懈的求索和思考，是新移民在獅城生活的另一種類型的代表。

李敏，成功如你，女人當感到驕傲與自豪。擁有足以傲視同儕的經濟實力，你卻如此低調；有著跨領域的良好知識基礎，你卻仍堅持終身學習；雖有富足的物質生活，卻沒有忘記這個世界還有許多需要幫助的人。你定期到慈濟做義工，用金錢、時間、知識、才藝，還有那顆真誠熾熱的愛心，去幫助獅城甚至全世界那些需要幫助的弱勢群體。你懷著一顆善良感恩的心，給人們帶去關愛和希望；你外表雖然嬌美玲瓏，可你卻有著無比強大堅韌的內心世界；你的言行、美德與善心，足以燭照他人，包括我自己。

懷方，仁豐，自強如你，人生定會過得充實和自信。本身有著體面的專業工作，卻因對中華文化懷有一份執著的、特有的深情，你又走上了一條自我更新、不斷求索與拓寬之路。一方面要應付獅城快節奏高效率的生活與工作，另一方面又要應付並不輕鬆的求學壓力。雖然子女均已成人，自身的生活已很優裕，可你卻仍自強不息，努力追求自己的夢想，一圓大學夢。你是忙碌的，可你心裡肯定感到很充實，在忙碌和充實中，你的人生也應該擁有足夠的自信、滿足和快樂吧。

以上簡短的文字只是浮光掠影地概述了你們的點滴側面，卻都是你們身上時常打動我的閃光點。雖然名義上你們是我課堂上的學生，但實際上，你們在某種程度上也是我生活中的老師。你們身上閃爍著的生命亮點，照亮了我在認知上的某些陰暗的角落——讓我親眼見到「生命不息，求索不止」的現實範例，親自見證「終身學習，不斷提升，自我革新」的島國精神；讓我明白正是因為擁有了你們身上所顯現出的這種精神，獅城這個小小的熱帶島國才能在短短的四十餘年時間裡，在嚴重缺乏資源的情況下，從第三世界落後國家一躍成為第一世界發達國家。你們各自豐富精彩的人生閱歷，讓我清楚地看到自身生活經歷的單純蒼白，暗暗地告誡自己不能就此停下前進的腳步，提醒自己也要像你們那樣堅持不懈地繼續前行與求索。

在獅城度過的短短不足十年的光陰，在時光的長河中只不過是短暫的一瞬，卻是我生命中最珍貴的一段日子。我在獅城教過的學生數以千計，無法在此一一點名列舉，而你們只是這數千學生中的少數代表而已。但正是因為和你們結下了這段師生緣，我在獅城度過的生命時光卻有了別樣的意義，顯得分外的寶貴，得到了超常的收穫，因而值得我特別地珍惜。美麗獅城，熱帶島國，正是因為有你，我會永遠牢記。

在新加坡總統府過生日

從出生到現在，在我所過的三十多個生日中，世紀之交這一年的生日是過得最有特色的，因為這一天我是在新加坡總統府度過的。

我的名字叫立秋，我出生的那一年，八月七日是立秋日，而我是八月六日下午二點左右出生的，我的父親和伯父便順手把「立秋」這個詞送給我做了我的名字。而在我的家族中，按輩分我正好是「立」字輩，這個名字可算得上是一舉兩得，一打兩就了。

我是中國人，因先生在新加坡工作，趁著放暑假的機會到新加坡探親和度假。二〇〇〇年的八月六日又是我的生日，這一天又正好是星期天。在我生日的前一個星期，先生就問我這個生日打算怎麼度過，我說聽他安排，他說他從報紙上瞭解到新加坡國慶日前總統府會對外開放，普通市民和外國人都可以進去參觀。我聽了後很驚奇，也很欣喜，就不加思索地同意了他的安排。

很快就到了八月六日——我的生日，這一天，我們一家人吃過午飯就高高興興地乘地鐵去多美歌（Dhoby Ghaut），沒費什麼勁就找到了總統府所在地，每人買了一元錢門票就進了總統府的大門（新加坡公民和永久居民免費入場，外國人須購票入內，在新加坡，二〇〇〇年時的我們還是外國人）。

一進總統府大門，我的眼睛就被眼前那一大片濃濃的綠色所吸引，很久很久都沒有把眼睛從那片綠色中移開。「這地方真美！」——我不由得發出由衷的讚歎。我站在草地一角，趕快請先生幫我拍照——我要把這片綠意和美麗盡可能收入我的照相機鏡頭中，我要把這片綠意和美麗永遠留在我的記憶裡。

我們拍了好多照片，然後我的注意力又被草地旁那條彎曲的林蔭道所吸引，這是一條非常美麗而又令人心曠神怡的林蔭路，兩旁高大的樹木猶如一把把撐開的巨大的綠色遮陽傘。新加坡位處赤道附近，看得出，由於降雨量豐富，這些樹的樹幹上有著黃色的宛如泥沙一樣的附著物，每棵樹幹上靠近地面一—二米的部位還長著翠綠的闊葉寄生植物，使得這些樹木越發顯得高大、充實而又富有，它們看上去既偉岸英俊又婀娜多姿，風格非常獨特。

沿著這條蜿蜒的林蔭道，我們隨著人流往上走，我發現總統府坐落在一座不高的小山上，這是一座被整理得很精緻的小山，樹木蔥蘢，滿目綠意，讓第一次見到它的人深深地迷醉於它的濃綠和美麗。再往上走，我發現總統府原來是一個巨大的高爾夫球場——被修剪得極為整齊的草地，一個個低緩的小山坡，還有那些零星地插著的、標誌著球洞所在的小旗杆，以及那些點綴在球場各處的、枝椏伸展得極開的古老的大樹——這一切共同組成一幅極美的、又極其真切自然的風景畫。

這兒真是一個美麗的所在！我不由得發出讚歎。新加坡向來就有「花園之國」的美稱，也因此而享譽全世界，從我到新加坡後所看到的一切——滿眼的綠色，便利的交通，整齊乾淨的街道，設施完備的居民住宅區等等，直到我在總統府所看到的這些，使我不由得對這個美麗的島國發出由衷的讚美，「花園之國」的美譽對於這個美麗的國度實在是名實相符！

繼續往上走，我看到一棟白色的房子，從進總統府大門時工作人員給我看的明信片上，我知道這就是總統府邸，也是我們這趟總統府之行一個最重要的參觀點。每人買了二元錢的門票，我們排隊進入總統府參觀。這棟被稱為Istana、開放給公眾參觀的房子是一棟白色的三層高的建築物，雖然不大，但看上去卻非常精緻而規整。它坐落在這座小山的制高點，在周圍濃濃綠意的擁抱中，這棟白色的建築物顯得高貴而典雅，莊重而嫵媚。它的門前有一塊開闊的場地，就在這裡，我們見到了新加坡總統納丹先生以及他的家人，總統一家人的出現為我們這趟總統府之行掀起高潮。

總統及其家人是在我們參觀完Istana後，大約在下午四點的時候出現的，我們事先就從工作人員那兒瞭解到總統會在四點前後出來跟民眾接觸，因此我們參觀完Istana後特意留下來等著一睹新加坡總統的風采。在四點左右，我們的願望終於實現。

納丹總統及其夫人是一對非常和藹、慈祥的印度族老人，他們出現後就去和一群小朋友握手，並時不時地和小朋友們交談幾句。我周圍的人群激動而又興奮，照相機、攝像機鏡頭紛紛對著總統和他的夫人。我們滿心期望著總統也會走過來和我們握握手，我就站在第一排，總統如果過來，我想我一定要跟他握手。可是，他和那些小朋友握完手後，又和他最近的幾個人握了握手，就往回走了。我和周圍的人都情不自禁地「啊——」了一聲，這一聲「啊」傳達出了我們在滿心的期望後那種深深的失望和遺憾。

納丹總統並沒有馬上走開，而是坐在Istana前的門柱旁的椅子上，第一夫人和他的孩子們分坐在他的左右。他們坐下沒多久，兩隊大約總共四十人的士兵邁著整齊的步伐走了進來，他們的出現使我們又一次驚奇、興奮和激動起來。這支士兵隊伍一開始就面對總統一家行禮，立定、低頭，雙手交握前伸拄著槍，動作整齊劃一，簌簌有聲，神情專注而嚴肅。然後開始他們的軍事表演，每個士兵手中都有一杆槍，這杆槍在他們手中似乎有了靈性，好像特別聽他們的話，橫豎上下，前後左右，他們想怎麼擺弄就怎麼擺弄，在他們手中，槍們顯得溫順而又馴良。士兵們在表演中雙手異常靈活，槍被他們輕巧地玩於股掌之中，呼呼生風，這使我聯想到中國武術中的棍術，他們的表演贏得了我們這些觀眾的陣陣掌聲和喝彩。表演結束後，總統及其家人離開了表演現場，我們一群人也即離開，帶著極大的滿足感準備回家。

我們邊往外走邊繼續欣賞Istana周圍的美麗風景，對總統府的美麗仍然讚不絕口。在我們走到那條通向總統府大門的林蔭道的半路上時，四輛電瓶車（Golf-carts）載著總統一家從高爾夫球場的綠草坪上穿過，朝著總統府大門口駛去。這時我們都以為總統一家要離開Istana了，可是沒想到，幾分鐘後，這隊Golf-carts又沿著林蔭道往Istana方向開。這時的林蔭道上滿是往外走的人群，人們看到總統家的高爾夫車隊後又一次發出了激動、興奮的叫聲。總統坐在車上，時而向人群揮手致意，時而與路上的行人握手。我一回頭，正好與第一夫人相對，我激動得叫了起來，我看到第一夫人臉上露著慈祥的微笑向我這個方向揮手致意，我感到這張笑臉是如此的和藹可親，雍容高貴，大方美麗，我為能在三十三歲生日這一天幸運地見到新加坡總統和第一夫人而感到由衷的喜悅和興奮。這次與總統車隊的意外相逢為我們這趟總統府之行劃上了令人驚喜而又令人相當滿意的句號。

走出總統府，時間已近下午五點。這時，夕陽的金光溫柔地灑在總統府的一草一木上，給這塊美麗的地方鍍上了一層金色。回望總統府，夕陽下的Istana似乎又增添了一些富麗和高雅，多了一些嫵媚與溫柔。我為能在新加坡總統府度過我的三十三歲生日而感到異常幸運，我想我永遠不會忘記這個獨特的生日——這個在美麗的新加坡總統府度過的美好日子。

地鐵閱讀

剛到新加坡的時候，搭地鐵時眼睛喜歡向外看，目力所及，只見窗外濃綠的樹木和草地，色彩繽紛的政府組屋，不同風格的各族建築，島國特有的景色風情在火車車窗外不斷更迭變換，煞是養眼。

向車外看的時間久了，目光開始轉向車內。車廂內的芸芸眾生相，每每使我的地鐵之旅變得趣味盎然。我看到那些與我同乘地鐵的搭客，每個人都在用自己的方式打發地鐵時光，有的在玩手機，有的閉目養神，有的打盹兒，有的看書，有的讀報，有的居然還在一邊搭地鐵一邊工作！還有些搭客也和我一樣，什麼也不幹，只是眼球不斷轉動，目光四處游移，尋找感興趣的人和物，以消磨下車前的這一段時光。

地鐵搭久了，發現老是這樣看人看景也看倦了，而車上的這一段時間如果什麼也不幹就等著下車，似乎有點浪費，而且整個人看上去也有點無聊，甚至有點傻傻的呆樣。於是想到下次搭地鐵時，一定也帶一本書在身邊，方便自己在地鐵上拿出來看，我原本就熱愛看書，嗯，就這樣決定——我的地鐵閱讀經歷就此開始。

我選擇隨身攜帶、在地鐵上閱讀的書是英文版的《讀者文摘》雜誌。這本薄薄的小開本雜誌不僅分量輕，方便攜帶，而且其中內容可以說是欄目眾多，包羅萬象：有詞語能力，測試你的英文詞彙量；有每日英雄，讓你瞭解日常生活中平凡的人所做的不平凡的事；有幽默笑話，刺激你的笑神經，調動你的腦細胞，讓你一笑解千愁，勝過任何靈丹妙藥；有醫藥保健，提供你常見的醫藥知識，呵護你的身心健康；還有政壇風雲，歷史鉤沉，科學探索，訪談對話，名人名言，金融理財，烹調廚藝，健身減肥，夫妻之道，育兒方法等等諸如此類，內容繁多，不一而足。

一段時間閱讀下來，我發現我的地鐵時光過得不但不空虛無聊，而且還有很多意外的收穫：我從這《讀者文摘》中不但學到了很多知識，知道了不少有趣動人的故事，而且還更驚喜地發現，前一段時間的地鐵閱讀大大提高了我的英文閱讀能力——在地鐵中閱讀這本英文雜誌，我真是收穫良多。

在閱讀雜誌中那些各種各樣或生動有趣、或真切動人的故事時，我雖然覺得這些故事非常有趣，有時還會被故事中的人和事所打動，但並不知道這些故事內容的真假。讀了二〇〇四年七月七日尤今女士發表在《聯合早報》「四方八面」一欄中的《水晶與鑽石》一文，才知道《讀者文摘》中登載的故事都是真實可信的。尤今老師在該文中從《讀者文摘》中文版前編輯林太乙的工作回顧聯想到自己的在該雜誌發表文章的親身經歷，《水晶與鑽石》文中所談的雖然只是《讀者文摘》中文版的事情，但無論英文版還是中文版，我想這家雜誌的辦刊精神應該是一致的，並不會因中文版和英文版的版本不同而改變其辦刊風格，因此我認為中文版的《讀者文摘》中所刊登的故事同樣都是真實可信的，這增強了我對這本雜誌的信任感。

看來我把《讀者文摘》作為地鐵閱讀的讀物是一個不錯的選擇，這真值得慶幸。這本雜誌既能幫我增長見識，又可幫我練習英文，還把我原本空虛的地鐵時光變得充實起來。這樣看來，地鐵閱讀，可真是好處多多呢！

學生讓我感動

在中國教書超過十年，很少有學生因為讀書認真而讓我感動。從武漢到上海，城市學生對讀書的那種不以為然，為家長、為老師，卻偏偏不是為自己而讀書的那種勁頭，在我眼裡已是司空見慣。

來到新加坡後，有幸進入新加坡管理學院開放大學（現為新躍社科大學）擔任講師，我碰到的是學習勁頭與中國學生全然不同的學生們，他們對讀書的態度之認真，常常讓我感動。

在開大，我們師生之間每個禮拜雖然只見一次面，只上一次課，但每次課前和課後，總有學生準備好了要我幫他們解答的問題；我的信箱裡還會收到他們以書信的方式寄來的問題；我的電子郵件信箱裡也會同時收到幾個學生的問題或習作；我家的電話常常會響起，電話另一端傳來的是我的學生非常有禮貌的、要向我請教一些疑難問題的聲音……。這些情況我在中國教書時很少能夠碰到，感覺上那些學生進教室實屬不得已，如有別的選擇他們大概不會選擇進課堂，課後還記得問老師問題的學生更是鳳毛麟角。

開大學生的學習認真勁兒常常讓我情不自禁地把他們拿來與我在中國教的學生作對

比，對比的結果也常常是我為開大學生的認真勁兒而感動不已。

學生認真學，我做老師的當然也得認真教。每次上課前我都會充分備課，講課時細緻講解，非常投入，試圖以我生動、豐富、深入的講解來引起學生對我所講課程的興趣，淡化甚至消除學生對課程的不自信和畏難情緒，讓學生對所學內容留下深刻的印象。

經過差不多兩個學期的嘗試，我的努力開始有了效果。在與學生交流時，學生表示喜歡我的授課方式，喜歡上我的課。這些來自學生的反饋給了我很大的支持和鼓勵，讓我更加努力地在教學的方式方法上做更多的嘗試和摸索。在講授詩歌單元時，為了加深學生對詩歌的理解和印象，除了講解詩歌大意之外，我還採用朗讀的方式協助學生理解詩歌中的情感內容，有些詩歌，我甚至還輔以歌曲的形式。

比如在講李煜《虞美人》時，我講完了該講的內容後，告訴學生這首詩也被譜了曲，成了一首動聽、動人而且還會讓人動情的流行歌曲，說完我率先唱起了這首歌，還鼓勵會唱這首歌的同學和我一起唱。一時間，我的課堂上，會唱這首歌的同學都和我一起淺吟低唱起來，我看到教室裡所有的同學——不管是會唱的，還是不會唱的，——臉上表情都非常豐富而生動，個個眼睛都亮晶晶的，大家彷彿都沉迷於這首優美的詩和歌中。一曲歌罷，班上同學都熱烈鼓掌，我們都被彼此的認真和投入感動了。

在開大授課，我常常會有感動的感覺，這種感動的感覺來自于我的學生，來自于學生對學習的認真和投入。我很喜歡，也很享受這種感動。

對新加坡華語的一些印象

初來新加坡時，我不光不大能聽懂新加坡式英語，就連跟新加坡華人用華語交流時也時不時地會感到有些障礙。

去商店購物時，店員見我是華人，熱情地走到我面前用新加坡華語對我說：「Auntie，要買衣服嗎？這件衣服有offer。」初來乍到的我，對她所說的華語大部分都能明白其中的意思，而英文的Auntie初通英文的我也還能明白，而後面的offer是什麼意思我就無法明白了。於是我只好尷尬地笑笑，並不打算買她介紹的那件「有offer」的衣服（因為我並不知道offer是什麼），轉而去看另外的貨品。

見此情景，她又熱情地走近我，笑眯眯地說：「Auntie，這件衣服有discount，如果你想買的話，我扣十巴仙給你。」前面的offer我還沒聽明白呢，這後面緊跟而來的discount和巴仙（初始時我還以為是「八仙過海」的「八仙」，過後看了華文報紙才知道原來此「八仙」非彼「巴仙」也），我聽後更是一頭霧水。陪我逛商店的先生（他比我早幾年來新）見我一臉茫然和尷尬，明白我是沒聽懂店員口中講的華英夾雜的新加坡式華語，趕忙替我翻譯，我這才明白過來，店員口中說的「有offer」就是「有優惠」，「有

discount」就是「有折扣」，「扣十巴仙」就是「九折」的意思。當她聽了我用華語翻譯她的英語詞彙時，她趕緊問我：「什麼是優惠？」現在輪到她一頭霧水了。

上述這一情景是我初來新加坡時發生在我生活中的一件很小但真實的事件，相信很多從中國剛來新加坡的人都會碰到和我類似的經歷。新加坡華人來到新加坡，最久的已有幾百年，早已形成了一套具有新加坡特色的華語系統，福建話，廣東話，客家話，本地馬來話和英語等地方語言都已雜糅其中，與當下中國推行的普通話系統不可能一一對應。對初來乍到的中國人而言，他們聽不大明白新加坡人的日常會話是有情可原的。

既然來到此地，我當然想儘快融入到新加坡社會生活中，「既來之，則安之。」「入鄉隨俗」，古人早有此言。於是，我除了努力適應新加坡式英語外，還儘快適應新加坡華語。逛大小書局時，總想找到一本新加坡華語與中國普通話相對應的辭典或語言手冊，以期減少自己與新加坡華人交流時的語言障礙。新加坡有一本華語版的《新加坡街道指南》，這對來此地旅遊或工作的中國人可以說提供了不小的幫助，大大地方便他們乘車出行，其中還有中英對照的街道名稱，方便他們查對，編印這本指南的部門可說是考慮周到。可是我找了好多大大小小的新加坡書局，也沒有找到我想要的這一本書，不知道是新加坡根本就沒有這樣一本書，還是我找的時機和地點不對，總之是我未能如願。

後來我參加了新加坡國大語言研究中心組織主辦的有關標準化華語問題的國際學術研討會，在會場外面一家書局設的書攤上買到了一本周清海教授編著的《新加坡華語詞彙和語法》，有如獲至寶之感，但周教授的這本書是一部學術專著，不是一本供普通民眾閱讀的如《新加坡街道指南》一樣在普通書報攤上就能買到的通俗讀物。若非專業的語言研究者，周教授的這本專著相信問津者不多，而我要找的正是一本像《新加坡街道指南》一樣的能提供指導作用的實用性的通俗讀物，但是我在逛了新加坡的很多書局後仍無收穫，不免感到有些失望。

來到新加坡時間久了一些後，像「巴仙」、「仙股」這樣的詞彙也能明白了，與新加坡華人用華語交流時障礙已少了很多，對新加坡華語也有了一些初步印象。概括起來，除了語音語調方面與中國普通話有些不同之外，它還有下面的一些特點：

第一，受英語的影響明顯，一些詞彙、語法與英語靠近。如前文中已講到的新加坡人說華語時華英夾雜的雙語說話現象，或從英語詞彙中直接音譯，像巴仙（percent），羅厘（lorry），還有的詞彙音譯與意譯結合，如仙股（cent stock）等就是如此。語法上受英語影響也很明顯，如新加坡人喜歡說「我走先。」（英語是「I go first.」，普通話是「我先走。」）；「我有來。」（英語是「I have come.」，普通話是「我來過。」「我來了。」或「我來過了。」）這些句子的語法特徵已明顯英語化。

第二，有些漢語詞彙在中國普通話中出現頻率低，而在新加坡華語中出現頻率高。如「叻」、「峇」等字詞在普通話中很少使用，而在新加坡的人名、地名、店名、食物名、公司名中卻經常可見。也許初來此地的中國人會對著這些頗具南洋特色的中文字發愣，既不知道它們怎麼讀，也不知道它們是什麼意思，恐怕只有向字典求助才有可能解決讀音知義的問題，有的字還不一定能通過字典正確地讀出新加坡的讀音。像鐘天祥先生在二〇〇二年十二月二十三日《聯合早報．言論》版中發表的那篇《「阿里峇峇」遭遇「阿里巴巴」》一文中就舉出了很典型的例子，以及「峇厘島」與「巴厘島」也是一例。

我不是專門從事語言研究的人，以上所言只是從自己來新後的生活經歷中留下的一些對新加坡華語的粗淺印象，相信在此地工作和生活的中國人也會有和我類似的印象。來到此地的中國人不光要適應新加坡式英語，還要熟悉新加坡式華語。新加坡政府鼓勵新加坡人要重視學習華語，學好標準華語，其實來此地旅遊、工作、定居的中國人同樣也需要熟悉新加坡式英語和華語，這樣才能有利於彼此的交流和溝通，否則有可能會鬧出尷尬和笑話來。

語言的學習其實也是相互的，與新加坡人進行正常的交流和溝通，這本來就是在此地的中國人正常生活需要的一部分。

峇厘印象

曾經兩次到訪印尼，兩次都是去的峇厘島。據相關旅遊手冊上稱，這裡享有「人間天堂」的美名。

第一次去峇厘，是和家人一起自由行。一到峇厘機場，先生忙著排隊辦理入關手續，我則帶著兒子到關口附近的陳列架旁，忙著收集各種旅遊指南、地圖和活動廣告，將中文、英文、日文等不同語言版本的峇厘旅遊資訊，悉數收入囊中。

那年去峇厘的時節，正值震驚世界的峇厘島爆炸案周年紀念日前後。從各種媒體資訊的大肆渲染中，我感覺那時普天之下似乎都處在緊張戒備狀態，深怕印尼恐怖分子在爆炸案紀念日那天，再來一份類似的周年「爆炸獻禮」。我那時還擔心選擇這個時機去峇厘自由行是否明智，先生說不用擔心，目前印尼各界高度戒備，肯定安全，此時不去，更待何時？我一聽，覺得有理，於是同意成行，但心裡仍然不免惴惴的。

我們購買的旅遊配套上寫明，峇厘當地有地陪接機送機，含酒店住宿和早餐，有半天的市區觀光，還附帶一頓海鮮晚餐，這些費用都已包括在這份我們已付費的旅遊配套裡。至於在峇厘島的其他遊玩費用，我們自己則需另行支付。

到了預定的峇厘天堂酒店（Bali Paradise Hotel），已是晚上九點多鐘。在告別前，地陪說要跟我們討論接下來幾天的行程，問我們打算去看哪些景點和玩哪些項目。經過討論，我們確定了遊玩計畫，問他要報價，他說出的價錢與我們預先在網上搜索到的價格資訊有較大差距。又問他願不願意接受我們的報價，他在說不願意的同時，表情也開始顯得越來越不友善。當時我手上正拿著錢包，他說話時眼睛時不時地掃向我的錢包，讓我內心開始不安起來。我示意先生停止討論，叫地陪先回去，說等我們商量好後再聯絡他。

地陪很不情願地走了，我們起身準備進酒店房間休息。服務生見此情景，立刻前來幫忙拿行李。很快我們就到了預定的房間，我給服務生小費，感謝他幫我們拿行李，服務生接過錢後對著我鞠了一個九十度的大躬。等他離開後，我對先生說：「這個服務生真有禮貌，對我鞠這麼大個躬，真不愧是五星級酒店服務。」而先生卻說：「你肯定給錯錢了。」

聽他這麼一說，我趕緊查看剩下的錢，果然是我給錯錢了。原來，印尼的紙幣面值數額很大，其中一萬盾和十萬盾的顏色很接近。我原本打算給一萬盾的小費（那時相當於新幣二元，人民幣十元左右，這個數目是那時獅城人給小費的基本行情），但我給服務生小費時已是晚上十點鐘左右，房間裡燈光又不是很亮，結果我就錯把十萬盾當做一萬盾給了服務生，相當於一次性給了他十次的服務小費。原來如此，難怪他給我鞠九十度大躬！我於是笑著對先生和兒子說，這都是印尼紙幣上印有那麼多的零惹出的錯。票面上印的零太多，紙幣顏色又很相近，很容易就把我的眼睛給弄花了！弄明白原委後，一家人頓時在房間裡樂翻了！我們的峇厘之行就這樣在大笑聲中拉開帷幕。

安排兒子睡覺後，我和先生趕緊拿出剛到機場時收集的那些旅遊資訊，經過比較當地各家旅遊公司提供的服務項目和價格後，我們認為那位地陪所報的價格實在太高，好像欺負我們初來乍到，想吃定我們，而且他一臉凶相，讓我感覺不安全，於是決定不要他陪我們繼續接下來幾天的行程，甚至連配套中原有的半日市區遊和海鮮晚餐也不惜一同放棄，連夜聯繫到一家我們心儀的旅行社，這家旅行社答應給我們提供小汽車和導遊服務。

真是非常幸運！第二天一大早來接我們的，是一位年輕英俊的小夥子。他面容和善，滿臉微笑，講話輕聲細語，英文也很流利，看上去十分精明能幹。我們一見到他就很滿意，慶幸自己做出了正確的決定。於是，一家人滿心歡喜，開始接下來的四天三夜的峇厘之旅。

這位年輕導遊的服務十分周到，開車帶著我們遍遊峇厘美景。他一邊開車一邊詳細地介紹沿途自然風光，人文風物，歷史掌故，包括峇厘人的生活習俗，宗教信仰，日常用語，經濟發展，也包括著名的峇厘梯田，工藝美術，木刻石雕，休眠火山，庫塔海灘，阿央河漂流，海神廟日落等等自然和人文景觀，讓我們的這趟峇厘之行不光收穫滿滿，而且能安全順利愉快地度過每一天。

眾多的峇厘美景中，最讓我難忘的是梯田、海灘和日落。

要看梯田，我們去的正是時候。峇厘梯田層層疊疊，金黃的稻穗成塊成片地嵌入翠綠的青山，梯田的線條和形狀依山勢而走，其風格造型竟是如此自然婉約，遠遠看去毫無人工斧鑿之痕，就像一幅天然自成、色彩濃烈的抽象畫。我忍不住跳下車去，以青山金稻為背景，不知謀殺了多少張膠卷，還裝模作樣地擺出很多姿勢，意圖將自己也嵌入美景之中。此時正好走來一峇厘老農，戴著深褐色草帽，肩挑一擔剛剛收割上來的沉甸甸的稻穀，滿臉深深的皺紋，感覺上他的人生必定歷盡辛勞與飽經滄桑。可他見到我時，臉上卻蕩漾著慈祥溫厚的微笑。他那皺紋，那笑臉，讓我感受到慈父的寬厚與關懷，深沉與堅毅，溫暖與憐愛，便忍不住走上前要求他與我合影。沒想到他居然很痛快地答應跟我合照，我們合完影後，他臉上綻放的笑容宛如一朵盛開的萬壽菊。峇厘人的樸實敦厚，自此給我留下最深刻的印象。

到庫塔海灘時，本來時間離黃昏還早，可海灘上那優美的海岸線讓我不禁深深著迷，不知不覺地，我們一家人竟在那兒待到日落黃昏，直至夜幕四合，周遭燃起萬家燈火。而熱愛海灘美景的人，實際上遠非我們一家，綿長蜿蜒、輪廓優雅的海岸線周圍，星星點點撒滿了無數的遊人。他們也和我們一樣，在潔白的沙灘上彎腰揀拾貝殼，赤腳追逐海浪，徒手堆築沙堡。許多勇敢的小夥子們踏著衝浪板，順著風勢和浪湧的方向與海浪奮力搏擊，隨大幅度躍動的浪花陽剛起舞，自豪地展示他們咄咄逼人的剛性之美與青春活力。熱愛水上運動的男女老幼，三五成群地在海水中自由暢快地游泳，隨心所欲地揮灑他們享受美景與生命的激情。整個海灘都充滿和洋溢著遊人們或含蓄或奔放，或沉靜或喧鬧的遊興與歡樂。而在大海的盡頭，太陽正不斷西沉，穩穩地抱著一團金色的濃濃光焰，脈脈含情地注視著此處歡樂與愛意無限的人間福地。

而海神廟的落日則是我迄今為止所見過的最壯美的黃昏景色。站在海神廟旁，看雪白的浪花在黃昏的橙色日光中有節奏地捲起，又喧囂地退下，如此周而復始，永遠鍥而不捨；狀如甲殼蟲大小的迷你螃蟹，悄悄從海邊礁石的岩縫裡鑽出來，又在海浪吟唱的熱鬧樂曲伴奏之下，歡快地在大小不一的水坑間爬上爬下，似乎樂此不疲。佇立岸邊，遙望海神廟在落日的逆光輝映下那莊嚴神聖而又似蒙著神祕面紗的剪影，我彷彿看到威嚴的海神帶著嚴肅的表情和關愛的眼神，自遠古以來都在認真盡責地呵護著峇厘人民。沿著海岸一直走到盡頭，俯視腳下白沫四溢、不斷湧動的海潮，在每一個海角的轉彎處，都會忘情地親吻堤岸與礁石，在落日溫暖慈愛的目光凝視下，絲毫不掩飾自己的真心，盡情地表達自己對海岸不捨與依戀的執著情懷。極目遠眺無垠的大海，只見海面上，落日早已鋪灑下層層疊疊閃爍著鱗光的金輝，猶如有無數條披著金色舞衣的美人魚在翻滾扭動，翩然起舞。而天邊那一輪飽滿的、充滿質感的、包裹著厚厚的咸蛋黃色光暈的落日，正面帶微笑、從容淡定地與海面越走越近，它是那麼雍容優雅、沉雄厚實、自信穩重。襯托落日的背景是淡青色的天幕，偶爾有一架飛機遠遠地從落日旁飛過，在黃昏的陽光下，機翼和機身閃閃發光，宛如一顆閃亮的星星活躍在落日的身旁。在海神廟前全神凝視峇厘落日的那一刻，我真的想到了天堂。

第二次去峇厘，則是因為亞洲作家代表大會。與我一同參會的，還有其他將近一百八十人，會議代表主要來自亞洲和大洋洲十二個國家和地區。相隔數載，峇厘美景依舊，與第一次峇厘之旅有所不同的，是陪我一同重遊峇厘的人。

會議雖屬非官方性質，可實際上卻散發出濃濃的官方意味。印尼政府為了表示對此次會議的重視，還派出了旅遊部長到會致辭，熱烈歡迎來自多個國家的作家代表到訪印尼峇厘島。而一眾來自印尼各地的媒體記者，將開幕式現場拍得鎂光燈四射，讓參會代表們一時之間因此睜不開眼。

四天三夜的會期，我們這些參會代表們被主辦方安排住在華美達檳宕峇厘度假酒店（Ramada Bintang Bali Resort），其會議中心就是我們這次大會的主會場。這是一家五星級酒店，離峇厘機場不到十分鐘車程，坐落於一個占地面積超過六公頃的熱帶花園中，是一個由眾多建築物組成的建築群，內設私人海灘區、室外游泳池、露天表演舞臺和免費停車場。建築物之間和花園其他各處，都栽種著許多高大挺拔的熱帶植物。園中濃蔭覆蓋，草木茂盛，花香四溢，人文景觀點綴，環境幽雅宜人，這是我迄今為止住過的最大的酒店。

開會之餘，主辦方也為作家代表們安排了參觀遊覽和用餐項目。因為這次峇厘會議是華人作家代表大會，因此負責為我們導覽解說的都是華人導遊。在華人導遊的細緻解說下，我對印尼這個人口眾多的東南亞群島國家的風俗、文化、歷史，以及華人在印尼的社會地位和處境，都有了進一步的認識。

這次峇厘之行，或許是因為我們是一個由近一百八十人組成的大旅行團，每到一處用餐，都會有峇厘當地的演出團體為我們表演富有印尼特色的歌舞節目。這些表演被賦予了濃郁的印尼土著風格，原始野性，神祕詭譎，熱情奔放。演員們的著裝、道具、表情、動作，都帶有印尼土著色彩，無不給我留下深刻的印象。

峇厘章鴨是這次峇厘之行所品嘗到的最富特色的印尼美食。當這道菜上桌時，我們這些饕客們起初並不以為意，大家似乎對看表演和聊天更有興趣，加上前面已吃過不少別的食物，也喝了不少酒水飲料，好像沒多少人對它表現出太多的熱情。因為眼前的章鴨乍看上去的確很不起眼，它靜靜地躺在拙樸原始的藤制餐具上，個頭不大，原色，看上去並未加入太多調料，整隻鴨被壓扁成薄薄的一塊，似乎所有的脂肪均已被剔除，好像瘦骨嶙峋的。可過了一會兒，它散發出的誘人香氣勾起了一些人的味蕾，吸引不少人開始拿起筷子。隨著峇厘章鴨散發出的香味越來越濃，饕客們再也經不起這道鴨菜的誘惑，紛紛拋棄剛才對它懷有的冷漠和怠慢，開始埋下頭，專心而細緻地品嘗起峇厘章鴨的獨特美味。經過品嘗，我發現這道峇厘名菜很顯然是以未成年子鴨為原材料，絕非用成年老鴨製作而成。它肉嫩酥脆，濃香撲鼻，絕少脂肪，毫不油膩，鹹淡適中，用油煎炸，讓人食後齒頰留香，餘味無窮，可謂鴨菜極品，果然名不虛傳。這道峇厘章鴨讓我對印尼美食懷有極佳印象，也彌補了我第一次峇厘自由行時美食品嘗之不足。

兩次峇厘之旅讓我對印尼留下特別深刻的印象，相對整個印尼而言，峇厘的確稱得上是「天堂」。它有著無與倫比的旅遊資源優勢，憑著極美的自然景觀和獨有的人文習俗響滿全球，吸引著無數的四海遊客去欣賞它優雅迷人的海岸線，跌宕起伏的海浪花，涼爽的海風，充足的日照，輝煌的日落，如畫的梯田，精巧的木雕，神祕的葬禮，也享受它別具一格的獨特美食和熱情周到的溫馨服務。因此從這個角度來說，峇厘不僅是印尼人的天堂，也是四海遊客的天堂。不過，遊客們到天堂一遊時，要記得先數數印尼紙幣上的零，熟悉熟悉不同紙幣的顏色，以免像我一樣在給小費時出點小差錯。如果願意出手大方的話，那就另當別論了。呵呵！

異國的月光

從來就沒有在中國以外的地方過節，今年的中秋節我卻是在新加坡度過的。

團圓的觀念在華人的心目中根深蒂固，新加坡華人對中秋節的重視僅次於華人春節。和中國一樣，離中秋節還有好長一段時間，商家就開始炒賣月餅，報紙上介紹起芋頭仔所象徵的團圓之意，旅行社也趁機推銷起到中國蒙古大草原的中秋賞月之旅，牛車水推出燈籠製作比賽，裕華園也舉辦卡通造型燈籠展，種種活動不一而足。總之，凡是能帶來商機的，商家都會做足功課，決不放過任何能賺錢的機會。新加坡華人扎根新加坡，時間最久的雖已超過一百年，但是中華文化不但沒有被拋棄，卻有發揚光大之勢。

以上那些活動，對我影響不大，我只買了月餅和芋頭仔來吃，我覺得其他一概與我無關，沒有興趣參加。因為我認為只有這兩樣最實在，既填了肚子，享了口福，又討了團圓的口彩，可謂一舉兩得，最是實惠不過。

而中秋節晚上的賞月，我卻是隨先生去他朋友那兒進行的。先生的朋友是先生在上海工作時的同事，和先生一樣離開上海來新加坡工作。所不同的是，他是一個人工作、生活在新加坡，雖和先生一樣擁有新加坡永久居留權，但他的太太和孩子卻並未如我和兒子一樣來新生活。因此他目前的情形與單身漢無異。也許是不想一個人過節吧，他邀請我們中秋之夜去他那兒吃燒烤，賞明月，共慶中秋。先生一聽，欣然帶著我和兒子一同前往。

先生的朋友租住在離我們並不遙遠的公寓區，那兒的環境和公共設施比起組屋區更勝一籌，在到處都風景如畫的新加坡，這兒的景致似乎更見發展商的別具匠心。我們乘車到了那兒以後，才發現我們並不是他邀請的唯一訪客，除我們一家三口之外，另有男男女女六七人，加上我們一家三口，共有十來人應他之邀，來到他所在的公寓區以吃燒烤的方式來度過我們這個身居異國的中秋之夜。

一陣忙碌之後，各種食物的香味開始從烤架上飄出來，大家輪換著烤，輪換著吃，共同的忙碌消除了大家的陌生感。待大家都坐下來吃喝的時候，我要求主人介紹一下來客，因為除主人外，其他人我全然不識。一個小夥子說：「還是每個人自我介紹吧。」他的提議得到大家的一致贊同，於是你一言我一語，大家各自介紹一番。呵！原來這十來個人竟來自中國的好幾個省份和城市：吉林、山東、上海和湖北等。這番介紹使彼此的瞭解更多了一些，氣氛也因而更熱鬧了。

「瞧，月亮出來了！」不知是誰興奮地喊了一句。正在吃喝談笑的我們應聲朝他手指的方向望過去。果然，在我們吃喝閒聊之間，月亮已不知不覺地躍上了樹梢！真是一輪圓月！「月到中秋分外明」，這句話一點也不假，也許是剛剛經過了海水的沐浴和洗禮，圓盤似的月亮看上去晶瑩透明，連廣寒宮的月桂樹，辛勤的吳剛和優雅的嫦娥都能看得清清楚楚。於是大家暫停吃喝，紛紛拿出照相機拍照，都想與這輪圓月合影，在銀色的月光下留下自己的剪影，再待來日把剪影寄回家或帶回家以慰親人的相思。

「明月千里寄相思」，古人的心理體驗在身處電子時代的今人心目中如同再造。拍照之後，大家又都紛紛坐回來吃喝閒聊。有的說在等男朋友的電話，今天是中秋節，男朋友肯定會打電話過來的；有的說白天跟爸爸通過電話，爸爸在電話的那一端說著說著就哭了起來，自己也忍不住在電話的這一端淚流滿面。「真是好想家呀！」其中一個看上去只有二十來歲的小姑娘說，說話間，臉上流露出對家和家人的思念之情，同時眼睛裡似乎有晶亮的東西在閃著光。我問她為什麼不回去看看，她說與雇主的合約沒滿，滿了後也想留下來續合約，因為這兒工作雖辛苦，但收入折合人民幣還是比在國內掙得多。於是權衡再三，「還是忍著點吧，等錢掙得差不多了再回去。」她說，語氣中透著縷縷的無奈和負重感。

能走出國門到國外謀生，畢竟不是一件哀傷的事情，因此大家的情緒不久又高漲起來，吃飽喝足之後，有人提議到近在咫尺的泳池游泳，這個提議很快得到大家行動上的支持，於是，滿月下的泳池很快就被這群人游碎了月影。

我不會游泳，如旱鴨子般坐在原地賞月。我的眼睛這時開始觀察起周圍的人和事來，我發現面前所有的烤架上都有幾雙手在不停地忙碌著烤制各種美味，爐底的木炭發出殷紅的光，映紅了烤爐旁邊每個人的手和臉，周圍的矮樹梢上還掛著幾個有著中國傳統風格的紙燈籠。有個頑皮的孩子不停地用手搖動樹枝，一盞燈籠燒了起來，幾個大人驚呼著趕緊去滅火，燒著的燈籠被迅速從樹上取下來，沒幾秒鐘就被人們放在地上踩得火花四濺，瞬間就可看見地上多了一攤黑黑的灰燼。而那個頑皮的孩子先是一臉的驚愕，繼而是滿臉的激動，等到燃燒的燈籠被大人撲滅之後，他也很快釋然，臉上隨即又出現了既像是心安又像是遺憾的表情。他的頑皮之舉並沒受到大人的責罵，一個大概是他媽媽的女人蹲下來跟他小聲地說著什麼，或許是在告訴他玩火的危險性吧。而就是這個男孩，在燒烤會剛開始時，還送過一個燈籠給我兒子，這個令人心怡的、來自陌生小朋友的意外的節日禮物，讓我八歲的兒子驚喜和開心不已。他的燈籠意外燒毀，兒子也為他感到驚訝和遺憾。

在我座位的背面也坐著一桌人，他們是清一色的中年男子，在那兒抽煙喝酒輕聲地聊著。他們在餐桌兩旁對著月光的廊柱上各掛著一張寫著對聯的宣紙，一張宣紙上寫著「月滿西樓」，另一張宣紙上寫著「月明星稀」。字是黑色的毛筆字，寫得極是瀟灑，看得出執筆人在中國傳統書法上功夫不淺。這副對聯在銀色月光的照耀下，閃爍著清輝，令人不禁想到中國古代文人墨客的儒雅倜儻之風。「很中國！」我的讚揚不禁脫口而出。

那群人並不因為我的讚揚而有所改變，而是繼續他們的抽煙喝酒輕聊，就像我剛才未發現他們的存在一樣，他們也似乎渾然不覺我的存在，也許他們根本就沒有聽到我的那一聲對他們身旁書法和對聯的讚美。我又默默地觀察了他們一會兒，心想，沒想到在新加坡的這一隅，會碰到一群以這樣的方式來度過中秋之夜的人們。他們的年齡比我們這一群要大，閱歷自然也比我們豐富，中秋之夜也和我們一樣選擇到這有著烤爐、泳池的公寓區來度過。而他們的氣氛卻要比我們沉靜得多。跟他們比起來，我們這一群顯得喧鬧得多了。或許是年齡有差別的緣故吧？抑或是閱歷、性格、素養的不同？我都無法肯定，但有一點可以肯定的是：這是一群與我們有著一樣的祖先、和我們受著同樣的文化薰陶、浸潤和滋養的人們，他們和我們一樣，在異國的月光下，度過華人的重要節日——中秋節之夜，也許他們也和我們一樣在異國的月光下，用對聯、書法、美酒、燒烤，來遙寄抑或是排解對家人的思念吧。

夜已深沉，月亮已爬到了頭頂，依然是那樣晶瑩透明，水中游泳的人已經盡興，都紛紛爬上岸來，泳池中央慢慢地又映出了完整的月影。在月光的妝扮下，泳池似乎披上了一層柔曼的輕紗，又像吐著淡淡的薄霧，朦朦朧朧的，如嫵媚的處子，媚態中含著些許的嬌羞，讓人入目難忘。我們一行人紛紛收拾東西，告別主人各自回去自己在異國的暫時棲身的「家」。

在回家的路上，我一路上都在想：今晚中國的月光，是否也像我們在新加坡所欣賞到的那般明、那般亮？

似乎又過了多時，我驀然驚覺，今晚的月亮，似乎是我來新加坡後第一次所見呢！以前的月光呢？有嗎？我怎麼似乎從未察覺？如果沒有中秋節，我在新加坡會不會永遠看不到月光？

這個念頭閃過，我身上彷彿有許多小汗珠瞬間從毛孔中冒出。

新加坡國慶嘉年華會

在我過完三十三歲生日的幾天後，也就是八月九日，新加坡這個國家也過他的三十五歲生日，這個比我年齡大兩歲的美麗島國，以他獨有的方式歡慶自己的生日，那就是在濱海灣舉行各種形式的慶祝活動：有早上八點開始的空軍飛行和跳傘表演，下午兩點開始的海軍軍艦大檢閱，下午六點半開始的國慶晚會和晚上八點開始的機動部隊開進組屋區的坦克大遊行。這些活動吸引了數以十餘萬計的新加坡人和外國遊客到濱海灣與新加坡共度生日。

我們一家人吃完早餐趕到濱海灣時，上午的飛行表演已接近尾聲，我們只看到了幾架飛機噴著彩色煙霧從頭頂上飛過，心裡正覺遺憾，但這種心理很快便被濱海灣的喜慶熱鬧氣氛所改變。我和先生帶著兒子隨著人流往一個巨大的綠色草坪走，所到之處，新加坡軍人都會送給我們各種各樣的禮物，還有些公司為了宣傳自己也趁此機會派送禮物，藉以擴大自己的知名度，兒子這一天真是樂不可支，因為濱海灣不光有玩的，有看的，還有吃的——新加坡各部隊還免費送給遊客各種各樣吃的東西，真是應了「有快樂大家來分享」這句話。

新加坡位於赤道附近，在炎炎烈日下，我們一家人的熱情和濱海灣的熱帶陽光一樣充足和熱烈，我們情緒高漲，我和先生上午帶著兒子玩了遊樂區、消防水龍頭、救火遊戲後，中午我們就到了海軍檢閱台附近，等著看新加坡海軍檢閱的盛況。

下午一點半過後，新加坡的一些高層領導人陸續到來，快到兩點時，一行車隊緩緩向檢閱台駛來，由於事先就知道新加坡總理吳作棟會來檢閱海軍，我早已佔據了一個最靠前的位子，因而我能最近距離地一睹吳作棟總理的風采，當車隊駛近我所在的位置時，先生告訴我坐在第一輛車上靠左邊的那個人就是吳作棟總理，後面依次坐的是新加坡副總理、內政部長、國防部長、教育部長等人，我非常激動，因為這是我繼生日那天見到新加坡總統納丹後，三天內再一次見到新加坡最高層領導人，我為自己有如此難得的機會參加新加坡國慶嘉年華會而感到非常激動，也因而覺得自己非常幸運。

下午兩點整，海軍檢閱開始，一艘接一艘軍艦從檢閱台前緩緩駛過，每一艘軍艦上都有穿著雪白海軍服的海軍官兵，他們全都面向檢閱台站著，身體筆挺，敬著軍禮，我不停地給經過我面前的軍艦拍照，心裡為自己能親眼看到如此多的軍艦而激動。這次檢閱活動的最高潮是新加坡潛艇的出現，在所有軍艦全都駛過之後，平靜的海面上突然響起了一聲清脆的爆炸聲，接著海面上冒出了一股黑色煙霧，然後露出一盞發著黃色光芒的燈，隨之一個黑色的龐然大物慢慢浮出海面，「潛艇！快看！潛艇！潛艇！潛艇出來了！」——我周圍的人群中有人激動地叫了起來，鎂光燈也隨之不停地閃爍，等潛艇完全露出海面，人群中響起了熱烈的掌聲，我反覆數了數這次接受檢閱的軍艦的數量，加上潛艇一共是三十七艘軍艦接受了總理吳作棟的檢閱。一直到檢閱結束以後，那艘潛艇還在海面上游弋了很久，引得遊客紛紛與它合影，我相信它那天一定在很多照相機中留下了它的英姿，也相信在很久以後它還會帶給很多人激動的回憶。

軍艦遠去，檢閱結束。但岸邊的人群並沒有散去，大家都在等著再次親眼目睹總理吳作棟這一新加坡最高領袖人物的風采。吳作棟總理果然沒有讓我們失望，他這次沒有坐車，而是棄車徒步行走，他緩緩地走著，步態從容，面露微笑，不時地舉起右手向旁邊的人群致意，當他離我只有幾米遠的時候，我舉起了照相機，一共給他拍了三張照片，最後的一張拍下來時，吳作棟總理離我大約只有一米遠的距離，我激動與滿足的心情難以言表，這是我第一次如此近距離地與一位國家元首級人物相面對，這個人就是新加坡總理吳作棟先生，一位新加坡最具實力的實權派人物。

總理吳作棟先生離開以後，圍觀的人群也隨之散開，我們一家人又到了新加坡海陸空三軍的展示區，這裡展示著新加坡最先進的各種戰車和戰鬥機，數量最多的當然是各種各樣的坦克，我們發現每輛坦克旁邊都排著長長的隊，原來這些坦克都是可以讓遊客親身一試的，只要你有耐心和時間排隊，每一輛坦克你都可以上去親自試一試，你大可以過夠坦克癮。這個機會我兒子當然不會放過，我們選中了一輛兩栖坦克車，排了好長時間隊好不容易輪到我們後，兒子興奮莫名，激動不已，在坦克兵的幫助下，很快爬上坦克車，每個座位上都要去坐一坐，每個開關都要摸一摸，從他興奮的小臉上可以看出他一定是感到過癮極了。

隨後我們又看了陳列在附近的各種各樣的戰車，軍用直升飛機，無人駕駛微型偵察機，還享用了空軍贈送的形狀如飛機的糖果。最開心的當然是兒子，他不僅見到了真正的軍用直升機，並且還親自上去坐了一會兒，飛機上的每個開關和儀錶他都可以親手去試著摸一摸，那樣子神氣極了，而且還吃了很多新加坡空軍送給他的飛機形的糖，真正是有吃有玩，開心之極。

最讓兒子開心的，恐怕還算是戴上頭盔扮演坦克兵坐上坦克繞著濱海灣兜風，和穿上救生衣坐上快艇登上新加坡海軍的全長一百四十五米的登陸艦。在接下來的時間裡，我們一家人經過一個小時的排隊之後，登上坦克繞著濱海灣兜風，又經過兩小時的排隊坐著海軍快艇登上了停在海上的長達一百四十五米的登陸艦。在等待上快艇的時候，我們還遠遠地觀看了在新加坡國會大廈前舉行的國慶焰火晚會和空軍的飛行與跳傘表演。

兒子開心，我們開心，新加坡人更開心。新加坡借三十五周年國慶大典之際，在濱海灣舉行如此特別的國慶嘉年華會，恐怕就是為了讓他的國民和他一同開心，從而真正達到舉國歡慶的目的吧。如果是這樣的話，那新加坡的願望早已是現實。

曼谷的貧民窟

泰國曼谷之行，記憶深刻的除了街頭川流不息的嘟嘟車外，還有讓人觸目驚心的貧民窟。

那天導遊按照行程上的安排，將我們一行人帶到了曼谷的一條河邊，說是要帶我們去看曼谷著名的水上市場。在岸邊等候上船的時候，導遊不停地為我們介紹河兩岸有特色的建築物。我們一邊聽著導遊繪聲繪色的講解，一邊等候載運我們的船隻，心中對即將要遊覽的水上市場充滿期待。

船終於來了，我們在導遊和艄公的招呼下登上了遊船。很快，我們乘坐的這艘遊船就開始在河面上乘風破浪起來。河面很寬，不少披紅掛彩、打扮得花枝招展的遊船在水面上穿梭來往，看樣子這是一條忙忙碌碌、一點也不寂寞的水上交通要道。這些花花綠綠的遊船，還有船上坐著的來自世界各地、穿著不同風格服裝的異國遊客，似乎給這條河增添了不少的富貴氣。我們的眼睛一會兒看左，一會兒看右，似乎有點忙不過來。

船上除艄公外還有一個頭上、頸上、手上都戴著花環、身上穿著泰國民族服裝的小姑娘。待我們坐定後，小姑娘站在船頭，面向我們雙手合十，屈膝行禮。然後拿著花環往我們每個人身上套，面含微笑，並不言語。導遊說每串花環二十泰銖（岜），船上很多人聽了後面露錯愕之色，導遊又說願意給錢的就給，不願意給錢的也可以不給。雖然導遊如此說，船上已有一些人開始往外掏錢，但明顯看得出，給錢的人給得並不是十分情願，想是因為小姑娘把花環套在他們身上之前，並未經過他們同意的緣故。花環上的花朵紫、紅、白相間，煞是美麗可愛，但未經同意就給套上，相信當時船上不少人欣賞美麗花環的心情也因此打了不少折扣。

我坐在船上，眼睛忙著欣賞河面上與河兩岸的風景。泰國是世界上少數以佛教為國教的國家之一，這裡真不愧是一個佛教的國度，看左看右，只見河流兩岸建有不少大大小小、色彩明麗、飛簷翹壁的廟宇，這些廟宇的建築風格也與中國和新加坡的廟宇大不相同。這些廟宇在兩岸沿河而建，與金碧輝煌的泰皇宮或相隔為鄰，或隔河相望，彼此相映成趣，倒是別有一番情調。

在導遊帶領下參觀完鄭王廟後，我們的遊船繼續下一段行程。隨著遊船的向前行駛，河兩邊的建築物已沒有前一段行程中所看到的那樣養眼，破舊甚至已經坍塌的房屋開始逐漸增多。事實上前一段行程中我已注意到河兩岸有些破爛不堪的房屋，有的甚至還與金碧輝煌的泰皇宮相隔為鄰，只不過相比起來數量不算太多，破爛的程度也沒有這段行程中所見到的那麼嚴重罷了。

遊船越向前走，兩岸的破爛房子越多，有的甚至已不能稱做房子，只能算是棚子。因為這些所謂的房子四周根本就沒有牆壁，只是用幾根黑黑的、大概是木制的柱子支撐著，有點像中國有些種西瓜的瓜農為了照看西瓜而搭建的瓜棚，其中有的甚至還沒有中國瓜農的瓜棚結實牢靠，因為它們看上去搖搖欲墜，像是馬上要倒塌似的，看了讓人不禁替住在裡面的人的生命安全擔心。但這些棚子或房子就建在河邊，看上去年代也已久遠，而且裡面都有人住著，這一點從棚外或房外晾曬著主人的衣物可以判斷得出。

也許看到我們這些遊客面對這一切時眼神中流露出越來越多的驚異，導遊開始向我們介紹這些破爛不堪的、不知是房子還是棚子的東西。從他的介紹中，我瞭解到這是曼谷的貧民窟，住在這裡的人經濟收入非常有限。但是導遊在講解完了後，卻說住在這裡的人精神上並不痛苦，他們的日子反而過得非常快樂，他還多次向我們重複說：「No money, no problem! No money, no problem!」他的強調引起一船人發出陣陣的笑聲，而且他也跟著我們這些船中人一起笑。

回程中，我們的遊船從一座廟宇前經過，這座廟宇和兩岸的其他廟宇一樣，也裝飾得富麗堂皇，但規模上沒有我們剛剛參觀過的鄭王廟那麼大，遠看並無特別之處。然而它卻是一座相當特別的廟宇，其特別之處並不是廟宇的建築本身，而是廟門前河水中那些游來游去而又從不曾遠去的特殊魚群。據導遊介紹，整條河中只有在這座廟前才能看得到這種類型的魚兒，而且這些魚兒條條都喜食遊客拋下的麵包！

聽了導遊的介紹後，船上的人全都馬上興奮起來，紛紛站起來好奇地往船下的水面上看，好像有點急不可耐地想要立刻看到那些有著神祕色彩的魚兒。船主於是將船停下，並很快拿出了早就預備好了的、大袋大袋的麵包出售。我們都紛紛掏腰包購買整袋整袋的麵包。幾分鐘內，船主拿出的麵包就被我們這些心急而又好奇的遊客購買一空。很快水面上就漂滿了船上人丟下的白白的麵包片，這些剛下水的麵包片果然立即就吸引了一群群的魚兒快速地游過來搶食。見此情景，船上的大人小孩都驚喜地大呼小叫。我們一邊嘴中發出驚叫，一邊手中忙著撕扯麵包往船下扔，希望吸引更多的魚群來爭搶。這時候，在我們這群曼谷的過客眼裡，麵包似乎不值錢，開心快樂最重要，用不值錢的麵包去換取難得的開心和快樂，簡直是太划算了！天底下哪裡找得到這麼合算的買賣?!也許正是出於這種想法，一船人都在逗弄魚兒，忙得不亦樂乎！

我抽空探頭往船下望去，見這些魚兒都長得肥頭肥腦，長度一尺有餘，外表呈深灰色，方頭闊嘴，看上去似乎有些營養過剩。雖然如此，它們爭食麵包時動作卻敏捷異常，一點也不顯得笨拙，水面上那些漂浮著的、因浸了水而膨脹起來的大團麵包，都給它們熟門熟路地張開闊大的方嘴，很輕易地一口吞進腹中。魚兒們那闊大的方嘴似乎專為吞食大團麵包而生，它們在完成整套吞食動作時，看上去似乎豪不費力，我想這也許是因為它們長期吃慣了，以至於熟能生巧的緣故。沒過多久，同船人手中的大袋麵包就全都進入了魚腹之中，最後，船上每個人手中都只剩下空空的麵包袋。

船開了，魚群慢慢退去，一船人的臉上仍然留有興奮驚喜之色，一個個似乎還感覺意猶未盡。正如導遊所言，在離這座廟宇較遠的同一條河中的其他水域，我們果然再也未能看見剛才所見到的那種魚群的蹤影。一船人都在好奇和興奮中唧唧咕咕地議論紛紛，沒有人知道其中奧秘，有人想向導遊詢問個中原委，導遊也未能說出個所以然。我們一船人就這樣帶著滿腦子對這些有點神祕的魚兒的疑問，結束了曼谷水上市場之旅。

從泰國回返新加坡已有不短的一段時間，河兩岸貧民窟的影子在我腦中仍時時浮現，而且始終揮之不去。記憶中，與門前有著神祕魚群的寺廟隔河而望的也是一片貧民窟，情景的破敗荒涼與廟宇的富麗堂皇形成極大的反差，這種巨大反差使河的兩岸看上去顯得極不協調。聯想起河中魚群有些營養過剩似的肥頭肥腦，我心中有時這樣想：住在廟宇對岸貧民窟中的那些曼谷人，有沒有機會吃到遊客購買的那種餵給魚兒吃的麵包？他們是否能夠得到像河中魚群那樣充足的營養？我有時甚至還會這樣想：或許那些住在貧民窟中的曼谷人，還沒有河中的魚兒那樣好命呢，事實呢？真會這樣麼？但願答案是否定的。

回返新加坡後，多次跟朋友談起泰國，每次我都要問為什麼在一國之都的曼谷，會有如此破敗不堪的貧民窟？有些朋友告訴我，上個世紀九十年代末的那場亞洲金融風暴，使泰國經濟遭受重創，甚至幾乎面臨滅頂之災。曼谷市區那些數量不算少的爛尾樓，就是金融風暴留下來的明顯痕跡，每一棟爛尾樓就像一塊醜陋的瘡疤，刻在曼谷原本並不醜陋的臉上。

如今，亞洲金融風暴已過去很多年，同樣遭受重創的新加坡，已經慢慢走出這場經濟風暴所帶來的陰影。不知泰國是否和新加坡一樣，也已走出那場經濟風暴所帶來的陰影？也不知住在貧民窟中的那些曼谷人，是否已經擁有了稍微好一點的地方以供棲身？

方言的方便與不便

托沙斯的福，方言在新加坡媒體上又多了露臉的機會。電視上開辦方言節目，報紙上討論講方言的利弊，總之方言又一次在獅城引起了人們的關注，這是事實。

講方言絕不是老人的專利，會講方言的年輕人大有人在。電臺、電視臺主持方言節目的主持人大多講得一口流利的方言，而這些主持人也大多是年輕人，這可當做年輕人也會講方言的一個例證。

其實，各地有各地的方言，這一點我們誰都知道。福建有福建的方言，廣東有廣東的方言，中國之大，方言之多，數不勝數。中國從事方言研究的專業人士把中國劃分為若干個大的方言區，大的方言區下又有若干個小的方言區。在中國，同一方言區內不同村莊之間講的也許都不是同一種方言，哪怕這兩個村莊只隔著一條小路或者一條小河。中國方言之多，可令人歎為聽止。英語也是如此，英語現在算得上是一種世界通用語言，但也有英式英語和美式英語之分，英式英語中還有女王英語和非女王英語之別。而Singlish一聽就知道是新加坡人在講。這其實也是由於地域和文化等不同因素造成的，應不以為怪。

我認為方言的存在有它的合理性，講方言既有其方便之處，也有其不便之處。本文想以我本人的親身經歷為例，來談談方言的方便與不便。

先談方便。

「入鄉隨俗」是一句老話，除了要遵從當地的風俗習慣之外，也包含語言上的從俗，這是我對這個成語的理解。

講一個我自己的小故事。我和先生雖在大的行政區劃上是同鄉，但我家鄉的方言和他家鄉的方言卻大不相同。和先生結婚之後，為了入鄉隨俗，我決定學說先生的家鄉方言，由於有先生幫忙，不多久我就能講得很流利，這令我的公婆驚喜不已。在與公婆的鄰居交流時，我不講普通話，而是講他們的方言，公婆的鄰居驚奇地問：「你媳婦是本地人嗎？」公婆回答說：「不是，她娘家在武漢。」鄰居們聽後對公婆說：「你這媳婦真不錯，一點都不擺大城市、大學生的架子。」公婆聽後笑呵呵的，笑容中明顯寫著驕傲。由於會說先生的家鄉方言，我與先生的家人和鄰居很快拉近了距離，我也很快融入到他們的生活之中。

在特定的地方講方言，可以很快拉近你與當地人的距離，增進彼此的感情，讓你的生活多一些快樂。這是我要講的方便之一。

在中國，排斥外地人的情況時有發生，特別是大城市，這種現象更是常見。憑什麼排斥外地人？就憑你講的不是當地方言，大城市的人不知從哪裡生出一種優越感，認為外地人可以不和當地人同等對待。

再講一個發生在我身上的小故事。初到上海時，我聽不懂上海話，感覺上像到了外國，因為上海話乍聽上去很像日語。有一天我帶兒子去醫院看病，由於聽不懂上海話而對工作人員所講的要求沒有聽清。這個工作人員很不高興，用上海話說：「鄉下人，老煩！」奇怪的是，他這句話我聽懂了！我當然也不客氣地回應了他。事後他雖然向我道歉，但這件事刺激我要學習上海話。差不多半年後我已能講一口流利的上海話，這讓我在上海辦事時得到了許多方便。特別是在與那些不會講普通話的上海人交流時，我的上海話更是幫了我大忙。

在特定的時候講方言，可以為你辦事提供不少的方便，提高辦事效率，少生冤杜氣，少走很多彎路。這是我要講的方便之二。

目前新加坡有很多人在上海工作、學習和生活，如果能學會講上海話，一定會覺得方便不少。在中國其他地方工作、生活和學習的人也是如此，不妨試試學講當地方言，肯定會有不少嶄獲。

多學會幾種方言對你定會利大於弊，因為方言在你與當地人交流時給你提供了一種很好的交流工具，辦事時也會少走一些彎路。在外地若聽到你熟悉的方言時心中還會油然生出不少的親切感呢，生活中也會因而增加一些快樂。

再說不便。

以上的兩個小故事在前文我用來做了方便的例子，其實在接下來講不便時，同樣可以用來做例子。

在第一個小故事中，我之所以要學說先生的家鄉方言，是因為我初到公婆家時，公婆不會講普通話，只會講方言，我跟公婆及鄰居交流時，他們講當地方言，我講普通話或武漢話，這對我們的交流時不時地造成障礙，而且感覺也挺怪。我覺察到語言上的不便，決定由我來學習先生的家鄉方言，因為公婆年紀大了，要他們學講普通話比我自己學講他們的方言難，而我在語言上適應他們比他們在語言上適應我容易。第二個小故事中我之所以要學說上海話是因為在上海工作辦事時經常要跟上海人打交道，上海人會說普通話的不少，但也並不是每個上海人都會說普通話，特別是年紀大的上海人，不會講普通話的人不在少數。我和這些不會講上海話的人交流時感到了困難和障礙，因而決定學說上海話。這兩個小故事同時又說明了如果只會講方言而不會講通用語，會在與人交流時感到很多不便，嚴重時可能會誤事。

在新加坡，華人來自中國各個不同的省份，都會操一口各自家鄉的方言，如果華人都不會講普通話，只會講自己的方言，那麼華人與華人之間交流都會感到不便。新加坡還是一個多種族的國度，如果各種族只講自己的母語，不會講英語這個通用語，那麼種族與種族之間的交流則是一句空話。

由此看來，方言有方言的優勢，也有它的劣勢，我們要客觀地看待方言。不要因為熱愛方言，就頑固地只講方言，不講其他語言，甚至不講通用語，人為地給自己製造與人交流的障礙，這是一種狹隘的語言態度；也不要因為通用語被接受的普遍程度高，就打壓方言的生存空間，認為方言沒有講的必要，這同樣是一種狹隘的語言態度。合理地運用方言和通用語，為自己的工作、學習和生活盡可能地提供方便，減少與人溝通的不便，這才是一種積極的態度和做法。

最愛獅城圖書館

獅城生活九年餘，除了家和工作地點之外，我去得最多的地方恐怕就是圖書館了。遍佈島國各個市鎮，設施齊備、管理完善、環境幽雅、服務良好的圖書館，是我業餘最愛光顧的地方，也是我對美麗島國最深最美好的記憶之一。

碧山是我在獅城的第一個落腳地。那時的碧山尚無圖書館，先生和我都是愛書一族，我們就找到附近的大巴窯和宏茂橋。記得第一次去宏茂橋圖書館時，由於我們當時初到獅城，人生地不熟。一家三口頂著炎炎烈日，在某個週末的中午時分，七彎八拐，經過多方打聽才好不容易找到圖書館所在地。

一進宏茂橋圖書館，聞到撲面而來的滿室書香，置身設備良好的冷氣環境中，滿身的燥熱和滿頭的汗水所帶來的滿心煩躁立刻消失無蹤。一家人頓覺神清氣爽，很快就精神十足地一頭紮到滿屋書堆中去，徜徉書海，享受找書讀書之樂，渾然忘我。

後來我們在勿洛市鎮中心買了一套五房室組屋單位，住家離勿洛社區圖書館很近，步行五分鐘左右即可抵達。這讓我這個書蟲內心不知有多歡喜，工作生活之餘，我不知在勿洛社區圖書館度過了多少與書相伴的快樂時光。有時甚至還將工作帶到圖書館，不光為了享受那滿室涼爽的冷氣，還為了能在那裡享受寧靜的氛圍和感受閱讀的風氣。

淡濱尼離勿洛不遠，從住家乘坐巴士可以直達淡濱尼區域圖書館，我享有無須換車之便。因此時不時地，我會獨自或和家人朋友一起到淡濱尼圖書館，將找書讀書範圍進一步擴大，以滿足我對書籍和閱讀的無盡的貪婪。

賣掉勿洛的房子後，我獨自在獅城生活工作了兩年，租住在島國中心城區紅山景的一套小房子裡。獨居生活沒有多少家務可做，工餘時間更多，圖書館更成了我工作之餘最上佳的安身之所。幾乎每個週末我都會去武吉美拉圖書館報到，閱讀寫作，工作上網，流連忘返，樂不思蜀。有時候甚至會在平日的晚上去，一直待到圖書館閉館時才回家。這樣的情形時有發生，有時甚至一個星期有幾個晚上會如此度過。

除此以外，裕廊東和裕廊西圖書館，以及位於政府大廈和武吉士地鐵站之間的國家圖書館總館，都曾是我時常踏足的地方。我去圖書館不光是為了閱讀或工作，有時也為了參加活動，因為有很多活動會選擇圖書館作為舉辦地點，比如一些講座、展覽、新書發佈或讀書會等都時常在島國各地不同的圖書館舉行。只要時間允許，這些活動我通常都會參加，不管這些圖書館位於島國的哪個角落，我都會滿懷興致地前往，除了增廣見聞、擴大眼界之外，有時也能與一些有同好之人交上朋友呢，可算得上是一舉多得。

不論是國家圖書館總部，還是各市鎮圖書館分部，島國圖書館一樓的某個角落大多都設有餐飲小店或咖啡座，售賣咖啡茶水和速食，讓不少前來讀書之人能一邊捧書閱讀，一邊享用東西方美食和香醇的中西飲品，使愛書之人精神與物質上的需求和享受同時得到滿足。有時候我與三兩好友相約圖書館，參加完活動後我們常常選擇就近進入底樓的小食店或咖啡座，一邊享用濃香撲鼻的咖啡和精緻美味的點心，一邊海闊天空山南海北地神聊。在島國度過的這些身心愉悅、精神和物質都很富足的日子實在讓人難以忘懷。

獅城圖書館，一個多麼美好的所在。如今我人雖已離開，心卻仍嚮往之。

獅城學開車

移居澳洲之前，我從未想過要去學開車。原因很簡單，除了天生膽小、怕開車時出危險外，我曾經私下以為，一個人沒必要什麼都會，開車這事兒，家裡有人會開就行了，我是沒必要去學的，只需負責當好乘客即可。但這個想法，在第一次到墨爾本度假後，就被我徹底拋棄。

雖然鐵路公路縱橫交錯，四通八達，道路暢通無阻，但墨爾本的公共交通服務卻沒有上海或獅城那麼密集和頻繁。因為這個城市的人口密度相對要小很多，市民居住也相對較分散，大多數家庭都有私家車作為代步工具，因而生活空間就顯得沒有許多亞洲城市那麼集中和擁擠。在我所居住的市郊地段，從住家到距離最近的火車站要步行二十五分鐘，到最靠近的大超市需步行十五－二十分鐘。家門口附近只有一條公共汽車服務路線，往返博士山、蒙納什大學和歐克利之間，每趟巴士服務間隔時間，最短十多分鐘，最長可達一小時，而且每天最後一趟巴士服務在晚上九點多就結束了，收班時間比上海和獅城的巴士服務要早很多。

如此看來，墨爾本的公共交通服務，對不會開車或沒有能力自備與駕駛遠程交通工具的人而言，他們出行時會感到有些不便是理所當然的。初到墨爾本，我驚訝於這個城市的沉穩大氣，感覺上眼前的墨爾本其大無比，城郊之間過渡自然，沒有非常明顯和巨大的落差，整個城市給我留下舒緩從容、不急不躁之感。但在墨爾本度完我的第一個墨城假期後，當時還沒有駕駛執照的我已深深體會到，如果不會開車，將來要在此定居，我出行時必定會遭遇諸多不便。於是，結束假期回返獅城之後，我做的第一件事便是到駕駛中心報名學開車，以利將來在澳洲生活時，出行不會受到太大的局限。

我選擇的這家駕駛中心位於獅城東部，據說它是新加坡最大的一所駕駛學校。之所以選擇這家駕校，主要原因是當時我住在東部，往返駕校與住家比較方便省時，這一點對那時工作繁重忙碌的我而言非常重要。

通過了基礎駕駛理論和高級駕駛理論測試後，我申請了臨時駕照，開始了實際駕駛操作練習。我學的是手動車駕駛技術，學習難度要比自動車駕駛技術大很多，但因自家車是手動式的，所以我別無選擇，明知手動車駕駛難度比自動車更大，也只能作如此選擇。

教我開車的教練團隊是固定的。剛開始時，我懵懵懂懂的，並不十分清楚固定教練團隊和流動教練團隊有何明顯的好壞與優劣之分。雖然在選擇前，駕校的工作人員給我作過簡單的解說，但世間很多事情一定是要在親身經歷之後，才會真正懂得個中真味的，學開車就是如此。

由於工作繁忙，我起初安排每週去駕校上一次課，每次一百分鐘。一段時間後，我弄清楚了我的教練團隊一共有三名教練，其中兩名全職，一名兼職。兼職教練常在晚上或週末教，有時工作日下午遲些時候也能看到他，全職教練工作日都在駕校上班。具體到教我的時間，兩名全職教練各自有相對固定的安排。這些情況都是我在邊學開車，邊和教練聊天時瞭解到的。

與三名教練都有接觸之後，我發現新技術基本上由兩名全職教練教，在兼職教練的上課時間裡，我基本上是在複習全職教練教的內容。兼職教練性格溫和，老好人一般，對我的駕駛練習很少批評，如果我開得不好，他會很溫和地指出來，一一加以詳細講解駕駛要領，甚至親自示範，而且邊示範邊講解，看上去很有耐心的樣子，跟他學開車我沒有很多壓力，感覺很輕鬆自然愉快。兩名全職教練中有一位較年輕，三十歲出頭，另一位看上去像中年人，年齡應該在五十歲上下。

年輕教練態度友善，脾氣好，有耐心。在確認了我去駕校學開車之前從未摸過方向盤之後，他就開始非常認真仔細地教我最基本的汽車駕駛技術，從如何用鑰匙啟動汽車，到如何把握方向盤，再到如何辨認儀錶盤上的各類儀錶，等等等等。即使我時不時地犯錯，他也從不發脾氣，仍然很有耐心地反覆教我最基本的開車知識。在他的細心和耐心教導下，我克服了最初對開車的恐懼心理，逐漸建立起一些信心，對駕駛技術的掌握速度開始加快。這段時間的駕駛技術學習進行得比較順利，我的心情也比較愉快。

入門關過了後，中年教練教我的時間多了起來。與年輕教練的教授方法相比，中年教練則明顯缺少耐心，講解技術要領時也不夠清楚準確，時不時地會讓我在學習時感到有些混淆，不得要領。教我的第一堂課時，他自我介紹說他有十一年的教車經驗，可後來別的教練告訴我他才教了不過六年左右，這給我留下了他愛自吹的印象。而且他在教車時談及他以前的一些經驗，口氣中不乏自得與炫耀的成分，這進一步加深了我覺得他愛自吹的印象。他的態度也欠缺友善，教授方法生硬不夠靈活，表達不很清楚時，如果我對他講解的要領不能馬上領會並正確操作，他就會不耐煩甚至會發脾氣。因此在他教車的時間裡，我的心情常常不是很好，情緒有時甚至很緊張。而心裡越緊張，我的開車表現就越受影響；開車時越緊張，很多技術操作我就越不得要領；我開車時越不得要領，中年教練就越不耐煩。上他的駕駛課時，這種惡性循環時常發生，我有時會因此懷疑自己是不是很笨，甚至根本就不適合學開車，因為我都無法準確地抓住他到底在教我做什麼，或怎樣做才能達到他的訓練要求。在年輕教練那裡建立起的信心，到了中年教練這裡很快就蕩然無存，甚至沮喪感會油然而生。

有一天晚上，我上八點二十分到十點那個時段的駕駛課，又輪到中年教練當班。那天還下著雨，是一個視線很不好的雨夜，那個時段也是駕校一天中最後一個授課時段。中年教練告訴我，他那堂課要教會我如何將車輛控制在道路中間，開車時不要讓車子太靠近車道左右兩邊的白色分界線。由於他授課時表達不是很清楚到位，有時甚至自相矛盾，一些說法也前後不一致，導致我始終未能準確掌握他教的技術要領，練習時當然無法達到他的要求，感覺我怎麼開都是錯的，他都不滿意，到後來他變得越來越不耐煩。

我當然察覺到了他的明顯不耐煩，但還是忍著不與他衝撞，只提議暫時先放下這個內容，轉而學其他的新技術或複習舊的技術，這樣彼此之間氣氛和情緒都不至於太緊張，等心理調節好後再繼續學新技術，算是給雙方緊張的心態來個緩衝。可我的提議他不但不接受，反而對我發起脾氣來，在離下課時間還有十六分鐘時，他竟然宣布下課，不再教我了。我當時心情也很不好，加上他每次當班教我時都是提前下課，從不把上課時間充分用完。最離譜的一次是離課程結束還有將近半小時，他竟以加油為藉口將車停在加油站，因此我覺得他有些偷懶，喜歡磨洋工，工作並未十分盡責。於是我下車前說了他一句：「你一晚上教我這點技術都沒教會，你不會教車，只會發脾氣罵人，我覺得你在浪費我的時間。」說完這句話後，我就離開駕校準備回家。

出駕校大門後我攔了一輛計程車回家，在車上跟司機聊天時談到了剛剛結束的學開車經歷。計程車司機聽了我的經歷後，他說：「你的那個駕校教練根本不會教開車。要將車輛控制在道路中間很容易，你只要記住我教你的一句話就可以了，下次練習時你照我教你的這句話去做，保證你能很好地把車輛控制在道路中間。」我真的將他說的那句話牢記在心，決心在下次駕駛課上照他說的那樣去控制車輛。

接下來的那堂駕駛課剛好又是那名中年教練當班，我照著那位計程車司機教的方法去控制車輛，果然車輛被我很好地控制在道路中間。這時，那位中年教練非常驚訝，他說：

「今天我還沒有教你，你就會控制車輛，那天教你一晚上，你也沒學會。」我沒說什麼，只在心裡想：「你教一晚上也沒教會的技術，人家計程車司機一句話就把我教會了。你要麼是根本就不會教車，要麼是故意讓我混淆，浪費我的時間和學費。」但從那次課以後，我決定跟駕校要求換掉這位中年教練。

但沒想到，駕校不同意我換教練，理由是我的教練團隊是固定的，但我可以回避這位中年教練，去選這個團隊的其他兩位教練的教課時間。我覺得駕校的建議可以接受，因為其他兩位教練的授課方式我很喜歡，只要不是那位中年教練教我就行了，不必換掉整個團隊。原本以為事情就這樣算是解決了，但沒想到又有新的問題出現。

駕校的選課有兩種方式，一種是學員親自到駕駛中心的櫃檯，請工作人員幫忙辦理選課事宜，另一種是學員各自在網上選擇合適的上課時段。我選課一般是用後一種方式，而且常常一選就是很多堂。由於工作忙碌，我通常將上課時間選在下班後或週末，雖然這些時間段每堂課收費比其他時段要貴五元錢，我也只能作如此選擇，因為我不可能用上班時間去學開車。但選課時我並不知道自己選的這個時段會是哪個教練當班，駕校也沒有公佈每個教練的當班時間，所以要回避這位教練其實是不可能的事情。但我又要求回避他，於是就出現了上課時原本不是我這個團隊的教練來教我的情況，到我學完全部的駕駛課程拿到駕照後，我數了一下學習手冊上的教練簽名或印章，總共有十一位教練教過我開車。

按照駕校規定，固定教練團隊每堂課收費要比流動教練團隊貴五元錢。除開原本屬於我固定團隊的三位教練外，有八位教練不是我這個團隊的成員，而且其中有多位教練教我不止一次。也就是說，我支付的是固定團隊的高費用，而享受的是流動團隊的低服務。我心裡有本帳，但這是後話，暫且按下不表。

由於不斷地換教練，代課教練通常都不教新技術，他們只叫我不停地複習舊技術，偶爾有代課教練會糾正我做得不好的地方，但這樣一來，我的學習時間就無形地被拉長了。而我其實是很急著拿到駕照的，這不光是出於時間和學費的考慮，還因為那時我實際上已是獨自一人待在新加坡，我先生和孩子已經離開獅城，到墨爾本生活和工作或學習了，我如果能早點拿到駕照，就可以不因學開車這件事影響我的其他計畫與安排，早點到墨爾本跟他們一起生活。

前面說過兼職教練和代課教練基本不教新技術，我回避掉那位中年教練後，新技術基本上都由那位年輕教練來教了。幸運的是，年輕教練雖然年輕，但教學態度和授課方法卻無可挑剔，在他的細心和耐心教導下，我的開車技術進步很快。終於在某一天，年輕教練說新技術全部學完了，開始全面複習，複習好後就可定考試時間了。

由於駕校有很多學員，我上網查看考試排期已經到了幾個月之後，而且工作日下午五點以後、週六下午以及星期天全天時間，都不能安排考車。因此我趕快在網上選擇一個適合我的考車時段，想儘快通過考試，拿到駕照。

為了在考車過程中從容操作，心理鎮定不慌張，能順利通過考試，考車前，我給自己多安排了幾堂練習課，讓自己在各方面都能熟練操作。可到了考試那天還是出了問題，心裡緊張自不必說，在通過了斜坡、調頭（掉頭）、直角彎路、蛇形彎路、垂直停車等多種技術考核後，接下來我如果能順利操作，完成平行停車的話，就可以出校園上大馬路進行路考了。但在做平行停車操作時，考官說我超過了五分鐘的時限，當場宣布我考試不及格。我還沒有將車開出校門開上校外大馬路，那位考官就宣布考試結束，叫我將車直接開回他指定的地點。

考試不成功，我的心情相當惡劣。在自責的同時，心裡也抱怨考官太過苛刻，如果他不吹毛求疵，我的平行停車操作應該不會超時。但自責也好，怨人也罷，都不能改變我考車失敗的局面。情緒低落了一段時間後，我勸自己收拾心情，重新開始練車，做好準備再戰江湖，因為我已努力到了這個程度，決不能放棄，否則我投入的時間和學費都會付之東流，導致得不償失，何況我必須拿到駕照，這本來就是既定目標。

聽有經驗的朋友說，第一次考車，考官一般上都不會讓考生通過，特別是學手動車駕駛技術的學生，一次就考過的人更少。我知道聽別人說再多都沒有用，考試是自己的事，任何人都不能代替我去考。但這次我的策略稍有改變，我只在駕校安排了幾堂練習課，同時在私人經營的個體教練那兒安排時間練習。之所以這樣做，一方面是想增加練車時間，但學費支出相對較少，因為個體教練收費比駕校稍微低一些，而且練車時間由我自己決定，選擇比較自由靈活；另一方面我想從私人教練那兒得到一些指點，特別是想得到一些應付考官的策略指導。這樣練了一段時間後，我決定再上考場。

但沒想到第二次考車我的運氣更差，不知何故，平時練車時從未在斜坡上出差錯的我，竟然在這次考車時會栽在斜坡停車與啟動上。考官說我的車後滑超過一米，當場宣布我考車不合格，再次叫我將車開回指定地點。但這次我沒有照考官的指示做，而是要求他讓我將全部考試項目進行到底，特別要求他允許我將車開出校門開上校外大馬路，將考車路線全程走一遍。雖然看上去不是很情願，但他最後還是同意了我的要求，讓我將車開到校門外馬路，不過他讓我走的不是考車路線，而是只在駕校附近草草兜了一圈，就讓我將車開回駕校。

可想而知，考車再度不及格，我的心情比上次更糟。但我沒有很多時間讓自己沒完沒了地沮喪下去，而是振作精神，重新回到駕校找教練繼續練習。跟上次一樣，我同時也找私人教練教我，還跟兩邊的教練討教考車秘笈，如何應付苛刻得近乎刁難的考官。跟駕校的教練一起練習時，我甚至抱怨駕校和考官把學員的時間和學費不當數，根本就是想故意為難學員，好多賺些學費和考試費。從小學到大學，我從沒有一項考試需要重考，而拿駕照的考試竟然考了兩次都沒考過，不光浪費了不少時間和金錢，更重要的是精神上和自信心也受到打擊，心理上難以平衡。雖然我內心裡也知道，考車和其他考試不能相提並論，但我對兩次考車失敗還是無法輕易釋懷。

可抱怨歸抱怨，要想拿到駕照，還是得通過駕駛考試。而且開車安全是最重要的，考試嚴格一點不是壞事，開車技術過硬，以後能安全駕駛，比浪費一點時間和金錢更重要，這一點我內心非常清楚。因此大約在第二次考車失敗兩個月後，我再度披掛上陣，第三次征戰江湖。不知是不是由於這次的考官看到我已有兩次考車記錄，學習手冊上記載的練習次數已接近五十次，時間和學費已經花費不菲，惻隱之心不自覺地因此油然萌動，還是他真的覺得我的駕駛技術已經過關，我的三戰江湖竟然以成功收場，結局總算圓滿。

不同於前面兩位考官，第三次考試還未開始時，這位考官就態度友善地對我說：「你不要緊張，把每一樣做好，我讓你通過。」聽他這麼一說，我心裡真的沒有前兩次考車那麼緊張了，也心情很好地對他說：「好的，我盡力做好每一項操作，爭取不出差錯。」在接下來的考車過程中，我的各項操作真的沒犯大錯，有些地方若操作不完美，我還主動告訴考官。在校外大馬路上遇到行人過斑馬線或穿越馬路時，我會停下車輛或放慢車速，優雅地用手做一個「請」的動作，微笑著讓他們通過，他們也微笑著向我揮手回應，感覺上大家都很有風度，使用道路時心情愉快。就這樣，我一路順利地將車開回了駕校，按照考官的指示將車開到指定地點，結束了考車。

和前兩次一樣，考官將我帶到了駕駛中心的二樓，讓我在一間房門外的椅子上坐著等待結果。在不到十分鐘的等候時間裡，我的心裡忐忑不安，感覺頗受煎熬，不知道這次是不是又會和前兩次考車那樣遭遇滑鐵盧，將來還要花費更多的時間和金錢去練習和重考。就在我心裡的吊桶不斷地七上八下的時候，考官出來了，他叫我跟他進辦公室，讓我在一張小桌前坐下，拿出我的考車計分表，告訴我哪些地方因操作失誤而扣分。最後他告訴我，考車通過！真的嗎？雖然是期待已久的結果，但我還是有點不敢相信。回過神來之後，我立即跟考官握手，很激動地向他連聲道謝。

駕照終於拿到了，我坐下來檢討自己的學車之路。年輕教練態度認真，耐心細緻，讓我學到技術的同時，精神上和心理上也沒有經受太大壓力和不快。為了對他表示感謝，我給駕校寫了一封表揚信，稱讚他工作兢兢業業，從不浪費課堂時間，教學方法和效果都很好，對我的學車成功起到了關鍵作用。而回避中年教練則讓我付出了高學費低服務的代價，我決心要跟駕校討回損失。經過多次商談，駕校負責人最後同意彌補我的損失，將多收的學費折算成時間，讓我在方便時去駕校練車，算作補償。至此，我的學車生涯算是圓滿結束。

粗略估算了一下，從報名學車到考獲駕照，除開節日和假期，我總共花了七八個月時間，超過四千新元學費，這還不包括每次學車來回所花費的汽車、地鐵和計程車費用，這張薄薄而又窄小的駕駛執照，代價可真是不菲。儘管價值算得上昂貴，但能拿到駕照，我心裡還是挺高興。而且在學開車過程中，不斷有消息從各個渠道傳來，說有人考車多達十一次、十三次甚或十七次才通過，有人在駕校的學習時間長達兩年。這些小道消息讓我內心裡有時又不免有些沾沾自喜，覺得自己好像還不算太笨，看上去簡直就是一個現代阿Q，很容易就給自己找到心理平衡，瞬間就能忘記學開車過程中曾遭受的煎熬和不快！

由「艾」字的讀音想到新聞工作者的語言素質

二〇〇三年十一月十日的優頻道十點新聞，在報導由中國新移民帶來中餐新口味的新聞時，新聞記者在這則新聞的最後說，這股熱潮「方興未艾」。這個「艾」字她不是讀的ài音，而是讀的yì音，看新聞看得正起勁的我，忽然覺得她讀的這個字音好刺耳。

一字多音在中文中是很常見的語音現象，有些漢字通常不止一個讀音，而是會有兩個、三個，甚至四個、五個讀音，如「差」字就有五個讀音。新聞記者口中的「方興未艾」的「艾」字也屬於多音字，有兩個讀音，一個讀ài，如「方興未艾」；一個讀yì，如「自怨自艾」。優頻道新聞記者將「方興未艾（ài）」讀成「方興未艾（yì）」，顯然是將這個字讀錯了。

無獨有偶，今年上半年優頻道十點新聞在報導伊拉克戰爭時，張姓新聞女主播在讀到「霰彈」一詞時，曾將這個「霰（xiàn）」字讀成sǎn字，顯然也是讀錯了。與上面情況不同的是，「霰（xiàn）」字只有一個讀音，不是多音字。這樣看來，主播並不認識這個「霰（xiàn）」字，只讀了這個字的下半部分「散」字的讀音，有望文生「音」之嫌。

還有一次，正在整理房間的我，聽到呂姓新聞女主播在播報新聞時，說美國軍艦在附近海域游「戈」，我聽了後先是一愣，過了一會兒才反應過來，明白她是在說美國軍艦在附近海域游「弋」（yì）。很顯然，女主播也不認識這個比「戈」字少一撇的「弋」字。

由此，我想到新聞工作者的語音素質問題。新聞記者也好，新聞主播也好，都屬於新聞工作者這一大的職業範疇。這個職業的從業人員面對的是廣大的電視觀眾，他們的讀音是否準確，將在觀眾中產生很大的影響。讀音不準，會讓知道這個字的正確讀音的觀眾，認為這個新聞記者或者新聞主播不夠專業，從而影響觀眾對這個新聞記者或者新聞主播的印象，甚至會影響到相關電視臺的形象。對不知道這個字的正確讀音的觀眾來說，新聞記者或者新聞主播讀音不準，會對這些觀眾起誤導作用，讓他們誤以為這個字就應該這樣讀，因為電視新聞裡就是這樣讀的。

優頻道十點新聞，向來是我喜歡看的本地華語節目之一，但新聞記者或新聞主播讀錯字，時不時地使我覺得優頻道還有值得改進之處，提高記者和主播的發音水準就是其應該做的一件事情。中國的電視電臺主持人都需要通過普通話考試，拿到普通話合格或等級證書後才能持證上崗。我認為這是一個不錯的做法，值得新加坡借鑒。這樣做雖然不能完全杜絕讀錯字現象，但應該可以大大減少這類現象發生的機率。當然，新加坡要做到這一點，在目前尚有難度。但相關的工作人員應該加強語音訓練，提高語音素質，這可是他們賴以吃飯的本錢，是不能不做的事情。

語音素質問題，說到底是語言素質問題，要解決這個問題其實並不難，勤查字典就是解決這個問題的一個很好的辦法。通過查字典，弄清新聞中每個字的意義及其在不同語言環境中的不同讀音，新聞工作人員就可避免在工作中出現讀錯寫錯的現象。這一方法不光適用於電視臺的從業人員，對電臺、報紙、雜誌等大眾傳媒的從業人員同樣適用。如果媒體從業人員堅持自我進修，不斷提升語言能力，要做到減少讀錯寫錯現象並非辦不到。果真如此的話，那將是廣大新聞受眾的福氣，我相信《聯合早報》也不會再把「戴口罩」寫成「帶口罩」了。

窗外的鄰居・獅城篇

在我曾經居住過的房子外面，有過一些特殊的鄰居曾與我相伴。雖然當時我內心裡並不十分願意有這樣喜歡製造熱鬧的近鄰，可現實並不總是能遂人意願，很多事情都是由不得人選擇的。像我那些窗外愛鬧騰的鄰居們，便是如此，要不要它們做我的鄰居，可由不得我選擇。

獅城生活近十年，曾買過一套五房室的單元房。這套房子無論外部環境、內部結構還是周邊的交通條件，都十分理想。購房手續辦完後，很快就拿到了門鑰匙，一家人喜孜孜地迅速遷入新居。

剛搬進新居時，看著窗外翠綠的樹木參天高聳，多彩的建築鱗次櫛比，每天足不出戶即可飽覽如畫美景，我內心自然充滿無限喜悅。但入住不久，我很快就發現情況似乎有些不妙。我家位處十樓，一面牆朝東，一面牆朝北。東邊牆的窗外有數棵大樹，高度幾乎與我家窗戶持平。我的臥房十分接近這些參天大樹，開窗就能看到樹葉婆娑，樹頂似乎伸手可及。

不知從何時開始，我在週末的早晨再無法安眠，因為從窗外硬擠進來的無數刺耳的聒噪聲毫無謙讓之意，一個個像要爭奪冠軍似的毫不客氣地鑽進我的耳鼓。平日我每天都必須早起上班，本打算在週末以酣睡來補上平日睡眠的嚴重不足，可這個如意算盤很快就被窗外的鄰居們近乎殘忍地粉碎成空。

一個週末的早晨，睡意朦朧、心情煩躁、睡眼惺忪的我氣惱地移開窗戶，異想天開地想跟鄰居們通過協商溝通達至理解，請牠們能放我一馬，暫時安靜一下或轉移陣地，讓我能擁有安睡的週末早晨。但窗戶一開，鄰居們立馬讓我睡意頓消。我被眼前所見嚇到呆住了——窗外那數棵大樹上布滿了黑乎乎的鳥兒，牠們全身上下都是黑的，數目之多，無法計算。只見每棵大樹的枝丫間黑壓壓一片全都是黑色的鳥兒，每隻黑鳥似乎都在張開嘴拚命高聲大叫，個個叫得酣暢淋漓，不亦樂乎。敢說那是我此生所見過的數量最多的黑鳥大聚會。

這些黑嘴黑腳黑頭黑身的鄰居，就是獅城著名的烏鴉。牠們是新加坡最多也最常見的鳥兒，常常數以千百計地聚集在一些大樹上，每天聲嘶力竭地大叫大嚷。很不幸地，牠們其中一個不小的群體也跟我一樣擁有慧眼，看中了我家窗外那幾棵參天大樹，每天早晚都在那邊召開烏鴉國事大會，不分晝夜，廢寢忘食，我從未見其有過任何倦怠。不知何故牠們總像有些所謂民主政體的國會一樣難以達成一致協定，從早到晚吵個不停，其聲之雜，其音之高，恐怕一時無有匹敵。

就這樣，我不知度過了多少個無法安眠的週末早晨，嘴裡心裡不知對這些不受歡迎的鬧人的鳥國鄰居發出過多少詛咒。但牠們絲毫也不在意我的感受，完全無視我的存在，依然故我，每天晨昏都在持續著牠們那沒完沒了的鳥國大會，樂此不疲地共商國是，而我只能絕望地忍受，卻根本無計可施。

又不知過了多久，我覺察到窗外的世界好像發生了改變，我的黑鄰居們似乎突然之間醍醐灌頂，善心大發，讓我在週末的早晨能享受到安寧，不再打擾渴睡酣眠的我。另一個週末的早晨，已然享受到飽睡的我對窗外的鄰居們充滿了好奇，心情很好地想探知牠們為何一夜之間變得如此悟通人性，再度異想天開地打算跟它們打招呼並致以謝意。

沒想到開窗往外一望，發現我的那些黑鄰居們全都已經不見蹤影。正心生奇怪，再定睛往下一看，更吃驚不小，發現那數棵大樹已不知何時被何方神聖剃了光頭，枝葉全無，只剩光禿禿的樹幹。我這才心知烏鴉們大概無處立足，迫不得已另覓佳處另選會址繼續開會。後跟人類鄰居打聽，才知道樓內有人忍功雖沒有我好，卻比我有辦法，懂得向市鎮理事會投訴。管轄我家居住區的東海岸市鎮理事會向來從善如流，居然以如此高招救民於水火，算是為我等庸常無為之小民除掉心頭大恨，真是善莫大焉。

從此我算是過上了安靜日子，能安心享受週末酣眠，日子好像過得挺心安理得，愜意無限，如行雲流水。這樣又不知過了多久，我又聽到了窗外傳來鳥叫聲，但這次不是成百上千的鳥聒噪，而是兩隻鳥的對鳴。從牠們的叫聲中，我判斷牠們好像在討論什麼，似乎有事已經發生或即將發生。開窗往外看過幾次，沒發現明顯異樣，也曾偶爾看到過一兩隻黑鳥兒從窗前飛過，但牠們看到我後，並未駐足停留，我也不以為意，照樣過我安寧祥和的日子。

獅城常年皆夏。我家離馬路不遠，每天馬路上車水馬龍，來往車輛川流不息。我怕熱，怕吵，還怕蚊子，因此一年到頭每天必關窗開空調睡覺。雖然明知這樣做，既費電又費錢，還給咱地球母親增加碳排放，很不環保，心中不乏罪惡感，但為了能擁有足夠的睡眠，有足夠的精力應付獅城每日快節奏的生活與工作，也只好如此，似乎別無選擇。

我家空調主機就放在我的臥房朝東那扇窗下的外牆上。在黑鳥雲集的那段日子裡，主機外殼上時常會有黑鳥光顧，牠們或呆站，或肅立，或嬉戲，或對話，或爭吵，儼然主人一般自在隨意地徜徉其上。因此主機頂殼上面時常有鳥糞點綴，不經意間，看上去宛如一幅幅能散發奇異豐富味道的抽象畫，令人印象深刻。我的內心當然對此深感不滿，這毫無疑問，也勿庸諱言，但面對這樣一群無法講清道理的鳥國鄰居，我除了不滿，還有無奈。而且，牠們每日雲集響應，鳥多勢眾，有鳥嘴數以千計，縱然我擁有三寸不爛之舌，即使我再精力過人，且膽敢與牠們對吵到嘴唇爆裂，也肯定不是牠們的對手。所以我善意地規勸自己還是省省吧，最好是識相點兒，要懂得珍惜我那點原本就不是十分豐饒的口水資源，於是我常常乖乖地選擇沉默，以盡可能節省我自己原本就很有限的人力成本。

由於我不知疼惜的不懈折磨，空調經過長期勞作，終於不勝負荷，頹然罷工。舊的不去，新的不來，我這樣安慰自己，只好忙不迭地去換台新的。就在安裝工人要拆掉舊機換上新機時，我聽到了幾聲嬌脆的鳥鳴。伸頭往外往下一看，原來是工人在舊機的底座上發現了一隻鳥窩，窩裡臥有幾隻鳥的幼雛！那幾隻幼雛還未長出任何羽毛，全身光禿禿的，皮膚呈肉紅色，幼小的身體軟軟地趴在窩裡，眼睛還未完全睜開！那嬌脆的鳥鳴聲就是從這幾隻肉紅色雛鳥的小嘴裡發出來的，讓人聽了不由生出心疼的感覺。

我吃驚不小，甚至有被嚇到的感覺，腦中立即聯想到最近時不時飛來的那兩隻成年烏鴉，馬上明白了牠們為什麼總在窗外盤旋，鳴叫——牠們一定是這些鳥寶寶們的父母！當初牠們對鳴時討論的肯定是這些鳥寶寶！

舊的空調主機最終被換掉了。我不敢看工人們把那些鳥的幼雛放在哪裡，更不敢問他們打算最終如何處理那幾隻幼雛。空調主機被換掉後，那對黑鳥父母曾經回來過多次，沒看到孩子們，牠們每次都邊叫邊離開。在我聽來，那叫聲裡充滿著質問、絕望和悲哀。

在舊機被拆掉之前，我先生曾用相機給鳥寶寶拍了照，但到現在，我都沒敢看他拍的那些照片，甚至都不敢問起那些照片的去向。

早起的鳥兒有蟲吃——兼談新加坡華文處境

近來政府出臺了一系列與華文教育有關的政策，諸如華文B和上大學母語不計分等，這些政策的出臺一時間引得島內輿論一片大嘩。英文報章很多作者在撰文時流露出竊喜甚至歡呼雀躍的態度，而華文報則正好相反，作者大多流露出不安、擔心、失望、痛心甚至憤怒的情緒。

英文報也好，華文報也好，報章作者的反應其實都脫不開一個「華文情結」：或許英文報作者多年來在華文學習上沒有成就感，甚至常常有挫敗感，在他們這方面，「華文情結」意味著困難、沮喪以及由此而導致的厭惡甚至憎恨，有人甚至因此而希望自己不是華人，不是華人就用不著學這該死的、令人沮喪的母語；而華文報作者多年來深諳華語及華文化的美好與博大精深，在華文化的溫暖海洋中如魚得水，在他們這方面，「華文情結」意味著對中華文化之根的深愛與眷戀，以及在華語和華文化中找到的沉著與自信。

其實，凡事都不可能只有單一性，對華語的態度也一樣。同是華人，不可能個個都熱愛華語和華文化，何況華語和華文化多年來使這些人感到困擾。非華人中，也不是個個都對華語和華文化都持排斥和抗拒態度，相反倒有不少非華族對華語和華文化著迷。

最近造成轟動的加拿大人大山等一行在新加坡用流利的華語所做的相聲表演已是一個很好的例證。如果說大山們在中國生活和工作，離我們還太遙遠，那麼生活和工作在新加坡且正勤於學習華語和華文化的華族和非華族人離我們則很近。

我來新加坡不到兩年，但用英文教華語已有一年多的經歷。我的學生大多數是華人，他們分別來自新加坡、印尼、馬來西亞等國家；非華族學生也不少，有英國人、美國人、澳大利亞人、德國人、日本人、印度人等，這些學生大都生活和工作在新加坡。

課間休息的時候，學生們喜歡和我交談。我從他們的談話中瞭解到他們學華語的動機因人而異，有的是覺得自己是華人，講不好華語感到不好意思；有的是自己家裡人都能講很好的華語，自己的華語最差，所以要學好華語，不能輸給他們，最重要的是「不能輸給太太」；有的是為了幫助孩子學好華文，孩子上學華文學不好，感到自己有責任幫助孩子；有的說以前中國不厲害，華語不好沒關係，現在中國厲害起來了，華語不好會吃虧，會輸給別人；還有的是因為所服務的公司與中國公司有業務往來，老闆出錢讓她來學華語，要求她最起碼能聽懂從中國打來的電話，看懂從中國發來的傳真。種種學華語的動機，不一而足。但不管出於什麼學習動機，他們學華語的態度是認真的、執著的，那份認真和執著時時感動著我。

一方面華文教育工作者為華語政策的變動而擔憂華語教學的地位和前途，擔心更多學生不重視華文的學習；一方面成人業餘學華語的市場正方興未艾，越來越熱。這就是當下新加坡華語教育的現狀和處境，這種局面其實頗能讓人深思和回味。

英文中有一句話，「早起的鳥兒有蟲吃（The early bird catches the worm.）。」我們不妨把這些已經意識到華語重要性的人比作早起的鳥兒，他們已經看到了中國經濟崛起後華語廣大的市場需求及潛在的經濟價值，他們在為自己及後代找蟲吃做準備。

華文報上也發表了一些頗有理性的文章，這些作者在文中非常理性地看待華文在新加坡未來的處境和地位問題，他們的觀點包括：讓對華文有興趣的學生更專心地學好華文；讓那些痛恨華文的家長在幫助孩子作抉擇時考慮到不選華文應後果自負，以後不要埋怨政府；相信有更多非華族學生會選華語作第二語文等等。這些看法都是頗有見地、頗為理性的。

其實，聰明的人都知道，在學校裡學好華文比將來工作後再去學華文容易得多，也實惠得多。讀書求學時代，年齡小，記性好，只要肯下功夫，學好華文並不太難且事半功倍；學費也便宜，由於政府對義務制教育投入很多，學生每月只需繳付象徵性的一點學費就可學很多門功課，華文課就包括在其中。而工作以後，年齡增大，工作壓力、社會壓力、家庭壓力等來自各方面的壓力越來越多，記憶力也大不如讀書求學時代，這時再學華文則可能是事倍功半，但由於各種各樣的原因又不得不學；學費方面也比讀書求學時代所付的學費高出很多，因這時的學費如果所服務的公司不予報銷則由自己全額承擔，政府沒有補貼。相信聰明的人稍作比較，孰優孰劣立即就能做出判斷。

中國的崛起已是不爭的事實，華語是世界上使用人口最多的語言，聯合國也早已在一九七三年將華語列為工作語言之一，中國經濟的蓬勃發展又為這個語種增值不少。在世界經濟發展的廣袤原野中正生長著越來越多、越來越有營養的蟲子，而這些蟲子有很多就生長在那塊有華語和華文化浸濡的黃土地上。我的那些正勤於學習華語和華文化的華人和非華人學生們正在讓自己努力成為早起的鳥兒，為自己及後代捕捉有營養的蟲子做好必要的準備。

新加坡人是聰明而又務實的，面對世界新的發展趨勢，相信新加坡家長不會將自己和後代在未來置於被動的地位，定會爭做主動早起的鳥兒，在未來的競爭中有能力去捕捉屬於自己的有營養的蟲子。

如果新加坡家長做出的是錯誤的判斷和錯誤的選擇，一著棋輸，則很有可能全盤皆輸。而我們，畢竟誰都不想成為輸家。

致敬和祈禱——致一位北大學生的公開信

這位可愛的北大學生：

你好！

我在五月五日的《聯合早報》上讀到了你在中國青年報網站上的那封信：《請為我的父母祈禱》，內心深為感動，眼裡也禁不住流下了激動的淚水。

我為你擔心父母受感染而阻止他們去醫院工作，甚至要他們辭職由你來養活他們而流露出的對父母的愛而深深感動，我也為你父母在醫院同意可以只去一人的情況下卻決定夫妻同去的無私和無畏精神而感動，我還為你們一家人——父母與孩子之間，夫妻之間——所表現出的對彼此深深的關愛和濃濃的親情而深深動容。你的這封信讓我感動不已！就像你在信中所呼籲的那樣，從讀完你的信的那一刻開始，我就已經在為你父母祈禱，而與此同時，我也想借這封信向你的父母送上我對他們的敬意和祝福。

當下國內非典肆虐，北京、香港、廣東、山西等地被世衛列為高染疫區，其他地區也陸續相繼染炎，如不加快控制疫病傳播的步伐，可能有更多地區和個人會受到這一可怕瘟疫的影響，甚至會有更多國人因此而丟命，相信這是你我都不願看到的局面。而你的父母親，身為醫務工作者，深深懂得此時自己肩負的責任和重擔，你父親說得多好啊，「在這個國難當頭的時候，決不能愧對醫生這個稱號，這是最起碼的職業道德。」看到你信中所寫的你父親所說的這句話，我不由地對你父母，對像你父母這樣的醫務工作者肅然起敬。

我們的國家，現在真的是國難當頭，新一屆政府正帶領全國上下奮力抗炎，與這個看不見摸不著的可怕敵人進行著一場不知道會持續多久的戰爭。在這場人類與瘟疫的較量中，站在最前沿的戰士就是像你父母一樣的醫務工作者，他們在自己的工作崗位上努力消滅病毒，把染炎的病人從死神手上搶救回來。正如你所言，「他們本來就不是什麼崇高的偉人，他們就是普普通通的老百姓，只是在這個時候忠於職守而已。」「治病救人」乃醫生的天職，以你父母為代表的這些「本來就不是什麼崇高的偉人」的「普普通通的老百姓」「在這個時候忠於職守」的醫務工作者們正是牢記著他們的天職，在這種非常時期堅守崗位，以自己最大的努力去打這場人類對抗瘟疫的戰爭。他們是可以被稱作英雄的，他們在這種非常時期的堅守崗位就顯得尤其崇高和偉大，我們都應該向你父母致敬，向與他們一樣戰鬥在最前沿的醫務同行致敬。

你是一名北大學生，你對父母深深的愛讓我感動不已，你因愛他們而怕他們染炎甚至怕失去他們，因而阻止他們回醫院工作，甚至要他們辭職以後由你來打工養活他們，你的這些舉動我也非常理解。身為人子，你對父母的深愛、孝順和眷戀，這種拳拳之心讓我動容，相信你父母也會為你開始成熟和懂事而感到驕傲和放心。但是，別忘了你除了身為人子之外，你還是一名北大的學生。北大是中國數一數二的品牌高校，相信他所招收的學子也具有中國大學生中數一數二的素質。在國難當頭的時候，北大的學生從來都沒有退縮過，相信你對北大的校史並不陌生，這所百年名校，從來就在中國各個不同的重要歷史時期扮演著重要的角色，為中國培養了數不盡的英才。而你，相信也是其中的英才之一，眼下正值國難當頭，你也應該向你父母學習，向北大的英才前輩學習，和北大學生以及國內其他大學學生一起負起大學生應該負起的責任，與學校，與政府團結一心，共同對付非典。你現在應做的，除了為你父母祈禱之外，還要支持父母，理解父母，你應該為自己擁有這樣一雙相親相愛、無私無畏、忠於職守的父母而感到驕傲！

讓我們一起來為你父母，為那些和你父母一樣戰鬥在抗炎第一線的所有人祈禱，為他們祝福，向他們致以崇高的敬意！

祝你健康，堅強！

鼻子的故事

人的一生中總會遇到一些貴人，梁任靈醫生就是我此生所遇到過的貴人之一。認識梁醫生是因為我的鼻子。在認識梁醫生之前，我那代價昂貴的鼻子已經困擾了我超過二十年。

我的童年時代正值中國歷史上著名的「文革」時期，大人都忙著唱紅歌幹革命去了，我們這些做孩子的即使每天拖著鼻涕，大人也不會認為是多嚴重的事情，從沒有認真對待。這在別的孩子那兒可能真沒什麼，可在我這兒，就成了一件困擾我二十餘年的大事。

我不知何時患上了慢性副鼻竇炎，被告知這一病情時我已經是一名大三學生。當時學校對面的醫院說我鼻胛肥大，切除後會減輕病情。我當然希望這煩人的病快點好，於是就聽醫生的，同意他把我那所謂的「肥大的鼻胛」切掉。還記得他切除了我那「肥大」的鼻胛後，把它們放在醫院常用的雪白的盤子裡，拿到我面前給我過目。醫生竟然還以開玩笑的口氣問我要不要永久保存它們做個紀念，嚇得我趕快閉上眼睛連連說「不要」「不要」。

手術後我的病情並沒有明顯好轉，過後還多次做鼻腔穿刺以及鐳射治療以加強療效。

雖然經受了不少治療時所伴隨的難受和痛苦，所付出的時間和經濟代價也不算小，但是這些方式實際上療效甚微，因為我還是無法擺脫鼻炎的困擾，依然是鼻涕不斷，呼吸不暢，甚至常常喪失嗅覺。

讀碩士時又嘗試做了一次手術，這次手術比上次的更大更痛苦更恐怖。起因是我先生有一高中同學是一名牙醫，他的太太也是學醫的，當時在武漢最有名的一家醫院任耳鼻喉科實習醫生。在瞭解了我的痛苦和困擾後，有心相助的她說她所任職的這家醫院醫術和設備都很好，還有名醫擔綱，因此鼓勵我去她任職的這家醫院再做一次手術，她的醫院有當時最先進的內窺鏡設備，應該有把握解除我多年的鼻炎痛苦。這位太太既是熟人，又是醫生，還有心幫我，當時的我也有點病急亂投醫，聽她這麼一鼓動，我決定再試一次。

萬萬沒想到的是，這次我竟成了這家醫院實習醫生們的試驗品。雖有這位實習醫生的熱心相助，但我住進醫院後不光沒見到所謂的名醫為我做手術，後來還發現為我做手術的實際上都是實習醫生。更糟糕的是，我在住院的某一天深夜還差點被術後塞在鼻子裡的紗布噎死，整個治療過程中我也不曾看到內窺鏡為何物。可想而知，這次手術再度失敗，只是在我求醫的經歷中多了一次不成功的痛苦記錄，使我在鼻子上付出的代價更加高昂而已，現在想來，那時簡直像做了一場惡夢。我因此一度對我的鼻子絕望，以為那倒楣的鼻涕會伴隨我一生，此生再也不能隨意自由地聞香聞臭，無緣用鼻子享受生活百味，直到我認識梁任靈醫生——我此生所遇到的貴人之一。其時我隨丈夫移居新加坡已有數載。

新加坡常年皆夏，沒有冬季，空氣清新潔淨，這種氣候和環境應該對我的鼻子有利。但這裡的大多數建築物內都安裝有空調，冷氣設備無處不在，因此建築物內外溫差很大，我的鼻子依然給我帶來不少困擾，有時甚至鼻涕眼淚齊流，以至於不少同事和朋友誤以為我被人欺負或因情緒欠佳而在傷心難過。在這種情況下，我又萌生了求醫的願望，於是我去了住家附近的綜合診療所，要求診療所的醫生把我推薦到新加坡中央醫院。

到了中央醫院，負責接待我的原本是一位年輕的女醫生，在聽了我對鼻子病情的傾訴後，她很直截了當地對我說：「你的鼻子病情太嚴重複雜，有超過二十年的病史，我可能沒有足夠的能力幫你解除痛苦。如果你不介意的話，我介紹我的大醫生給你治療。」我一聽，心中大喜，欣然同意。有大醫生出馬，豈有「介意」之理？於是立馬站起身，趕緊隨她去見她所說的大醫生。這位大醫生就是我前文所提到的命中貴人之一——梁任靈醫生。

初次見面，眼前的梁醫生正處中年，溫文爾雅，熱情有禮，給人自信友善、精明能幹的印象。在聽完了我對病情的再次訴說之後，他說需要先服藥，做幾次鼻腔檢查，等檢查報告出來後再決定下一步的治療方式。對醫生的建議我自然是言聽計從，回家後乖乖按醫囑服藥，依照預約時間去醫院複診檢查，直到全部所需的檢查結果出爐。

每次看診時，梁醫生都用內窺鏡仔細檢查我鼻子的每一個部分，讓我與他同步親眼觀看內窺鏡中我鼻腔內的各個部位，清楚而又耐心地解釋我的病況，直到我能充分瞭解治療的進展為止，態度從來都是一絲不苟。就因如此，我對梁醫生的醫術和能力越來越有信心，也儘量主動配合他的治療，期望早日治好這令我頭痛的可惡的鼻炎。

幾個月過後，所需的鼻腔檢查終於都做完了，梁醫生看完全部檢查報告後告訴我，要想早日減輕痛苦，最快的方法還是做手術，但這次只需在醫院住一個晚上，而且他保證我不會再遭受前兩次那樣的痛苦。他說雖然他不能保證根治我的鼻炎，但他可以保證解除我百分之九十五以上的鼻炎困擾。聽到梁醫生充滿信心的保證，雖然對前兩次的手術失敗仍然心有餘悸，我還是忍不住躍躍欲試——我太想擺脫鼻子給我帶來的痛苦和困擾了。

回家跟丈夫商量後，我決定為鼻子再上手術臺。梁醫生果然沒有食言，更沒有讓我失望，我真的只在醫院住了一個晚上，完全沒有遭受如前兩次那樣的痛苦。術後第二天上午，梁醫生來病房查房，他告訴我拆除了紗布藥條後我就可以回家了。聽到可以出院的消息後我簡直不敢相信自己的耳朵——這麼快就可以出院？就這麼簡單？手術這麼快就完了？這真是令人難以置信！

出院前梁醫生交代我回家後該如何服藥及護理清洗傷口，儘量避免讓傷口感染。我當然言聽計從，一一照辦，在多次回醫院做術後的檢查和複診後，梁醫生向我宣布：「我不敢說百分之百治好了你的鼻炎，但我敢保證你鼻腔內最少百分之九十五以上的受感染地帶治好了，不會再給你困擾。你可以不用再來醫院了，因為你的治療結束了。」天哪！這是真的嗎？我的鼻子真的不會再終日鼻涕湧流了？梁醫生哪，你知道嗎？你是我生命中的貴人呢！

不需要再回中央醫院複診後，我就沒有再見到梁醫生，但我心中並沒有忘記這位給我鼻子帶來福音的命中貴人。後來，我在《聯合早報》星期天的有關版面中時不時地讀到一些專訪梁醫生的文章，這才知道原來梁醫生是鼻科方面的專家，是新加坡著名的耳鼻喉科醫生。他當時除了在新加坡中央醫院任職以外，還同時擔任伊莉莎白醫院雅善（ASCENT）耳鼻喉科的主治醫生。原來如此！梁醫生醫術如此高明，而我竟然遇到了這位名醫，真是何等幸運哪！

從手術到現在有將近五年的時間了，我的鼻子真的不再有膿涕相伴，我已擁有靈敏的嗅覺，能隨時聞到生活百味，這全都是梁醫生的高明醫術給我帶來的生活福音。每念及此，心中充滿無限欣喜，也不由得對這位獅城名醫充滿無限感激。

下篇

澳洲瞭望

雙虹之城墨爾本

以前從未見過天空中出現過雙虹現象，直到我來到墨爾本。

第一次來墨爾本時，正是一個下雨的日子。那天從機場到家後，稍事休息，先生就開車帶我和兒子去鄰近的購物中心吃飯購物。我們一家到達購物中心外面的停車場時，雨已經變得很小了，夕陽開始在西天璀璨放光。

跨出車門，昂首望天，我被從未見過的雨後美景震懾住了：天上，就在購物中心的上空，竟然並排懸掛著兩道彩虹！我忍不住內心的驚喜，單手指天，對著絢麗的雙虹，揚聲高叫：「瞧，天上有兩道彩虹！」

抬頭仰望雨後的天空，兩道彩虹如兩條彩帶，整齊地呈弧狀飛越天際。而彩虹下的購物中心，則因頭頂著雙虹，宛如女王剛剛加冕，正放射出別樣的光芒，閃耀著迷人的光輝。雖然雙虹氣勢一強一弱，顏色一濃一淡，肉眼依然能夠看得出這兩道虹彩的清晰輪廓。那時空氣中似乎仍飄飛著細細的水珠，在夕陽的金光照射下，那些水珠反射出的太陽光輝，與天上的兩道彩虹交相輝映，讓我感到自己恍若置身于七彩的世界，不似生活在平凡的人間。

「好兆頭！」先生說，「墨爾本用兩道彩虹歡迎你和兒子，說明你們在墨爾本的生活將會像彩虹那般美麗！」真的嗎？希望真是如此！雖然我非迷信之人，但初來乍到，就在墨爾本看到了之前從未見過的自然美景，內心裡還是非常驚喜與興奮，真心希望借先生吉言，我們一家人在墨爾本的生活，能過得美如虹彩。

來墨爾本久了，雨後的雙虹現象時不時能夠見到，我因此知道它是墨爾本這座南半球大都市的常見雨後美景。有次一家人開車去大洋路旅行，那天的天氣時雨時陰時晴。快到著名的大洋路大門入口時，我們的車剛好行至一道大斜坡的坡頂，那時已是雨過天晴，雲開霧散。那道斜坡並不陡，但很長，車在斜坡頂端時，我就已發現了天上的那兩道彩虹，驚喜於我們的車與彩虹剛好正面相對，所以我得以有極佳時機和角度，近距離欣賞彩虹。從坡頂到坡底，我們有意放慢車速，好讓自己有足夠的時間，把前方那兩道彩虹欣賞個夠。

與購物中心前我們曾見過的那兩道彩虹不同，眼前的這兩道彩虹下面，是一望無際的深藍海面。那天雖然曾經下過雨，但大海卻脾氣溫和，海水也波瀾不驚，除了車窗外那道窄長蜿蜒的海岸線，沒有任何別的東西干擾我的視線，更沒有其他東西分散我的注意力。在無垠平靜的藍色海水和遼闊悠遠的灰白天幕襯托之下，雙虹那兩道完美的拱形彩帶，在我眼前優雅清晰、氣勢恢宏地盡情舒展。它們看上去乾淨俐落，毫不拖泥帶水，我的視線能毫無障礙地追隨那絢麗的雙虹，得以無盡延伸到天邊。

車到坡底，右轉向前，這時我們前進的方向剛好與兩道彩虹平行。雖然此時我們的車速已經加快，但在很長的一段路上，我們的大洋路之行都有這兩道彩虹忠誠相伴。我當時坐在副駕駛的位置，一路上都能看到這對美麗優雅的彩虹與我們一家人緊緊相隨。我內心中還因此暗暗感到欣喜，覺得這次到大洋路遊玩，簡直就像是一趟上蒼善意賜予我們的雙虹之旅，天然浪漫，華美動人。那天我們一家人的心情，自然也宛如那兩道美麗迷人的彩虹，繽紛多彩，絢麗多姿，美好愜意無限。

墨爾本的雨後雙虹景象看得多了之後，我心裡的驚喜程度已不如初見它時那麼強烈，但仍時不時還會被上蒼的虹彩神筆所勾勒出的雨後美景刺激得一驚一乍。記得有次週末黃昏之時，我和先生步行去住家附近的超市購物。去時，天空正飄著霏霏小雨，待我們購物結束從超市出來時，已經雨住天晴。不用說，我們又看到了天上高高懸掛著兩條美麗優雅的拱形彩帶。不止於此，西天的太陽已經落山，我們那時已看不見太陽溫情的笑臉，但太陽的餘暉所散發出的橘色光芒，卻正在濃墨重彩、喜慶熱鬧、轟轟烈烈地，把西天烘托渲染得宛如金碧輝煌的宮殿。先生和我都被此時此刻的西天美景所震懾，那情景，那一刻，我們竟不約而同地想到了天堂。因為在我們的心理意念之中，如斯美景，只可能歸屬天堂，人間怎會有此收藏？身為普通凡人，卻能在平凡人間，意外窺見天堂非凡美景，我們竟感到自己此時彷彿置身天堂之中，或者至少已窺視到天堂一角，嗅到了一絲天堂的氣息。有緣得見天堂美景，我自覺已是有福之人，此番人間之旅，當屬不虛此行了。

迄今為止，雨後雙虹現象，我在墨爾本已經見過不計其數。在我眼裡，墨爾本已是當之無愧的雙虹之城。雙虹美景，已成為美麗大氣、文雅沉靜的墨爾本不可分割的一部分。能生活在這個雙虹之城，我等凡間子民，不知能否算作天下幸福之人？

由木質電線杆透視澳洲人的環保意識

澳洲是地球上最大的一座有人居住島嶼，也是世界上最小的一塊大陸。來澳之前，我看過一點有關這個南半球島國的資料介紹，瞭解到這裡有數以千計的物種是世界上其他任何地方都沒有的，心中不免對這個國家這座島嶼這塊大陸懷有一些神祕感，覺得這兒似乎是一塊神奇的土地，很想一探為快。

初次登陸澳洲，我選擇去柏斯，其時我正旅居獅城。柏斯是離獅城最近的一座澳洲城市，也是獅城人假期出遊時首選的旅遊目的地之一。一腳踏進柏斯，我心中有點明白為什麼獅城人喜歡來這裡——這是一個與獅城風格完全不一樣的地方，是西澳最大的城市。說是城市，這裡卻沒有許多都市常見的那種擁擠洶湧的人潮、喧鬧擾人的市囂、快捷緊張的節奏，她土地廣袤、視野遼闊、寧靜平和、安詳舒緩。一句話，置身其中，你身上原有的壓力與緊繃的神經，立刻就會得到舒緩與鬆弛；你馬上就能意識到原來天空竟然可以如此闊大無邊，視線竟然可以如此無限伸延；你可能會真正懂得什麼叫「萬里無雲」，也可能會明白天空和海水「湛藍」是什麼意思。

遍走柏斯城區與郊外，西澳獨特的風景令我著迷：無盡伸展的牧場，五彩繽紛的牛群，滾圓肥壯的綿羊，奔跑跳躍的袋鼠，慵懶安靜的樹熊；參差多變蜿蜒的海岸，湛藍遼闊無垠的大海，潔白乖巧可愛的海鷗，金黃起伏耀眼的沙丘，碧綠整齊綿延的葡萄園，……。種種美景，不一而足，卻都無不令我印象深刻，歎為觀止，深感此行不虛。

在所有見過的美好景致中，有一種特殊的景致給我留下特別深刻的印象，讓我對澳洲產生別樣的情懷，對這個獨特的國家之所以獨特有了自己的理解。這種特殊的景致就是樹立在道路兩旁的那一排排有別於其他國家或城市的木質電線杆。這是一種用原木製作而成的電線杆，對久居現代大都市且見慣充斥著鋼筋水泥都市森林的我而言，這種木質電線杆不僅給我帶來一陣小小的文化衝擊，讓我不由產生一種回歸田園的恍惚與夢幻感，也讓我有些明白這個偌大的南半球國家為什麼既現代又原始，為什麼它既能躋身於世界發達國家行列，卻又能成為這個已染重病的地球上眾多物種最後賴以棲息與生存的家園。

後來，我選擇墨爾本作為我後半生的居住地。來到墨爾本，這個澳洲第二大城市，它曾多次被評為全球最宜居的城市，無論是城區還是郊外，只見它也和柏斯一樣，木質電線杆隨處可見。這種現代都市的原始風格，讓我再次確認了自己對澳洲的理解——我從木質電線杆的製作與使用，看到了澳洲人的環保意識，看到了澳洲政府與普通民眾在環保方面達成的共識與默契，看到了澳洲官方與民間共同為環保所做出的努力。

來到澳洲時間久一點之後，我發現澳洲人的環保意識特別強，政府管理到位，民眾也自覺合作。這種強烈的環保意識，除了體現在木質電線杆的製作與使用外，還從其他很多方面也可看出。

先看官方的作為。

澳洲政府不光用原木做電線杆，也用原木製作很多其他日常生活中常用的東西，比如汽車停車位後邊的分界堤、各種公共場所的防護欄、板凳、座椅、地板、臺階和扶手等等，這個國家對原木的利用率遠遠高於我曾生活居住過的其他城市或國家。這些用天然原木製作的東西，對人和自然都不會造成污染與傷害，即使時間久了，遭遇損壞或腐爛，它們仍然能夠回歸自然，化作泥土，成為肥料，對人類和地球有益無害，因此澳洲人用原木製作各種用品是非常環保的一種做法。

來過澳洲的人都曾親身經歷、親眼見識過澳洲機場安全檢查有多嚴格，這裡有著或許是世界上最嚴格的機場安檢。澳洲要求入境乘客，不管是本地人還是外來者，都要填寫所攜行李物品申報表，聲明自己有否隨行李攜帶違禁物品，特別是動植物以及用動植物為原料製成的各類產品，包括藥物、食品、標本、種子、工藝品等，都必須一一申報。若無申報，或申報後經查屬違禁物品，這些物品輕則會被海關人員沒收丟入專用垃圾桶，重則會被值勤官員採取更進一步的行動或更強硬的措施。澳洲實行如此嚴格的入關檢查，不外乎是為了防止入境者從海外帶入不利本地生態環境的有害病菌，以對本土動植物及人類生存環境盡可能加以保護。嚴格的海關檢查看似不近人情，但澳洲政府對本土環境保護的認真態度，卻由此可見一斑。

從二〇一二年七月一日起，澳洲政府開始向企業徵收碳稅，目標主要針對那些在澳洲設廠的碳排放較重的污染大戶，首批受到影響的企業超過五百家。所徵收的稅費從二〇一二－二〇一三年的每噸澳幣二十三元，逐漸過渡到二〇一三－二〇一四年的二四・一五元，二〇一四－二〇一五年的二五・四〇元，年增幅達二・五%。從二〇一五年一月一日起，稅費多少再根據當時的市場決定。這項政策一經推出，在澳洲社會引起的反應有贊有彈。雖然不乏反對之聲，澳洲政府卻無意退縮，實施此項政策心意已決，志在必行。其降低企業碳排放、減少地球溫室氣體效應、保護澳洲生態環境的毅然決然之心，也因此不言自明。

再看民間的呼應。

政府保護環境態度堅決，民間也似乎不遑多讓。普通民眾以實際行動，在在顯示自己不願做環保的局外人。不管是在墨爾本的城區還是郊外，我很少能有機會看到垃圾成堆無人清理、各種包裝袋在空中隨風快樂起舞的現象。即使是在一些表面上看似無人照管的郊外，特別是那些有山川湖泊的所在，或開闊寧靜的海灘，普通民眾常常喜歡在這些地方遊玩漫步、燒烤聚會、談天嬉戲、悠然垂釣、休閒娛樂。我也幾乎沒看到遊人遺留下的成堆垃圾，甚至在這些地方可能連垃圾桶都見不到，常常只見有關部門在這些民眾樂於遊玩的地點放置一塊牌子，上書「把你的垃圾帶回家」字樣。向來習慣於守規矩的澳洲人在聚會結束後，都會很自覺地按照告示牌上的要求，真的將垃圾各自帶回家丟進自家垃圾桶。而那些被遊人使用過的場所，在玩樂放鬆的人群離去之後，卻能依然乾淨如常。

澳洲的普通民眾也很熱愛大自然，居民們將各自住家周圍的環境保護都做得很好。外出漫步時，只見眼前家家草地綠草如茵，庭院鮮花四季常開，路旁或院中果樹碩果累累，花香果香芬芳四溢。居民住宅用的院牆多半都是用木質、草質、藤質材料製作或磚塊砌成，鮮少有人用金屬或其他非天然材料來製作自家的住宅圍欄。這不光是出於省錢的考慮，更體現出澳洲人熱愛自然、樂於環保的良好社會傳統。

澳洲居民每家都配有三個不同顏色的垃圾桶：紅色桶放生活廢料，黃色桶放可再回收垃圾，綠色桶放花草樹枝等植物垃圾，各類垃圾回收分類清楚，我也從未見有哪家人亂扔垃圾。管理部門每週都會在規定的時間裡，派不同的垃圾車來收取各種已被居民分類的垃圾。居民們在垃圾被運走後，再將自家各種空垃圾桶收回，新的垃圾仍將會被分類放入各色相應的垃圾桶裡，如此形成良性循環，周而復始。管理部門和社區居民都默默遵守既有約定，大家都很守規矩，官民之間配合默契，民眾之間也很有默契，彼此和睦共處，和諧共存。迄今為止，我從未見鄰里之間有任何摩擦與衝突發生，鄰居們見面都開開心心，互相點頭微笑，或招手致意，或停步問好，或站立敘談，讓人感覺這個社會真的十分和諧，社會心態非常從容淡定，遠非急功近利、心浮氣躁的社會心態所能比擬。

除了垃圾分類之外，有不少澳洲家庭還使用再循環水或雨水，來清潔家園或澆灌庭院中的花草樹木，並在自家屋外釘上一塊告示牌，上書「Tank Water/ Rain Water/ Recycled

Water in Use」（「（本戶）使用水箱水／雨水／回收水」）等字樣，表明屋主的用水態度或做法，暗示主人對環保的支持立場。那些告示牌尺寸不大，長不過二十釐米，寬約五釐米，上面刻寫的字也很小，如果不留意，路過的行人還不一定能看到。由此可見主人行事低調，他們並不刻意張揚自己有多麼熱愛環保，好像環保是一件多麼自然的事情，早已與生俱來地融入到他們生命的血液之中，成為生活中不可或缺的一部分。而低調不喜張揚，似乎向來都是澳洲人行事處世的主導風格。

從上述自官方到民間的舉動中，我明白了為什麼在很長的時間裡，澳洲的許多城市在世界宜居城市排行榜中位居前列。那是因為澳洲人骨子裡有著強烈的環保意識，上至政府官員，下至普通民眾，澳洲人都願意順應自然，不刻意與自然作對，齊心對環境加以保護，努力維護天然的自然生態，不會為了面子工程和表面光鮮，更不會為了爭排名和世界第一而去戰天鬥地。澳洲人有自己的生活與發展風格，他們心態平和，步伐穩健，節奏從容，用心維持自己的高品質生活環境，盡力打造自己理想的優質家園。這一點，足以值得所有澳洲人為之驕傲。

窗外的鄰居・澳洲篇

初來墨爾本時，感覺自己的日子過得甚似神仙。不再被忙碌而快節奏的生活壓得喘不過氣來，遠離喧鬧的市囂和紛擾的人事，蟄居於寧靜寬敞清潔的居住環境，享受澳洲便利現代的生活設施，我因此曾這樣給墨爾本定位：這裡既有都市的現代便捷摩登動感，又有鄉村的寧靜平和從容舒緩，的確稱得上是人類理想的居住地。生活在這裡，我感覺自己置身于現代世外桃源。

但有時候，安寧祥和的日子會被不速之客打破寧靜，煩惱可能就會由此滋生。在墨爾本居住了一段時間後，我寧靜的生活中憑空冒出了一位不速之客，由於它的出現，我的家居生活因此增加了些許煩惱和無奈。

某個週末的晚上，我陪兒子打球歸來，正欲一腳踏上門前的臺階，忽聞前院那棵大樹附近傳來一陣令人毛骨悚然的聲音。這聲音低沉，粗啞，呈散射之勢，宛如一些驚悚片中那些殺人惡魔在對獵物下手前，因生氣憤怒或興奮激動而發出的低沉而恐怖的嘶吼。這叫聲我之前從未在現實生活中聽到過，嚇得我頭皮發麻，汗毛直豎，雞皮疙瘩直起，甚至連冷汗也冒出來了。由於天黑，除了黑魆魆的樹影，別的什麼也看不清。黑夜中聽到如此恐怖的聲音，我當然感到害怕，不由緊張地問：「什麼聲音？」兒子說：「是Possum。」兒子比我先來澳洲，對澳洲的瞭解也比我多。「什麼是Possum？」我又問。……

就這樣，那天晚上，Possum成了我們一家人談得最多的話題。從此以後，Possum進入到我的家居生活之中，時不時地成為我家的不速之客。看那架式，它硬是要來做我家窗外的鄰居，常常打破我桃源生活的寧靜，樂於時不時地讓我心驚，更時不時地帶給我煩惱和無奈。

在那晚之前，我對Possum這種動物一無所知，聞所未聞。經過那晚Possum用叫聲對我發起的「恐怖襲擊」之後，我對這種很「嚇人」的動物產生了好奇。在對字典和網路進行一番搜索之後，我對Possum算是有了一些皮毛認識：牠還有一個英文名字，叫Opossum，中文把牠翻譯成「負鼠」，是一種尾部擁有捲握力的原始小有袋動物，能用尾巴緊緊地纏繞在樹枝之類的東西上面，也能隨身攜帶幼鼠到處奔跑。牠的頭部長得很像老鼠，身軀及尾部卻很像袋鼠，但個頭比袋鼠要小得多。身型小的負鼠只有老鼠那麼大，最大的也不過像貓一樣大。性情溫順，常常夜間外出，捕食昆蟲、蝸牛等小型無脊椎動物，也常以一些植物為食。平時喜歡生活在樹上，能在疾奔中突然立定不動，這種快速剎車的本領，世上好像還沒有其他動物能與其匹敵，因此牠享有動物界「剎車能手」的稱號。負鼠的天敵有狼和狗等等，但在遭遇敵害時，牠們也有絕活來躲避，比如裝死，還會從肛門旁邊的臭腺排出一種惡臭的黃色液體，使對方相信牠已死，甚至已腐爛發臭，從而放棄對牠們採取進一步的攻擊行動。因此Possum這個英文詞，在美國口語中也有「裝死」或「裝蒜」之意。

在對負鼠作了一些基本的瞭解之後，知道牠不會對人類進行攻擊，給人造成實質性的身體傷害，我就對牠沒有感到那麼恐懼了。但牠愛夜間活動的習性，以及牠毫不體貼的鬧人舉動，卻讓我對牠產生厭煩之心，而不太願意對其施予憐愛之意。

一日半夜，我在酣睡中被一陣恐怖的響聲嚇醒，一時竟不知自己身在何處，以為自己置身於噩夢之中。仔細聽來，聲音好像來自屋頂天花板，感覺那上面正有萬馬奔騰，我的恐懼感再度油然而生。搖醒身邊仍在熟睡的丈夫，他睡意正酣，不以為意，只朦朧含混地說：「是Possum。」天哪！一隻負鼠居然有這麼大的能量，讓睡夢中的我以為天花板上有千軍萬馬在衝鋒陷陣。丈夫又含糊地說：「不是一隻，是兩隻。」噢，原來如此！負鼠也怕孤單，也會呼朋引伴，眼下正享受聚友之樂，在我家天花板上互相追逐撒歡呢！可牠們一撒歡，我不就很慘咯?!

在往後的日子裡，類似的情形時有發生。我雖不再像以前那樣懼怕負鼠，可牠這麼鬧人，尤其是在三更半夜，在我睡意正濃時製造出如此巨大的動靜，竟然把牠的歡樂建立在我的痛苦之上，這讓我實在有點吃不消。於是慢慢地，我心中開始滋生出對負鼠的厭煩怨恨之情，心想有沒有什麼辦法能讓牠離開我家，不要生活在我這個小小的院落裡，因為我喜歡安靜，不喜歡有這麼愛製造熱鬧的近鄰，何況牠還特愛晚上在我家窗外和屋頂鬧騰，發出的聲音竟然如此恐怖瘮人。

沒過多久，機會來了。有天晚上，剛入夜不久，周邊的人類鄰居和我們一家人都還沒有就寢。有兩隻負鼠在我家屋頂、電線以及鄰居和我家後院的柵欄上，追逐嬉戲，鬧得很歡，弄出很大的聲響，還驚動了鄰居家的小狗。狗和負鼠原本就是天敵，兩仇相見，彼此當然分外眼紅。鄰家小狗激動異常，跑到他家後院裡，對著負鼠好一陣狂吠。負鼠似乎也不甘示弱，以其招牌式的恐怖嚇人的低沉嘶吼回敬小狗。一時之間，小狗和負鼠你吠來我吼去，你來我往，禮尚往來，我們兩家的後院頓時好不熱鬧！

我打開後門，走進後院，居然能有機會一睹負鼠的廬山真面目。那天晚上有月亮，加上我家以及多個鄰居家的燈光映照，後院的光線和能見度很好。我很幸運，可以很清楚地看見有兩隻負鼠一前一後地站在後院的圍欄上，正和鄰家小狗「吵」得正歡。看到我正向牠們靠近，牠們停止和小狗「吵架」，轉而面向我所在的方向走來。這兩隻負鼠身型較大，有著閃閃發光的亮眼，深灰色或灰褐色皮毛上摻有雜色。如果沒有事先瞭解到的一些有關負鼠的知識作鋪墊，我一定會認為眼前的這兩個鬧人的傢伙是兩隻野貓，因為從外形看，夜色中的負鼠跟野貓長得非常相像。

我不願意牠們當晚再度打擾我的睡眠，因此想把牠們轟走。於是我先用聲音和手勢轟趕牠們，但這一招顯然徒勞無功，收效甚微。這兩隻負鼠對我的用意和作為根本無動於衷，完全無視我為了轟牠們走所做出的一切努力。牠們依然故我，很優雅地在圍欄上邁著模特步子，好像在挑釁和示威，一副「看你能把我怎們樣」的驕傲和蔑視表情。而我想要轟走牠們的心意已決，見用聲音和手勢不起作用，就回家拿出長長的掃把來繼續轟趕牠們。這時兒子走出來說，澳洲動物保護法規定，居民不可私自抓負鼠，要趕走負鼠得付費請專業人員上門。這時我才明白，為什麼負鼠弄出如此鬧人的動靜，而周圍的人類鄰居卻如此有涵養和包容心，竟然沒有一個人出來想辦法對付牠們，原來鬧人的負鼠有嚴格的澳洲法律作靠山！既然如此，我又能奈牠何？只好草草收兵，回家繼續加強修練自己的忍功！

幸運的是，那兩隻負鼠大概還是能善解人意的，牠們也許明白自己在這裡不受歡迎，或者是良心發現善心大發，那天晚上牠們沒有再製造更多動靜，或者是主動離開我家後院到別的地方繼續撒歡去了。因此我當晚的睡眠沒有受到負鼠的干擾，而且從那晚以後有較長的一段時間，我沒有再聽到負鼠發出那種招牌式的令人心悸的低沉嘶吼，內心裡還曾暗暗為此感到慶幸。

但安寧的日子沒有持續多久，負鼠又再度回來打破我生活的平靜，而且鬧得讓我有點哭笑不得。某天早晨，我打開前門時不禁嚇了一跳，因為我看到門前有不少黑乎乎的髒東西，這些髒東西從門口一直延伸到車庫旁邊的臺階。我百思不解，起先我以為是鄰家孩子頑皮時的惡作劇，但根據我平時的觀察，我不覺得有哪家的孩子會做出這種事情。而且那些髒東西看上去好像是屋簷水溝中長期積存下來的，鄰家孩子不可能有這些東西拿來搞惡作劇。等到兒子回來後問他，他說應該是負鼠幹的，鄰家孩子不可能幹這種事情。聽兒子這麼一講，我出門站在前院往屋頂上看，覺得兒子的猜測有道理，因為屋簷邊還掛著一些和門前地上一樣的髒東西，而且地上的那些髒東西排成一條線，那條線剛好就在屋簷下面。

這時我回想起前一天晚上，屋頂上異常熱鬧，負鼠們在屋頂上鬧騰了大半夜，牠們鬧騰的方向和髒東西掉落的方向一致。晚餐時跟先生提起這件事，先生開玩笑說，負鼠這是在報復我上次拿掃把轟牠們走！真的嗎？這太離譜了，負鼠還會報仇?!雖然我不相信先生說的是真的，但也找不出有力的證據，證明負鼠不會找機會向人類報仇，畢竟我對這種亦鼠亦貓亦袋鼠的慣於擾人的小動物知之甚少，所以無力反駁。真是讓人哭笑不得的小東西！

但自那次用掃把轟趕牠們之後，負鼠的確再沒有每天來鬧事，有段時間甚至銷聲匿跡。我只偶爾在傍晚和先生外出散步時，看到牠們沿著電線無聲地在空中飛速移動，其行動的敏捷程度會令所有玩雜技和走鋼絲的人類優秀演員歎莫能及。有時負鼠也會偶爾回來，低沉瘖啞地嘶吼一兩聲，仍能喚起我對它聲音的恐懼感，但牠卻並未久待，因為我很快就聽不到牠的嘶吼聲，或聽到牠的吼聲越來越遠，不知是不是因為牠已經察覺到了我對牠所持的不歡迎態度。

沒有負鼠做鄰居，我的日子又恢復了寧靜，我又能享受桃源生活的安寧與祥和。如果後來沒有讀到網上和報上一些有關負鼠的文章和報導，我或許會忘記曾經有過這樣調皮鬧人的鄰居生活在我的窗外，會忘記牠曾帶給我無奈與煩惱。網上有不少人也像我一樣，曾經深受其害，甚至有人對負鼠恨得咬牙切齒，因為負鼠不光用恐怖的叫聲擾人清夢，還曾偷過那些人種植的心愛的蔬菜，搗毀他們精心經營的菜園，潛入他們的廚房偷吃巧克力，嚇壞過他們的小孩，甚至也驚嚇過他們圈養的雞鴨和寵物！報紙也曾報導，有不少澳洲本地男子因痛恨負鼠而爬上屋頂，想去捕捉牠們，結果很不幸，不光負鼠沒抓到，欲抓負鼠的人反而會不小心一腳踩空，從屋頂上摔下來，摔斷了腿或尾椎骨，家人只好慌忙叫救護車來送他們去醫院急救。弄得他們偷雞不成反蝕把米，真是得不償失，虧大了不是？

負鼠啊負鼠，看樣子不歡迎你的，這世上還不止我一人呢！雖有澳洲法律這個強有力的後盾和靠山，可你還是要懂得好自為之，不要頑皮過頭喲！既然人類不輕易欺負你，那你就不要欺人太甚了吧。

西洋鄰居二三事

俗話說：「遠親不如近鄰。」這句話不只適用於中國，在澳洲也挺管用。讀了下面的幾則小故事後，你就會明白我為什麼會這麼說。

二〇一二年，我家在墨爾本東南部近郊買了一棟房子，左鄰右舍全都是洋人。有西洋人為鄰，對久居亞洲的我來說，倒是一個新經驗。左右兩家隔壁鄰居都是年長人士，全都退休在家，兒女孫輩成群，他們正處在盡情享受天倫之樂、安享幸福晚年的人生黃金時期。受惠於世界一流的福利政策，澳洲人大都生活得安逸自在，我的西洋鄰居們當然也不例外。

搬家第一天，右邊那家的女主人就興沖沖地雙手端著一個巨大的花瓶，瓶中插著一大蓬怒放的君子蘭，花叢中還放著一張精美的賀卡，卡上寫著我和先生的名字以及「歡迎你們成為我們的鄰居」等字樣。這份意外的禮物在給我們一家人帶來驚喜的同時，也讓我們感到欣慰，因為這家西洋鄰居對我們一家喬遷至此持歡迎態度，很是熱情友好，這份美麗的禮物對我們家的澳洲新生活來說真是個不錯的開始。

搬家後的日子，我們一家三口過得既忙碌又興奮。洋鄰居們見我們似乎有些忙不過來，就隔三岔五地幫我們一把，甚至還幫我們給花園澆水除草。我家前花園與左邊鄰居家的前花園相連，兩家院子之間留有一個小通道，這家的男主人每次在給他家前院除草時，總是默默地連帶著也把我家前院的草給除了。

起初我並沒留意，時間長了之後，我留意到前院的草地總是被人修剪得很是整齊美觀。我原以為這事兒是我先生幹的，問過他後，他說他最近沒給前院除過草。聽他這麼一說，我頓時覺得有點奇怪，這才開始留意起前院的草地來。內心中當然很想知道誰是這位活雷鋒，可是由於每天在外忙碌，我一直都沒能揭開這個謎。

直到有一天上午，我得空在家，猛然聽到前院傳來除草機除草的聲音，從客廳的窗戶望出去，只見左邊鄰居家的男主人正埋頭為我家前院除草——那個長時間藏在心中的謎底終於揭曉了！我異常吃驚，也異常感動：原來這麼長時間以來，默默為我家前院除草的活雷鋒，竟然是住在我家左邊的這位年長鄰居！這麼一來，在我眼裡，他簡直就無異於一位光做好事卻不留姓名的洋雷鋒！

來到澳洲沒多久，我就曾聽人說過這麼一句話：「要想知道一棟房子的主人是不是華人，只需要看他的院子裡有沒有種菜，在後院種菜的房主肯定是華人。」經過觀察，我發現這句話雖有些道理，但不全對，因為我家左右隔壁的兩家西洋鄰居也在其後院種菜。可能是長期經營的緣故，他們的種菜經驗非常豐富，園中的菜果收成很是豐富可喜。

右邊鄰居家的女主人總時不時地邀請我去她家後花園參觀。進入她的後花園，我恍若置身於別一世界——只見園中種滿了各種奇花異卉，蔬菜瓜果滿園，茄子、辣椒、黃瓜、番茄等碩果滿枝頭，還有薄荷、枸杞等來自西洋、中國、泰國、越南等世界各地的香料植物，這個面積不十分大的私人後花園，看上去卻宛如一個小型的世界級植物園。

我驚異於她的勤勞能幹及高水準的生活品位，對她在花園經營中所取得的巨大成就讚美不已，由衷地稱讚她是一名了不起的園丁。受到我的讚美後，這位女鄰居感到很高興很自豪，總是隨手摘下一些瓜果送給我，令我深深體會到她的慷慨大方與豪爽熱情。有一段時間，我常常在早上出門或下午回家時，總發現我家門前放有一堆菜果，有時是一些辣椒，有時是幾根茄子，有時是一捧四季豆，有時又是幾個色澤鮮豔的番茄或幾條青嫩誘人的小黃瓜。每每見到如此豐富多樣的慷慨饋贈，我雖然忍不住驚喜連連，卻從未曾親眼看見此舉是誰所為。但基於對這位女鄰居的瞭解，我猜想這些新鮮園藝產品應該大都來自她家的後花園。

經過與這兩家西洋鄰居一年多的相處，我深深體會到，擁有好鄰居的確是一件值得開心和慶幸的好事情，深感有善鄰若此，真是幸莫大焉！

中國傳統中，大到一國外交，小至鄰里相處，都講究睦鄰友好，可能正因如此，才有了「遠親不如近鄰」這句名言。身處澳洲這個離中國有萬里之遙的南半球大島國，我們雖然遠離家鄉和親人，卻也能近距離體察領略到西洋近鄰的熱情友善之美。在感到開心和慶幸之餘，我們一家人自然也會把中國傳統中「睦鄰友好」的處世理念，在這個友善、寬容、和諧的國度加以貫徹、實施和傳播，讓我們的西洋鄰居們也能體會到華人的友善與真誠，因為我們的祖國中國是一個有著五千年文明史的禮儀之邦，在身居海外時積極主動地傳遞中華文明的正能量，也是我們一家人不可推卸之責任。

複製地球

克隆羊，克隆馬，如果有一天，複製技術成為普遍流行的科技，我選擇複製地球。通過複製地球，我要讓如今的地球人看到遠古時期冰川紀的來臨和消退，我要讓龐大的恐龍有足夠的食物得以代代延續，我要讓世界八大奇跡的建造過程如慢鏡頭般在今人面前呈現，以滿足世人強烈的好奇心，並刺激世人建造出更多傑出和更為不朽的人類奇跡。

成功複製地球，我們再也不用擔心太陽系中這顆唯一有生命的綠洲會毀滅，因為在它毀滅之前我已將它成功複製，而且還會複製再複製，讓它能直到永遠。

成功複製地球，我們再也不用擔心人口膨脹，以至於人口多到一個地球裝不下，也不用擔心糧食不夠吃，更不用擔心地球上的資源會耗盡。因為隨著地球的複製，我也將使地球上現有的資源成功被覆製，以供後人開發和利用。

成功複製地球，我們將無須對後人抱歉疚心態，不用因透支地球上現有的一切而對我們的子孫後代懷愧疚之心，我還可以多複製幾個地球留給我們的子孫後代備用，這樣他們不光不會怨恨我們，反而會因我複製多個地球，擴大了他們的生存和遊戲空間，增加了他們可資利用的自然資源而對我們這些先人心存感激呢。

我們的後代們可以充分發揮他們的聰明才智，合理安排我為他們複製的多個地球：讓那些愛打仗的好戰分子們待在一個地球上，讓他們愛怎麼打就怎麼打去，但不可影響到其餘地球上人們的平靜生活；讓那些愛好和平的友善人士待在一個地球上，讓他們根據自己的意願平靜幸福地生活……。

但有一點必須為我保證的是，我用以複製地球的克隆技術一定要夠先進，一定要能保證我複製的地球擁有若干億年的壽命，不可以像現有的克隆羊、克隆馬那樣短命。只有這樣，我們的後代才可以在我複製的地球上安居樂業，我們腳下的這塊生命綠洲才會生生不息。

女人花

一曲《女人花》讓我記住了梅豔芳。

我應該算不上梅豔芳的歌迷，因我除了《女人花》，她唱的其他歌曲，我都不知道，也更不會唱。

忽然驚悉她的去世，終年四十歲。這消息讓我吃驚不小，心裡有種痛的感覺。我這才知道，一首《女人花》居然能夠如此打動我，以致歌者的逝世竟然讓我感覺到心痛。我固執地以為，《女人花》就是歌者梅豔芳的寫照。

連著看了幾家電視台播放的關於梅豔芳的紀念專輯，幾個晚上深夜不睡追看梅豔芳主演的幾部電影，我更加固執地堅持自己的看法：《女人花》就是梅豔芳的寫照。

「我有花一朵，種在我心中，含苞待放意幽幽；朝朝與暮暮，我切切的等候，有心的人來入夢。」報上登載了不少關於梅豔芳情史的文字，我不知道這些消息到底有多少真實性，只知道有一點是真實的，那就是梅豔芳到死也沒嫁出去，沒有丈夫，沒有孩子。傳聞之中她身邊有那麼多男人，竟沒有一個男人真正屬於她。「只盼望有一雙溫柔手，能撫慰我內心的寂寞。」這句歌詞道盡了梅豔芳單身的孤獨，她「朝朝與暮暮」「切切的等候」，卻仍然等不到「有心的人來入夢」，這朵含苞待放的花終究只能是「意幽幽」地枯萎和凋零，那雙她一直期待的「溫柔手」，也只能盼望來生再擁有。

「我有花一朵，花香滿枝頭，誰來真心尋芳蹤；花開不多時啊，堪折直須折，女人如花花似夢。」有人把她的不屈不撓、為善、為義和她的專業、敬業、樂業概括為「梅豔芳精神」，實際上她也的確憑此精神贏得了香港藝壇「大姐大」的美譽，西方媒體還把她譽為「亞洲的瑪丹娜」。她這朵女人花，真的可謂「花香滿枝頭」，但又有「誰來真心尋芳蹤」？她這朵女人花，也真的是「花開不多時」，可又有誰真懂得在其「堪折」時「直須折」？傳聞中的那麼多男人在跟她相處了或長或短的時期後，一個個都離她而去，讓這個如花的女人，在深深體會「真情真愛無人懂」，感受到「孤芳自賞最心痛」後，獨自走完如夢的人生。

「愛過知情重，醉過知酒濃，花開花謝終是空；緣份不停留，像春風來又走，女人如花花似夢。」相信梅豔芳真的愛過，也相信她真的醉過，她這朵女人花開過了，也謝了，如今世間的一切對她真的已成空。她曾感歎「緣份不停留，像春風來又走」，歌詞中流露出多少真愛抓不住的無奈和遺憾！

據說梅豔芳留遺言要用白花為她布置靈堂，並要把她在主演電影《胭脂扣》時的造型照作為葬禮時用的遺照（事實上葬禮使用的照片並非此照，原因不詳）。這遺願再一次撼動我的心：這朵女人花至死還在追求心中理想的完美，至死還如《胭脂扣》中的女人如花那樣執著地、切切地期待著尋找真愛。

我想，真愛，一定存在，只是難尋。否則，梅豔芳何以至死還在尋找，卻至死還未尋著？

女人如花，真的很美。只是，花再美麗，終會凋零。女人呢？

獅子與中國文化

新加坡又名獅城，構思不俗、造型獨特的魚尾獅被看作是新加坡的象徵。其實，獅子在中國文化中也有其豐富的內涵。

中國原本不產獅子，獅子的故鄉在距離中國遙遠的非洲、西亞和印度。西漢時，獅子便經由絲綢之路進貢到中國。在中國，獅子由於是舶來品，也因此擁有不同的譯名。漢朝時最常見的獅子名稱，是由梵語「Simha」翻譯成漢語的「狻猊」或「狻麇」，後來取其第一音「師」，再加個犬字旁，便成為現在習慣上使用的「獅子」。這便是漢語中「獅子」一名的由來。

然而，由外國進貢的真獅並不能普及民間。直到東漢，佛教傳入中土，象徵智慧的文殊菩薩騎獅傳法，民間才正式而廣泛地認識獅子。中國人對外國獅子的第一印象極佳，認為獅子是一種保護佛法、具有法力的瑞獸。所以，中國人一開始接受的獅子形象就是被神格化了的獅子。從此，中國人的想像力便得以大肆發揮，獅子的藝術造型於是就在中國展開近兩千年的流變和民間化過程。

自古以來，中華文化就具有驚人的吸收、消化和融合能力，獅子傳入中國後，中國人很快就把來自異域的獅子，同化為中國式的避邪和守門的吉祥動物。六朝時期的巨型石獸雕刻，多半都取象於獅子而稍加變形，但威猛的雄姿，則保留了萬獸之王的意象。佛教普賢菩薩的獅子坐騎，也多半是中式獅子。在明代作家吳承恩寫作的小說《西遊記》中，這頭曾馱載過普賢菩薩的神獅，竟變作青獅怪下凡，在人間為非作歹，還要吃去西天取經的唐僧呢！

唐代以前，石刻中少見玩弄小獅，享受天倫之樂的獅子。唐代以後，石獅子形象在民間日益增多。到了宋代以後，獅子便成了民間寵物，和獅子狗的造型更為接近：母獅像貓狗一樣撫摸、戲耍著小獅，享受著天倫之樂，猛獸獅子的造型則因此變得更為天真可愛，富有人情味。而民間舞獅則可以看作是獅子蛻化為寵物之極致，它使原本狂野不群的猛獸，成為民間文化生活的一部分。中國各地許多寺塔、橋樑、廟宇、官衙、園林、住宅都常見圓雕或浮雕的石獅子，這些石獅子在民間石匠手中被塑造成神態活潑、充滿稚氣的可愛形象。

隨著朝代的不斷更迭，獅子雕刻品逐漸在中國的橋樑、建築、寺廟、景點、陵墓等各種公開或非公開場所無處不在。例如北京，這座如今已非常現代化的大都市，擁有八百年的首都史，是中國這個泱泱大國著名的古都。現代化的北京城中，至今仍保留有各種各樣的獅子不計其數。其中，最大的是新華門前的一對石獅子；最古老的則是北海公園天王殿前的兩座石獅子，這兩座石獅子距今已有八百多年的歷史，是宋代的遺物；而北京最大的一對銅獅子，則在頤和園東宮門前。在中國抗日史上佔有特殊地位的盧溝橋，其上則飾有大小、形狀各異的石獅子數以百計，更是舉世聞名。「盧溝橋的獅子，數也數不清」，這一名句不就正好說明了盧溝橋上的獅子之多麼？

獅子的故鄉雖不在中國，然而在中華民族悠久而燦爛的文明中，獅子卻佔有不小的文化比重。中國人喜歡獅子，也因此賦予獅子以各種不同的象徵意義。由於獅子在百獸中佔有至高無上的地位，石獅也就成了權勢的象徵，因此人們以石獅子來祝福他人官運亨通，飛黃騰達；獅子也被視作「百獸之王」，因而它又被看作是壓邪、驅邪、避邪的不二之選；中國兩大宗教——佛教和道教，都把獅子作為吉祥的象徵，這也使獅子成為中國民間祈福避邪的象徵物。

由於中國人還把獅子視為勇敢、威武的象徵，所以人們在修建宮殿、府第及陵墓時，總喜歡用石頭雕成各種各樣的獅子，安放在門口，用來「驅魔避邪」，把守大門。在中國古代，設置石獅子有一定規矩：一般門左邊放雄獅，雄獅的右腳踩著一個繡球，象徵威力；門右邊放雌獅，雌獅用左腳撫慰著小獅子，象徵子孫昌盛，繁衍不息。如今，石獅子作為威武和健美的象徵，又出現在很多繁華的街頭和銀行、商廈、公園的門前。據說，獅子愛玩「夜明珠」，所以，至今石獅的口中多半都含著一顆能活動的圓球。中國民間一些豪宅門口，我們也可見到多有石獅子鎮守門庭。從古至今，官衙門前則更是少不了成對或成排出現的石獅子，以顯示其莊嚴和權威的一面。正是由於獅子豐富的文化象徵內涵，因而獅子在中國各地、在華人社會被廣為接受。

舞獅是中國民間生活的一部分，也是獅子蛻化為寵物之極致。逢年過節，中國人喜歡用舞龍舞獅來營造歡樂、祥和、熱鬧的節日氣氛。眾所周知的是，龍，是中華民族的圖騰；而來自他鄉的獅子，卻能在中國人的傳統節日或重大活動中，與這個民族的本土圖騰平分秋色。可見，外來的獅子在中國民間的地位，一點也不輸給來自本土的、原本只在皇族中才能被使用的龍。

舞獅在中國東南沿海的福建、廣東、台灣、海南及廣西更是常見，所舞之獅被稱作廣義的南方獅。這些地方所舞的獅子，形象圓柔秀美，口中含珠，喜騷首弄姿，表情豐富。每一隻獅子都體態活潑，玲瓏有致。如果你能在人生的旅程中，有幸碰到熱鬧的舞獅場面，不妨暫時停下匆匆的腳步，去凝神注視那正舞動著的獅子，你或許會發現它正帶著稚氣的微笑看著你，也或許會看見它正向著你頑皮地揚眉伸舌呢！據說這些地方的舞獅造型還有閉口獅與開口獅之分，看來舞獅的講究還真不少呢！

說到廣東舞獅的由來，其中還有一段動人的故事。

傳說乾隆下江南遊玩，不料卻因迷路而走進叢林之中，侍從們四處尋找，總尋不到出路。情急之時，忽有一隻野獸出現，帶領他們走到一座寺廟前，之後這隻野獸就突然消失不見了。而到了廟前，乾隆的侍從們也就順利找到了出路。回京之後，為了感謝這一曾為他帶路的動物，乾隆叫隨從們將牠畫出，因牠既像獅，又有角，不知如何稱之，因此就以

「瑞獅」相稱，取其長壽、祥瑞的象徵。瑞獅之名，就一直沿用到清末民初。

直至民國十七年（一九二八年），濟南發生五卅慘案，全中國發起一股反英、反日的熱潮，廣東也有大學生上街遊行。六月二十三日，英國派駐廣州的印度人殺死遊行學生，引起全體廣東人的抗議。後因「瑞」與「睡」在廣東話中發音相同，就提出口號：「無睡獅，瑞獅醒覺」。自此之後就將「瑞獅」改名為「醒獅」，代表廣東人已覺醒，希望中國人再也不受外國人的欺侮。所以現今的廣東獅團都以「醒獅團」稱呼。

在李連杰主演的「黃飛鴻」系列電影之一《獅王爭霸》中，你就可以領略到廣東舞獅的奇妙風采和獨特魅力。由於「黃飛鴻」系列電影的推動，黃飛鴻的故鄉——廣東省佛山市——成為中國重要的舞獅基地，在全國性的舞獅比賽中，黃飛鴻的故鄉所派出的舞獅團多次奪魁，這證明了廣東舞獅的實力不凡，也更加為與黃飛鴻有關的各類商業品牌推波助瀾，使各相關經濟實體生意興隆，個個撈得盆滿缽滿，而有關商家則更是高興得「見牙不見眼」，開心到合不攏嘴。

在中國各地，以獅子命名的名勝、地區、街道和企業也非常多。黃山有獅子峰，蘇州有獅子林，台灣有河東堂獅子博物館，寧波有條獅子街，福建有個石獅市，成都還有個獅子樓食品公司等，這份清單還可繼續開列下去。

而中國人對獅子的喜愛，不光表現為石獅、舞獅和以獅子命名，還表現為以各種造型的獅子雕刻來表達他們對這一瑞獸的喜愛。前面提到的台灣河東堂獅子博物館就展出了不同造型、不同材質的中國獅子雕刻品三千餘件，而該館的創辦人說，展出的這些獅子藝術品還只是其獅子收藏品的一半。其他如石獅、玉獅、金獅、瓷獅、銅獅、鐵獅，以及以獅子為題材的字畫、木雕、書籍，還有「八獅戲球」純手工藝製品等以獅子為主題的各類作品則不勝枚舉，真可稱得上是洋洋大觀了。

中國人既然這麼喜歡獅子，誰要是對獅子不恭，那就有可能得罪中國人。曾經發生過這樣一個真實事件，可以提醒你與中國人打交道時，要小心對待在中國廣受喜愛的獅子。

二〇〇三年底，一則刊登在《汽車之友》雜誌第十二期上的豐田公司汽車廣告，在網路上引起不小的波瀾。這則「豐田霸道」廣告的內容大致是這樣的：一輛霸道汽車停在兩隻石獅子前，一隻石獅子抬起右爪做出敬禮的樣子，另一隻石獅子則向下俯首低頭，廣告的背景為高樓大廈，配圖廣告語為：「霸道，你不得不尊敬」。這則廣告一經發佈就引起了一場不小的網上風波，很多網友認為，石獅子有象徵中國的意味，「豐田霸道」廣告卻讓它們向一輛日本品牌的汽車「敬禮」、「鞠躬」。「考慮到盧溝橋、石獅子、抗日三者之間的關係，更加讓人憤恨」。還有網友則認為，這則廣告侮辱了中國人的感情，傷害了中國人的自尊。過後，迫於網民的壓力，刊登該廣告的《汽車之友》雜誌在網上向讀者道歉，豐田公司則在中國三十家報刊登載致歉書，正式向中國人道歉。豐田總公司對這則廣告給中國民眾帶來不快表示歉意，但是同時也強調他們並非蓄意如此，也即表示他們原本無意得罪中國人。

這起事件從另一個角度證明了獅子在中國人心目中的地位所達到的高度，我們也可從這起事件中窺視到，獅子其實在中國早已深入人心，也早已融入到中國人的文化血液之中。由此看來，獅子雖是外來猛獸，但它已然成了中華民族的文化符號之一，也早已成了中華文化不可分割的一部分了。

追夢人——溫世仁先生周年祭

認識溫世仁先生是因為我丈夫，溫先生是我丈夫的老闆。在正式認識溫先生之前，我在上海英業達集團公司總部大樓的一樓大廳遠遠看見過他幾次，每次只看見他站在電梯門口等電梯，身旁總放著一個行李箱，像是旅行剛剛回來，風塵僕僕。遠遠看過去，溫先生個子不算高，一米七左右，微胖，面目和善。雖無緣交談，我已對溫先生懷有不錯的印象。

正式認識溫先生是在上海建國賓館。那天溫先生的外甥詹浩博與宋曉燕女士在賓館的宴會廳舉行婚禮，我陪丈夫出席。婚禮有數百人參加，隆重而熱鬧。席間，溫先生代表新郎家長致詞。他站在麥克風前，雙手交握，置於身前，面含微笑，侃侃而談。從外甥的求學背景與工作講到新娘的求學背景與工作，話語中充滿了對新娘父母的感激之辭，感謝新娘父母對新娘很好的培養，感謝他們為培養新娘所付出的心血。溫先生是典型的男中音，他的聲音聽起來很有磁性，講話速度不疾不徐，從容不迫，似乎節奏把握得很好，語氣莊重而又不失幽默，給人留下深刻的印象。聽了他的致辭，我感覺溫先生不像商人，倒像是一個儒雅的知識份子，很有學者風範。

後來丈夫陸陸續續帶回家一些書，有《成功致富又快樂》、《看見未來》、《新經濟、新工作、新財富》、《教育的未來》、《漫畫媒體的未來》、《前途》等等，這些書的作者署名都是溫世仁，書中往往還配有台灣漫畫家蔡志忠先生畫的漫畫。我這才知道溫先生不單單是商人，他還是一個暢銷書作家。他不但親自創辦了明日工作室，而且還在生活．讀書．新知三聯書店出版了不少暢銷書籍。

與溫先生更近一次的接觸，是在上海書城的演講大廳。溫先生假上海書城為他的新書《企業的未來》舉行發佈會，我再次有幸陪丈夫出席，也再次有幸聆聽溫先生演講。溫先生的這本新書還附有一張電子光碟，他的這次演講也以多媒體的方式呈現。他演講時語氣充滿自信，卻又溫和友善，講話速度依然是不疾不徐，顯得胸有成竹，從容不迫。他以簡潔而又深入淺出的話語勾畫出企業的未來，談未來企業將會如何簡化管理程式，減少管理層次，提高企業效率，令我這個外行也聽得信心滿滿。這次演講讓我感受到了溫先生的另一面，感覺他不單單是商人，也不單單是暢銷書作家，他還是一個思維嚴密，態度嚴謹的學者，這印證了我第一次聽他演講時就已產生的感覺。

演講結束後，數百人在大廳裡排起長龍，等候溫先生在新書上簽名，我也排在等候簽名的隊伍之中。溫先生一邊手中忙著給人簽名，一邊嘴裡不停地問候和感謝請他簽名的人，臉上仍然掛著那似乎已成為其招牌的微笑。在溫先生同樣的問候、感謝和微笑中，我終於等到了他的親筆簽名，心中湧起一陣莫名的感動，想進一步瞭解溫先生到底有多少精力，他到底要在這一生中做多少事情，要對多少問題作出思考。

從已接觸到的溫先生的書籍中，我發現他的著作很多都與未來有關，《看見未來》、《教育的未來》、《漫畫媒體的未來》、《企業的未來》、《認識中國決勝未來》等等，還有《新經濟、新工作、新財富》、《前途》、明日工作室等似乎也都是與未來有關的書籍和機構。我想溫先生也許是一個熱衷於探知和預測未來的人，對未來的經濟、教育與技術懷有無數的夢想，他已做的這些努力或許都是對未來社會的預言。

這次新書發佈會後，我很少再有機會見到溫世仁先生，更無緣再聆聽溫先生的演講。我再一次得到溫先生的消息是從電視和報紙的新聞中，其時我們一家已離開上海，移民到了新加坡。新加坡的一些平面和立體傳媒紛紛報導了溫世仁先生去世的消息，這一噩耗讓我和丈夫都驚愕得說不出話來，眼睛只定定地盯著電視機。等我們都反應過來時，彼此交流的眼神和語言中都流露出難以置信——他還那麼年輕，他能做那麼多事，他已經做了那麼多事，他一定還有好多事來不及做，他怎麼捨得就這麼走？他一定捨不得就這麼走！

從《聯合早報》中我得知，設在福南中心的英業達集團新加坡分公司為溫先生設有靈堂，我和丈夫在一個黃昏的下班時間趕到福南中心，去向溫先生表達我們的哀悼和敬意。小小的靈堂裡擺放著一張溫先生的遺照，照片中的溫先生依然面容慈善，臉上充滿他那招牌式的微笑，一雙睿智的眼睛也是笑意盈盈。靈堂四周擺滿了潔白的鮮花，牆上張貼著溫先生在西部拍的各種照片，一角的電視機裡反覆播放著溫先生在西部攝下的各種活動鏡頭。我在留言簿中用文字表達我內心對先生由衷的敬意，面對著先生的遺容，我雙手合十，心中默默念叨著，祝願先生一路走好。

接下來的日子我繼續追蹤電視和報紙新聞中關於溫先生的報導。他果然還做了不少其他我並不瞭解的事情：參與中國西部大開發；在一年的時間內走訪了西部九省二區一市，提出「西部開發，十年可成」的設想，並出書論證這一設想；設立「千鄉萬才」計畫，要在十年內在西部培養一萬名軟體人才；在甘肅黃羊川建五星級賓館，國際會議中心，要以服務業帶動當地經濟進步，幫助當地農民致富。——這是一個怎樣的人？他到底有多少夢想？他到底要成就多大的事業？對溫先生所做的事情瞭解得越多，我越是說不出話，心中除了難以置信之外，還是難以置信——這就是我所認識的溫先生？他就這樣走了？他是不是累死的？我腦中充塞著數不清的對溫先生的好奇和疑問、追思與懷想。

從報導中，我還瞭解到，溫先生其實早就卸下了英業達集團副董事長的職務，把生命的重心逐漸轉移到了投身於西部大開發的洪流之中。他還在近三十年來，一直追蹤研究著名未來學家、《第三次浪潮》作者、美國學者阿爾文．托夫勒的思想，並以此來觀察和思考台灣、大陸以及整個亞洲社會的問題和趨勢。托夫勒在《第三次浪潮》裡曾預言說，在資訊網路時代，一個農業社會能夠直接進入資訊社會而不必經歷工業社會的演變。溫世仁先生要在中國西部去實踐美國學者的這一預言，去追逐他的西部開發夢。這使我終於明白溫先生為什麼寫了那麼多關於未來的著作，為什麼將關注的目光從繁華的都市轉移到貧瘠而廣袤的西部。托夫勒是他的導師，托夫勒的理論對他有著深遠的影響，他要實踐導師的預言，他要在廣袤而又未能充分開發的西部播種夢想，追逐夢想，實踐夢想。這樣看來，溫先生不就是個追夢人？他還有多少夢未來得及去追逐？

他的西部夢還沒有追到頭，他在西部播種了夢想，還沒來得及收穫希望，溫先生就這樣匆匆走了，西部農民會有多傷心？又會有多失望？那些剛剛學會運用網路技術致富的西部農民，他們剛剛萌發的致富夢想會不會面臨破滅的厄運？還有那些尚未學會運用網路技術致富的西部農民，他們還未從網路技術中嘗到甜頭，還會不會有像溫先生這樣的種夢人來繼續為他們播種夢想？中國西部真的能從農業社會一步跨入網路時代嗎？如果溫先生的這一夢想成真，西部上億農民該會怎樣對溫先生心存感激？

最近香港鳳凰衛視播出了一部關於溫世仁先生的專題片，片中透露英業達集團已決定完成溫先生的遺願，將「千鄉萬才」計畫堅持下去，用集團的力量去繼續實踐溫先生生前的西部夢想。看來西部的農民可以繼續做他們的致富夢了，中國西部從農業社會一步跨入網路時代的夢想也有望實現了。溫先生若在天有靈，定會含笑注視西部的變化吧？西部夢最終實現的那一天，溫先生才真的會含笑九泉吧？

據說，溫世仁先生生前留有遺言，在他死後，他的骨灰一半留在台北，一半灑在黃羊川的一座山上。果真如此的話，溫先生，您將與西部同在了，也將有機會見證您西部夢的實現了。

那些年，那些房東們

有過遷徙經歷的人，可能也都有過異地租房經驗，與房東打過交道。至於所接觸過的房東數量多少與人品好壞，各人的具體情況或許不盡相同。

從高中時代起，我就開始在就讀的學校附近租房居住，於十幾歲的年齡就開始和房東打起交道來。到如今，從國內到國外，我所接觸過的房東為數不少，其中有幾位在我記憶中還留下了深刻印象。

高中三年中有一年半的時間我先後與兩家房東打過交道。第一位房東是我堂姐夫同事的太太。大概是看在堂姐夫的份上，那位房東太太對我相當客氣和友善。她不僅不收我的房租，還幫我洗衣曬被，像對待自己親人一樣無微不至地照顧我，讓我在備受感動的同時，都不好意思在她家繼續居住下去，因為不堪長期承受其慷慨體貼的照顧給我帶來的心理壓力。

第二位房東是一位離婚婦女，她的性格溫和善良。雖早已與丈夫離婚，可她仍舊帶著孩子，與婆婆及小叔一家住在同一屋簷下，而她的丈夫卻因離婚反而被她婆婆趕出家門。這家人極具同情心，曉得寒窗學子離家在外求學不易，對幾個寄住在他們家的窮學生關懷備至。

和前面那位房東一樣，這家的女房東也替我洗衣曬被。不僅如此，過節時，她家還特意多包些混吞兒，等我放學回家時，給我盛上一大碗。如此善舉既解了我每逢佳節時的思親之苦，也在相當程度上撫慰了我那長時間缺鹽少油、且新陳代謝極為旺盛活躍、正處於青春期的可憐腸胃。我在津津有味品嘗美食的同時，內心也每每對房東一家人的善良關愛充滿感激之情。

房東的小叔子當時在我求學的高中食堂工作，有時我排隊買飯菜時如果碰巧遇到他在掌勺，他總會有意無意地多給我一些飯菜。只要是排到他窗口的那一天，我就能幸運地吃得特別飽。可這種機會不是每天都有，因為學生人數眾多，學校食堂窗口也很多，我不是每天都有那麼好的運氣剛好排在他掌勺的窗口。但能偶爾有機會受到他特別善意的關照，我已深感慶幸，心中也暗暗對他感激不已。上文提到的兩位善良關愛的女性都是我高中求學時期遇到的好房東。

結婚生子後不久，在等待新房購買與裝修的那段時間裡，我們一家三口在當時的華中理工大學（現為華中科技大學）西門外土庫村租住了一套兩室一廳的單元房。土庫村算得上是武漢的城中村，緊貼華工西門，我們那套租來的房子就在華工西門院牆外，離華工校園僅幾步之遙。當時我先生的工作地點就在華工外招六號樓，從租住的房子到他的辦公室，他騎車只需幾分鐘，上下班非常方便。

房東是一對年輕夫妻，年齡可能與我和先生相仿，或者比我們稍長一點。據說男房東坐過牢，曾仗著家中兄弟多而一度在村中稱王稱霸，後因玩得實在太過火並觸犯法律而被判入獄。出獄後，他無法在正規單位找到正式工作，就在華工西門外那條窄而短的小街上開起了歌廳，當起了個體戶。靠賺取在校大學生的錢，他不僅把自己一家人的小日子過得紅紅火火，還有實力起樓造屋。房子造好後，二樓供自住，一樓供出租。女房東個頭嬌小，外表給人溫順乖巧的感覺，甚至看上去給人低眉順眼之感。夫妻倆育有一子，孩子年齡當時在五歲上下。在那時的我看來，他們一家子過著殷實富足的生活。

雖住樓上樓下，可我們一家與房東家互動不多，除了交房租的日子，我們很少與房東夫婦打交道。兩家人從不同的門出入，似乎井水不犯河水，彼此相安無事。這樣的日子持續了一段不算短的時間，直到有一天，我家的廁所堵住了，我和先生想了不少辦法去解決問題，可怎麼疏通都未能奏效，髒水最終氾濫四溢開來。無奈之下，我們只好心裡惴惴地將「災情」報告給房東。原以為坐過牢的男房東會因此不開心，或者還有可能會為此大發雷霆，沒想到他聽了我們所報告的「受災」情況後，竟笑呵呵地用武漢話說：「麼樣？搞不定了？好吧，我去看看。」一話未說完，他腳已抬起，徑直朝我家的廁所「重災區」走去。

仔細察看了「災情」後，他快步走到後院掀開下水道的蓋子，跳進下水道就動手清理其中的淤泥和垃圾。經過他的一番清理，廁所「災情」最終解除。等他從下水道爬上來時，臉上身上手上已經滿是髒汙的痕跡。見此情景，我心裡很是過意不去，由衷地連聲道謝，還請他喝杯飲料並送些東西給他，想以此表達我的感激之情。可他卻笑呵呵地拒絕了，向我們一家人輕輕擺擺手，然後就面帶微笑地離去。這件事令我對這位坐過牢的男房東留下深刻的印象，覺得他不像傳說中的那麼不好打交道，通過這件事，我發現他個性中其實也有著非常友善陽光的一面。

旅居新加坡近十年，在擁有屬於自家的住房前後，我曾在獅城與三位不同種族的房東打過交道。第一位是住在獅城北部實龍岡的年輕印度男房東谷馬，其宗教信仰大概是佛教或興都教，家中一角設有神臺，神臺上整日油燈長明。年紀輕輕的他，每天早晚焚香，對著心目中的神明虔誠地頂禮膜拜，口中還時不時地念念有詞。因彼此種族不同，文化背景、生活習慣也都不一樣，我們兩家人互動不多，房東與租客之間自始至終都客客氣氣的。

第二位是住在獅城東部勿洛的華人房東李老太太。其先生在香港有生意，她因此時不時地要飛去香港協助先生並與之團聚。第一次跟我和兒子見面時，李老太太還帶了一件小禮物送給我兒子。閒聊時，她談興很濃，跟我說了很多她的家庭情況，及她在新加坡與香港所遇到的趣事和吃過的美食，讓我感覺她是一個十分開朗健談的人，而且對我們一家人總體上持友好歡迎的態度。

第三位房東是一位年輕的馬來女士阿麗塔。她租給我住的房子位於獅城中部的紅山景，離中峇魯地鐵站不到十分鐘的步行距離。阿麗塔本人並不住在這套房子裡，而是跟她婆婆一家住在獅城另一處。由於並未共處一室，我跟這位馬來女房東直接打交道的機會其實不多，有事時我們多半都是通過打電話或發手機簡訊聯絡彼此。雖然她曾給我留下太過於在乎錢的印象，但在我離開獅城前往墨爾本的那一天傍晚，她和她的兩位男親戚一起送我下樓，並幫我把大大小小的行禮箱包放進出租車，還對我說了一大堆祝福的話語。這些言行讓我內心倍感溫暖，充分感受到這個馬來家庭善良溫情的一面。

移民澳洲後，在購買自有產權的住房前，我先生在位於墨爾本東南近郊的威弗利山中學（Mount Waverley Secondary College）附近租了一棟房子。這棟房子離這所中學距離不遠，大概就是華人所謂的「學區房」吧，我兒子由此步行去該校上學只需不到十分鐘的時間，非常方便。這個因素其實就是我先生當初決定租下這棟房子的最主要考量。

這棟房子的主人是一名來自中國浙江溫州的葉姓中年女士，她中文名字的第三個字是個「秋」字，英文名字叫「簡」（Jane）。我先生原以為房東是來自中國的自己同胞，打起交道來應該比跟異族房東更容易溝通交流。可讓他萬萬沒想到的是，他的這一想法在事實面前顯然是非常幼稚可笑甚至是完全錯誤的。這名離過婚、帶著一對雙胞胎兒子的葉女士，還真讓我那思想單純的先生開了一次眼界，他因此而見識了世上竟然還有像葉女士這樣的人。

在租住這棟房的那段時期，葉女士每隔一段時間就以檢查衛生為由進屋察看。每次一進門，她二話不說，就開始指指點點，批評這批評那，總之沒有多少地方是她感到滿意的。她檢查屋子時的言語和行動，讓我聯想到在中國工作時單位裡那些負責衛生工作的、以居高臨下姿態示人的工會主席或相關工作人員。雖然內心對她的做派並不認同，甚至很反感，但我們還是儘量控制自己內心的不快，耐心地跟她好言解釋。但我們的解釋被她接受的顯然並不多，因為下次再來時，她仍然如此，態度並不見有多少改變。

據我們後來瞭解，這棟房子建於二十世紀五〇年代，距今有近六十年的歷史，應該算得上是老房子了。裡面的設施相當陳舊——地毯發黑，已看不出原有的顏色；馬桶漏水——裡面的水閥開關已生銹腐爛；廁所和廚房的幾個水龍頭均無法關緊——水一直滴答個不停；塑膠地板上已有多處破洞；百葉窗的拉繩無法正常工作；睡房窗簾因年代太久有些地方也已有破洞；沒有紗窗，蚊蟲蜘蛛等各種大小不等的自然界朋友，均可隨時輕而易舉地或飛或爬登堂入室，暢通無阻；廚房排氣扇太舊，無法拆下來徹底清洗，扇葉烏黑油膩，有時甚至還會有黑色液體滴落下來，如此等等眾多問題，不一而足。

雖然房子的問題多多，可我那生性大大咧咧、粗心大意的先生，當初在看房子時對這些問題竟然都未加以認真考慮計較，就在租房合同上大筆一揮簽了字。我當時人在獅城，不能親自跟先生一起去看房，因此也就無法和他一同參與決策。等我帶著兒子來墨爾本入住之後，我很快就發現我們租住的房子有這些問題並迅速聯絡葉女士，可她根本就不打算對她的房子狀況加以改善，而是以合同已簽為由，說這些問題都該由我們自己解決。澳洲是一個講法制的國家，她說的這個「合同已簽」的理由真讓我們無可辯駁，因此我們一家人只好默默忍受。特別是我先生，他開始意識到，他的馬虎大意可能會給他的這次租房行為帶來不愉快的後果，甚至經濟損失。

我離開獅城來澳定居不久，就開始和先生一起四處看房，準備購買屬於我們自己的房子。待到買好房子搬完家之後，我們就通知葉女士來驗收她的房子。令我們萬萬沒想到的是，她把那些問題全都算在我們頭上，甚至要求我們賠償！這下子，我和先生的感受不光是異常震驚，還有無比憤怒！因為在我們看來，這位英文名字叫做Jane的溫州葉姓中年女人，簡直就是在敲詐！但我粗心的先生由於未保留足夠的證據，最後不得不自認倒楣，賠她一筆錢了事，算是為認清這個女人付了一筆不算少的學費。

這次租房經歷，結局算不上愉快，因為我們很不幸地在澳洲碰到了葉女士這種很會訛詐同胞的房東。而且在國外竟然會給自己的同胞坑，我們內心多多少少還是有些怪怪的感覺，不大平衡。雖然那段時間我們一家人內心裡感覺很不是滋味，可我先生念在葉女士孤兒寡母又沒有工作的份上，並不打算跟她多加計較，而且他每天既要上班，還要處理跟新房子有關的各種大小事務，也沒有多少時間和精力去跟這個溫州女人扯皮吵架，因此我們只好自認倒楣。事後我先生還曾自我安慰自我解嘲說，這筆賠償金只當是他捐款做了慈善。

雖然在澳洲遭遇過善於訛詐人的華人房東，不過值得慶幸的是，從國內到國外，在所接觸過的為數不少的不同種族的房東中，像葉女士這樣在國外坑自己同胞的房東，還好我只碰到過這麼一個，其他的華人同胞或異族房東給我留下的印象大都是美好友善、通情達理的。我因此這樣想：畢竟這個世界善良體貼的人還是占大多數，與葉姓女房東打交道的經歷就算是另當別論了吧，從此不提也罷。

伊拉克有沒有燭之武？

日前給學生講授《左傳》中的名篇《燭之武退秦師》一文，講到鄭國大夫燭之武為了國家利益和安危，挺身而出，到秦國軍營去遊說秦王，終於憑著三寸不爛之舌說服秦王退兵，挽狂瀾於既倒，使危如磊卵的鄭國轉危為安。課堂上，我聯繫現實，講到目前美英聯盟大兵壓境，伊拉克也如當年的鄭國一樣危在旦夕。我這樣聯繫現實的目的是為了讓學生體會當時鄭國所處的危急局面，從學生當時在課堂上的反應來看，我的講授收到了預期的效果。

課間休息的時候，有一個學生走近我問：「老師，您說伊拉克有沒有燭之武？」我聽後覺得他問的問題很有趣，就反問他：「你看呢？」他說：「要是伊拉克也有燭之武就好了，這樣的話，美英聯盟不也會退兵嗎？伊拉克不也會轉危為安嗎？」

我和學生都沒有直接回答問題，都在以問代答。其實我和學生心裡都很明白，伊拉克不會有燭之武，燭之武屬於兩千多年前的鄭國，是當時著名的說客。春秋戰國時期的中國，說客不少，但像燭之武這樣憑著一張巧嘴立下奇功的人卻並不多，歷史上少有人能與之匹敵。

如今，美英聯盟已與伊拉克開戰，第二次海灣戰爭已然打響。由此可見，伊拉克肯定沒有燭之武，即便是有像燭之武式的人物，他也未能如燭之武那樣建下奇功，因為我們未能看到奇跡出現，因為伊拉克已成為炮火紛飛的戰場，國土已是滿目瘡痍，難民又開始流離失所。

俗話說：「謀事在人，成事在天。」意思是說要成就一件事情，須有天時地利人和。燭之武能青史留名，除了他本人是一個有著超好口才的說客之外，秦王的貪得無厭和秦國想建立起自己的絕對強國地位的欲望也是秦王決定退兵的重要因素，秦晉聯盟的瓦解和晉國的心虛也使得晉國沒有將戰爭進行到底，鄭國因而在兩強退兵的情況下得以苟延殘喘，燭之武也因而成為不拿武器而暫時成功退敵的英雄。

假如伊拉克有燭之武這樣的說客，他能成功瓦解美英聯盟而達到退敵的目的嗎？今天的布希和布雷爾已不是昔日的秦穆公和晉文公，他們對伊拉克尚不至於有明目張膽的領土企圖，因為今天的世界已不是春秋戰國時期的世界，但美英此舉從本質上看卻與秦晉沒有太大差異，他們這兩個當今世界的大國強國，聯手對付無論從哪個角度看都要比它們弱小得多的伊拉克，明眼人都知道美英的主要目的就是要控制伊拉克的石油。石油被控制了，財富被掠奪了，和領土被佔領又有多少本質的區別？對手有著這樣的深度用心，即使伊拉克有個燭之武，他能像鄭國的燭之武那樣為國家立下奇功嗎？天時地利人和，伊拉克的燭之武在人和方面已失掉了成功的先機。

在燭之武的瓦解之下，秦晉聯盟崩潰，秦鄭結盟，秦派兵戍守鄭國，鄭國因而借強秦的力量嚇退晉國，保得了暫時的平安。但鄭國此舉也無異於引狼入室，因為秦國的最終目的是要一統天下，建立自己絕對的強國地位，鄭國即使得到了秦國暫時的保護，在不久的將來也終會成為秦國的口中美食，我們今天讀到的史實早已告訴我們正確的答案。如此看來，燭之武終於未能以他的三寸不爛之舌給予鄭國永久的救贖，還是未能挽救鄭國滅亡的命運。

假如伊拉克有燭之武這樣的說客，就算他像燭之武那樣能憑他的三寸不爛之舌暫時成功退敵，他能永久保持伊拉克的完整和獨立嗎？美國這麼多年來已習慣把自己當作這個世界的救世主，熱衷於擔任全球的警察，看誰不順眼，哪個國家的運作不合他意，或者不符合美國利益，他就會出面干預，插手處理，從政治到經濟，莫不如此。只要願意，或是需要，美國想把聯合國當作傀儡就可以當做傀儡，想把聯合國拋擲一邊就可以拋擲一邊，這種時候的聯合國還沒有美國國會有權威，而全世界也只能瞪大眼睛，眼睜睜而又無可奈何地看著他耍大牌。現在出了一個薩達姆和伊拉克不聽他的話，不按他的意志行事，這還了得，美國當然會置之死地而後快。英國曾經是這個世界上絕對的強國，只要看看當今有多少人和多少國家在講英語，就可以知道英國曾經是一個多麼強勢的國家。從二十世紀到現在，英國雖然在走下坡路，昔日大英帝國的輝煌也許只能在夢中重現，但做一個強國，向世人顯示自己強大的願望和情結依然揮之不去。如果能和當今世上第一強國結盟，也許能重溫一下昔日的強國夢，何況攻下伊拉克還有著巨大的好處。伊拉克雖小，但地下處處是黃金，無異於一隻小而有著豐富營養的肥羊。如此看來，和美國共同攻伊，真可謂一石二鳥，一舉兩得，既可得到無限的好處，又可在世界上佔據強國地位，何樂而不為？這樣一來，就算伊拉克有燭之武，就算這位燭之武能暫時成功讓美英聯盟退兵，他能保證這些強國不繼續對伊拉克虎視眈眈嗎？他能保證這些強國不找其他藉口捲土重來吞吃伊拉克這塊美食嗎？這些問題的答案其實已很明顯。

今天挨打的是伊拉克和薩達姆，下一個挨打的將會是誰？昔日的秦國想建立自己絕對的強國和霸主地位，藉助這一強勢實現其一統天下的夢想；如今的美國擁有世界強國和霸主地位，假如假以時日，他會不會成為未來的秦國？歷史會不會在另一個層面上重演或是輪迴？若再進一步往下想下去，我們會不會渾身冒冷汗？但願這僅僅只是杞人憂天。

讓華人翻譯家為中國文學國際化進程加速

根據網上資料，截至二〇一七年十月底，中國作協有團體會員約五十個，個體會員一萬餘人，其中不乏新型網路寫手加入這個傳統作家協會；而以不同形式在網路上發表作品的中國人高達兩千萬，註冊網路寫手兩百萬，通過網路寫作獲得經濟收入的人十餘萬，職業或半職業寫作人超過叁萬。可在這個龐大的寫作人群中，作品被譯介到海外的僅兩百餘人，這個數字無疑會與前面的一系列大數據形成巨大反差，這一反差昭示出中國文學的國際化進程需要加快，與當代中國繁榮的文學寫作現實極不相配。

近十年來，莫言、閻連科、曹文軒、劉慈欣、郝景芳等作家紛紛憑藉其優秀作品在海外斬獲大獎，他們在為中國寫作界帶來榮耀和自豪的同時，也吸引了外國專業和普通讀者對中國作家作品投以關注的目光，更帶動作家同胞帶著急切的心情要將自己的作品推向世界。

「中國文學走出去」這個話題時不時地被提起，可「如何走出去」、「走出去的動力和障礙為何」，以及「走出去後又怎麼樣」等問題，雖然在為數不少的各類會議上有所討論，但討論後所取得的成果如何，大家還在翹首以待，希望能看到各項預期的目標會得以如期實現。

有人說，文學走出去，這是一個國家的文化策略。關於「如何走出去」這個話題，已經有過不少討論，有人認為應從作家作品、翻譯、評論及編輯幾個方面入手，克服語言和意識形態障礙，運用合理的傳播機制和技術，為「中國文學走出去」立項，成立對外翻譯與傳播機構，利用互聯網平臺，培養中國文學站在世界文明最前沿的氣質和能力，使中國文學更加國際化。這些看法和做法都很好，如果我們堅持做下去，相信不久的將來，中國文學就會像中國經濟和新科技那樣在全球產生更強大的影響力，擁有更廣大的輻射範圍。要想更快看到預期效果，優秀的文學翻譯是實現這些預期目標的最關鍵因素，而這件事，華人翻譯家可以挑起大樑，為中國文學國際化進程加速。

國內已經有一些人和機構在行動，比如創刊於一九四九年的《人民文學》（*People's Literature*）這個中國文學創作的排頭兵已經開始其雜誌雙語化進程，已於二〇一一推出英文版，名稱為*Path Light*（《路燈》），一年出四期，著力介紹新人新作和當代中國最優秀的作家作品；上海大學文學院教授曾軍正在著手創辦兩本文學批評雜誌《批評理論》和*Critical Theory*，二者互相關聯，個別文章甚至會以雙語在這兩本雜誌同時推出。這些文學創作及批評英文雜誌在國內誕生，無疑會推動中國文學的國際化進程，但要辦好這些英文雜誌，優秀的文學翻譯必不可少。

正是因為有了出色的外文翻譯，國內作家莫言《生死疲勞》、閻連科《受活》、曹文軒《草房子》、劉慈欣《三體》、郝景芳《北京折疊》才能在世界上斬獲文學大獎；正是因為有著出色的外文表達，海外作家哈金《等待》、戴思傑《巴爾扎克和小裁縫》、虹影《中國情人》、裘小龍《紅英之死》、歐陽昱《東坡紀事》才能在非華人讀者群中產生越來越大的影響。由此可見，用外文在國際上傳遞中國文學資訊是多麼重要。

實際上，看到這個重要性的中外人士大有人在，一些外國漢學家已經在這個領域做出了重要貢獻，沒有他們的翻譯和研究努力，中國文學的國際化進程可能會更加緩慢。比如瑞典的馬悅然（Nils Göran David Malmqvist）、陳安娜（Anna Gustafsson Chen），美國的葛浩文（Howard Goldblatt），法國的何碧玉（Isabelle Rabut）、安畢諾（Angel Pino），德國的顧彬（Wolfgang Kubin）、高立希（Ulrich Kautz），韓國的朴宰雨（PARK Jaewoo），日本的阪井洋史（サカイ　ヒロブミ，Sukai Hirobumi）等等，他們為中國文學走向世界做了大量工作，研究翻譯了不少中國文學作品，很大程度上擴大了中國作家的海外讀者群。但是這些漢學家由於母語不是中文，他們在理解中文原著時會遭遇文字和文化上的雙重障礙，需要跨越文字和文化上的雙重溝壑，其工作難度可想而知。比如高立希就曾經說過他翻譯閻連科的《受活》時感覺最難翻的就是河南方言。

既然如此，華人翻譯家就應該有其用武之地，發揮其母語和外語優勢，為中國文學的國際化進程助力。已經有華人翻譯家在這方面取得了出色的成就，比如美國的劉宇昆（Ken Liu）就已將劉慈欣、郝景芳、陳楸帆、馬伯庸、夏笳等中國科幻作家的作品譯成英文在國外發表，助劉慈欣《三體》、郝景芳《北京折疊》獲得雨果獎最佳小說獎。澳大利亞的陳順妍（Mabel Lee）也把不少中文作品翻成了英文，為華人作家作品在英語讀者中傳播做出了重要貢獻。這樣的優秀華人翻譯家在海外不是只有劉宇昆和陳順妍，而是為數不少。下文僅以澳洲為例，來談一談優秀華人翻譯為中國文學國際化進程加速的可能性。

澳洲是個移民國度，其居民來自全球二百多個國家，因此翻譯在澳洲有著相當重要的地位，各個民族社區都需要母語和英語的雙向翻譯。澳洲國家口筆譯資格認證局（NAATI）能認證六十餘種各國語言和近五十種澳洲土著語言，其語言覆蓋範圍超過一百種（含方言，比如廣東話、客家話），有經過認證的專業口筆譯從業人員近五萬人。開辦翻譯專業課程的高等學府，比如麥考瑞大學、皇家墨爾本理工大學、昆士蘭大學、蒙納什大學等，為澳洲乃至全世界培養翻譯人才。

澳洲華人人口有一百多萬，許多在澳洲高等學府受過翻譯專業訓練的華人精英紛紛創辦翻譯機構，比如李聿（Victor Li）創辦的澳大利亞翻譯學院、秦璐山（Charles Qin）創辦的秦皇翻譯公司，都走在澳洲翻譯行業的前沿，成為翻譯領域的翹楚。這些翻譯學院和公司網羅了不少華人翻譯精英，為華人社區提供服務。在這些華人翻譯精英中，歐陽昱堪稱代表，他在澳大利亞翻譯學院執教之餘，從事創作、翻譯、出版和研究工作，已經出版了各類作品近九十部，其中譯作就有四十餘部，是一位相當高產的作家、詩人、翻譯家、出版人和學者。這些華人翻譯機構和翻譯家有著深厚的中文基礎，同時又熟悉移居國的語言、文化和市場，有能力成為中國文學國際化進程中的主力軍。

那如何把海外的翻譯精英機構和人才結合起來為中國文學國際化進程加速呢？官方機構（比如中國各級作協）和私人力量（比如翻譯公司和個體）攜手合作或許是可行之道。

官方機構可以設立文學翻譯基金，組織優秀文學作品，吸引海內外翻譯高手申請。這些作品應涵蓋豐富的文化資訊和深厚的人文關懷，反映出人性的共通之處，比如那些有地方特色的作品（像曉蘇的油菜坡系列），寫普通人當下生活的作品（像胡雪梅的中短篇小說），它們能反映當代中國社會的不同生活側面和當下中國人的生活面貌，能吸引和打動讀者和譯者。隨著中國的綜合實力不斷提高，在國際上的影響力不斷擴大，會有越來越多國際人士對中國的方方面面感興趣，而閱讀中國文學作品會成為他們瞭解和理解中國的重要選擇。

官方機構還可以與海外華人翻譯機構合作，聯手海外華人社區，獲得全球華人社區的肯定與支持，將譯作的出版和發行都放在海外進行，藉助華人社區的力量、網路和渠道將這些作品在國際上發行推廣，減少出版和發行的運作手續和流程，縮短運作時間，使運作更快見效。

海內外翻譯公司和個體也可以運用自己現有和潛在的力量，主動參與到中國文學國際化進程中來，成為這個進程的主力軍。除了從國內官方機構申請翻譯項目之外，翻譯公司和個體也可以主動出擊選擇好作品，著手對能打動自己的優秀文學作品進行翻譯。比如德文翻譯家夏黛麗（Thekla）就因喜歡李洱的《花腔》而買下其德文版版權。雖然夏黛麗不是華人，可有實力的華人翻譯公司和個體也可以效仿其做法來翻譯那些能打動自己的優秀文學作品，成就自己的翻譯事業，用自己在海外的人才、渠道或網路優勢為加快中國文學國際化進程貢獻力量。

學習，不能只為了功利目的

學習，是一種強制性的行為，這個觀點早已有人提出，並非我的首創。

小時候，羨慕大人的「什麼都懂」，崇拜科學家的博學與卓識，懷著對世界的迷惑與好奇，我們立下志願要好好學習，迫使自己要天天向上。

長大後，老師的教誨，父母的期望，同學的競爭，自己的自尊，迫使我們努力學習，快馬加鞭。

工作了，同行的比拼，配偶的激勵，晉升的渴望，下崗的壓力，迫使我們不能放棄進取，要懂得終身學習。

中學畢業了，想獲得大專文憑；大專畢業了，想獲得本科學歷；本科畢業了，要努力考研；碩士畢業了，還想繼續讀博……。知識無窮盡，學習無止境。這些，都迫使我們去不斷學習。學習，已是一種強制。這種強制，來自社會，來自工作，來自家庭，來自他人，也來自我們自身。

學習，的確帶有一定的功利目的，但我們不能只為了功利目的而學習。

有人在開學第一天就問老師：「老師，你這門課怎麼考試？」——好像來學習就是為了應付考試。

有人對老師說：「老師，你不用講得那麼詳細，你只需把考試內容講了就行了，考什麼你就講什麼，不考的你就不用講了。」——好像考試就是一切。

要考試了，有人對老師說：「老師，考試考哪些內容？複習範圍能不能再小一點？」「作文題目是什麼？能不能再具體一點？你能不能幫我們寫幾篇範文？我們一定會把它們背出來的。」——老師能回答什麼？

考試結束了，有人對老師說：「老師，我原來以為你這門課最好通過，可偏偏沒有通過，真沒想到！」——抱著這種態度來學習的，考試通不過應該早就在意料之中。

只抱著功利目的而學習的人，難以獲得學習的樂趣，只會感到學習的重壓；只抱著功利目的而學習的人，讀書對他們而言，不是享受，而是苦差。

相信誰都不希望自己只承受重壓而得不到樂趣，相信誰都不希望自己只從事苦差而得不到享受。既然如此，何不改變心態，調整自己，試著從學習中獲得樂趣，在求知中獲取享受？

教師的授課雖以課本為軸心，但絕不僅僅局限於課本，而往往會「游離」於課本之外，給學生補充大量的課外資訊。這些資訊都是教師花了大量的時間和精力通過廣泛涉獵而獲得的，他們把這些資訊集中起來傳授給學生，且融入了自己的理解和認識。學生如果好好聽課，不僅有助於擴大自己的知識面，節省自己獲取相關知識所需的時間和精力，為自己如此輕鬆就能掌握大量知識而高興，而且還可以在教師神采飛揚的講課中獲得極大的學習樂趣，從而把聽教師上課變成一種精神享受。學生聽課認真，反過來還可促進教師講課，教師從學生專心致志的聽課表情中獲得鼓勵，講起課來就會更加得心應手，信心十足，盡情揮灑，思維敏捷，妙語連珠。此時的課堂已不僅僅是授課的場所，同時它又是師生進行知識、智慧、情感等諸方面交流的絕妙所在。

學習，是一種強制性行為，但強制性不是學習的唯一特性；學習，的確帶有一定的功利目的，但功利目的更不是學習的唯一目的。是的，我們是在功利目的的驅使下強迫自己走進課堂去參加學習，但是我們能不能讓自己在課堂上，在求學的過程中，讓自己不那麼功利，不那麼痛苦呢？如果能做到這一點，那麼，學習就會變成一件讓我們變得聰明和睿智，讓我們感到輕鬆和快樂的好事。大家不妨試一試，看是不是這樣？

後記

作家與寫作人

二〇〇二年正式移居新加坡前，我雖然寫作並在中國中央及地方報刊發表過一些文字，還在讀書教書之余擔任過《一冶工人報》通訊員和《語文教學與研究》特約記者多年，寫過報導、詩歌、散文、雜談、評論、訪談等多種文體的文章，但從來都沒有想過自己會有朝一日跟「作家」這個頭銜發生聯繫。

移居新加坡後，由於給獅城的華文報刊投稿，我有幸認識了當時的新加坡文藝協會副會長、《新加坡文藝報》主編劉筆農（原名劉維新）先生。經劉先生極力舉薦，我加入新加坡文藝協會成為其會員，幾年後經選舉成為協會的一名理事，先後負責過學術講座、網站編輯等具體事務，並受協會委派，擔任過新加坡全國中學生作文比賽高年級組評審。從這個時期開始，在很多場合，別人介紹我時都會在我的名字前面冠以「作家」二字作為我的頭銜。

正式以作家身分參加世界性華文作家會議是在二〇〇九年。那一年世界華文作家代表大會在印尼峇厘島舉行，新加坡文藝協會委派我和另一位女會員茹穗穗代表協會參加此次會議。這次會議讓我意識到原來世界各地有如此眾多的華人跟文學有著這樣那樣的聯繫，讓我開始以另一種眼光和角度來看待文學和寫作。

雖然頂著作家的頭銜已有多年，可我自己卻從不敢自稱作家，總以為自己是教書的，因為我主要從事教學、研究與管理工作，以教師身分在學校工作已有二十餘年。雖然間中不斷有各種文體的作品在中國及海外報刊發表，迄今總計有數百萬字的寫作和發表量，但「作家」這個頭銜我始終不敢妄稱。

我主修的專業之一是中國語言文學，在求學與研究過程中讀過不少古今中外作家的作品，「作家」一詞在我眼裡意味著高水準的作品質量以及一定程度的創作數量和社會影響力，這是我從不敢自稱作家的主要原因。雖然文學史上不乏以一篇立史之人，如唐代詩人張若虛就憑藉其《春江花月夜》一詩而青史留名，但這樣的個案相對而言數量不多，而且要寫出如此高品質的作品，相信張若虛之前應該寫過不少其他作品，他不可能平地一聲雷，一出手就能寫出如此高水準的詩作，可能由於時代所限，他的其他作品未能有機會流傳後世，我等後人當然也就無緣閱讀了。

在獅城生活與工作期間，我接觸到「寫作人」這個詞，它讓我意識到很多從事寫作、愛好寫作和文學之人可以歸入此類。這個詞看上去比較平易近人，感覺上要成為這個群體中的一員，門檻要比進入「作家」這個群體要低。只要一個人喜歡寫作，身體力行，親身實踐，並不斷有作品問世，他就可以被稱為寫作人，也可以自稱寫作人；等到作品達到一定的數量和品質，產生一定的社會影響力之後，他再被歸入「作家」之列也不遲。新加坡是個重視雙語的國度，相信「寫作人」這個詞源于對英文詞彙「writer」的直譯。在這種語境下，我認為這個詞的直譯工作做得很好，它貼切、中肯、中立，既不高大上，也無拔高、貶低、歧視之感，讓人感覺比較自在舒服。

所以在成為「作家」之前，我還是先乖乖做個「寫作人」吧，這個詞讓我有種平和踏實之感，不會覺得忐忑不安，更不會感到猶如芒刺在背，誠惶誠恐。不過，不管是「作家」還是「寫作人」，只要是願意拿起筆進行寫作，喜歡用文字記錄自己的所見所聞所思所想，大家就都是願意親近文學之人，依然共同生活在文學天空之下，與文學結下不解之緣，就都是文學這個大家庭中的一員。有人說過：「文學點亮生活。」我也想說：文學令人氣質獨特，提升品位；寫作讓人表達內心，展現自我。讓我們借文學這座橋來建立聯繫，進行溝通，達至理解，悅讀人生。願我的這本《神州內外東走西瞧》成為我們彼此結下文學之緣的橋樑。

是為記，權作跋。

二〇一八年六月十九日寫於墨爾本

語言文學類　PG1909　秀文學20

神州內外東走西瞧

作　　者 / 倪立秋
責任編輯 / 劉亦宸
圖文排版 / 周好靜
封面設計 / 王嵩賀

發 行 人 / 宋政坤
法律顧問 / 毛國樑　律師
出版發行 / 秀威資訊科技股份有限公司
114台北市內湖區瑞光路76巷65號1樓
電話：+886-2-2796-3638　傳真：+886-2-2796-1377
http://www.showwe.com.tw
劃撥帳號 / 19563868　戶名：秀威資訊科技股份有限公司
讀者服務信箱：service@showwe.com.tw
展售門市 / 國家書店（松江門市）
104台北市中山區松江路209號1樓
電話：+886-2-2518-0207　傳真：+886-2-2518-0778
網路訂購 / 秀威網路書店：https://store.showwe.tw
國家網路書店：https://www.govbooks.com.tw

2018年7月　BOD一版
定價：360元

國家圖書館出版品預行編目

神州內外東走西瞧 / 倪立秋著. -- 一版. -- 臺北
市 : 秀威資訊科技, 2018.07
面； 公分. -- (; PG1909)(秀文學 ; 20)
BOD版
ISBN 978-986-326-575-7(平裝)

855 107010094

讀者回函卡

感謝您購買本書，為提升服務品質，請填妥以下資料，將讀者回函卡直接寄回或傳真本公司，收到您的寶貴意見後，我們會收藏記錄及檢討，謝謝！
如您需要了解本公司最新出版書目、購書優惠或企劃活動，歡迎您上網查詢或下載相關資料：http:// www.showwe.com.tw

您購買的書名：________________________________

出生日期：________年________月________日

學歷：□高中（含）以下　□大專　□研究所（含）以上

職業：□製造業　□金融業　□資訊業　□軍警　□傳播業　□自由業

□服務業　□公務員　□教職　□學生　□家管　□其它______

購書地點：□網路書店　□實體書店　□書展　□郵購　□贈閱　□其他

您從何得知本書的消息？

□網路書店　□實體書店　□網路搜尋　□電子報　□書訊　□雜誌

□傳播媒體　□親友推薦　□網站推薦　□部落格　□其他__________

您對本書的評價：（請填代號　1.非常滿意　2.滿意　3.尚可　4.再改進）

封面設計____　版面編排____　內容____　文／譯筆____　價格____

讀完書後您覺得：

□很有收穫　□有收穫　□收穫不多　□沒收穫

對我們的建議：________________________________

____

____

____

請貼
郵票

11466
台北市內湖區瑞光路 76 巷 65 號 1 樓

秀威資訊科技股份有限公司 收

BOD 數位出版事業部

（請沿線對折寄回，謝謝！）

姓　名：________________ 年齡：________ 性別：□女 □男

郵遞區號：□□□□□

地　址：________________________________

聯絡電話：(日) ________________ (夜) ________________

E-mail：________________________________